메리 수를 죽이고

MEARISU WO KOROSHITE
GENMU KOREKUSHON
by Otsuichi, Eiichi Nakata, Asako Yamashiro, Mataro Echizen and Hirotaka Adachi

Copyright © 2016 OTSUICHI, EIICHI NAKATA, ASAKO YAMASHIRO, MATARO ECHIZEN and HIROTAKA ADACHI
Korean translation copyright © 2018 Viche, an imprint of Gimm-Young Publishers, Inc.
All rights reserved.

Original Japanese edition published in Japan by Asahi Shimbun Publications Inc., Japan.
Korean translation rights arranged with Asahi Shimbun Publications Inc., Japan through
Imprima Korea Agency, Korea.

メアリー・スーを殺して

메리 수를 죽이고

오쓰이치外
환몽컬렉션

김선영 옮김

비채

차 례

사랑스러운 원숭이의 일기

오쓰이치

| 해설 |

소설가 오쓰이치는 평소 작품을 구성할 때 영화 시나리오 기법을 참고한다고 한다. 하지만 과연 꼭 그래야만 할까? 반환점이나 중간 지점 같은 구성상의 문제는 접어두고 좀 더 자유롭게, 마음껏 써도 되지 않을까? 그렇게 주장하는 편집자의 의뢰로 시나리오 이론을 의도적으로 배제하고 집필한 것이 이 작품이라고 한다. 평소에는 다듬고 깎아내는 생각들이 이 단편에는 순수한 상태로 남아 있을지도 모른다.

〈파피루스〉 창간호(2005년 8월호) 게재

이걸 할 때면 음악을 삼십 분은 들었다 싶은데 실제로는 시곗바늘이 조금도 움직이지 않은 현상을 종종 경험한다. 마치 시간이 느리게 흐르는 별세계에 빠진 기분이 드는데, 그것이 약효가 가실 때까지 계속된다.

그날의 통과의례는 삼십 분 만에 찾아왔다. 위에서 오블라투_{약 포장에 사용하는 가식성의 얇은 반투명 막}가 녹아 속에 감싸고 있던 하얀 가루가 몸에 흡수되기 시작했다. 몸이 거부반응을 보이고 위가 날뛴다. 육체적 불쾌감. 무언가가 다른 상태로 변해서 다시 태어날 때, 통증과 고통을 수반하는 것은 당연한 일이다. 급격한 변화에 육체가 적응하지 못해 두렵고 겁에 질려서 뭔가에 매달려 필사적으로 견뎌야 한다. 이 고통은 언젠가 사라진다. 우리는 그 말을 암호처럼 주고받으며 이겨낸다. 통과의례는 사춘기와 흡사하다.

친구 둘과 함께 비디오를 보고 있었는데, 정상적으로 화면을 보고 있을 수가 없었다. 미안, 음악 좀 들을게. 나는 두 사람에게 말했다. 말이 제대로 나오지 않아서 더듬거렸다. 그 와중에도 뇌에서 언어를 관장하는 부분이 퇴화해간다. 덕분에 언어가 무엇인지 이해하지 못하게 된다. 언어를 깨우치지 못한 상태의 '나'를 알게 된다. 언어가 없는 세상. 그것은 마치 갓난아기의 세계와도 같다.

헤드폰을 끼고 스테레오를 켰다. 그러는 사이 육체적인 불쾌감은 잦아들었다. 이럴 때 세상이 아름답다는 사실을 실감한다. 눈앞의 풍경이 광각 속 세계처럼 바뀐다. 엔도 쓰요시와 기리하타 사유리가 뮤직비디오를 보면서 다다미 위에 털썩 널브러져 있었다.

"괜찮아?"

헤드폰을 벗고 두 사람에게 물었다. 기리하타 사유리가 방을 둘러보며 말했다.

"다카하시, 너희 집 꼭 관 같다."

우리 집에는 물건이 적다. 텔레비전과 비디오, 침낭이 전부다. 소설도 읽지 않아서 대학교에서 의무적으로 산 교재 도서와 만화 잡지가 다다미 위에 쌓여 있을 뿐이다. 대학 입학 때 빌린 원룸은 집이라기보다 휑한 직육면체로, 듣고 보니 정말 우리 셋은 관 속에 있는 것 같았다.

휴대전화에 문자 알림이 들어왔다. 힘겹게 글자를 읽었다. 어머니가 보낸 문자였다.

'마모루. 대학은 잘 다니고 있니? 택배 보냈다.'

문자가 마치 플라스틱 같은 무기질로 느껴졌다. 인간관계나 나의 과거는 모조리 사라진다. 눈앞에 있는 것이 전부인 즉물적인 인간으로 변한다.

현관 초인종이 울렸다. 문을 열자 택배 직원이 종이상자를 들고 있었다. 아직 몸의 감각이 어딘가 이상하다. 택배 직원이 전표에 서명을 요구했다.

내 이름. 내 이름. 내 이름이 뭐였더라? 그렇다, 다카하시 마모루다.

으드득, 이를 갈며 오른손으로 이름을 썼다. 기호가 없는 세계에 아직 반쯤 걸쳐 있는 상태다. 글씨를 쓰기가 힘들어 머리가 터질 것 같다. 내 머릿속은 인류의 역사가 시작되기 이전의 원숭이와 똑같은 상태였다. '高(다카)' '橋(하시)' 'マ(마)' 'モ(모)' 'ル(루)'. 그 글자가 각기 의미를 가지고 있다는 생각이 들지 않아, 그것을 이어붙인 말이 나라는 개체를 나타낸다는 게 이상했다.

전표에 힘겹게 다카하시 마모루라고 기입하고 내가 누구인지 증명하자 전표가 붙은 종이 상자가 수중에 들어왔다. 보낸 사람은 어머니다. 한 아름은 되는 크기로, 묵직하니 무거웠다.

방으로 돌아가 새삼 실내를 둘러보니 난장판이 따로 없었다. 방금 전 음악을 들으며 신의 철학을 발견했던 방은 그냥 쓰레기장이었다. 음식물 찌꺼기, CD 케이스, 벗어던진 양말이 관 속에 넘쳐났다. 엔도 쓰요시와 기리하타 사유리가 부둥켜안고 나뒹굴고 있었지만 다행히 둘 다 옷은 입고 있었다.

상자를 열자 두 사람이 일어나 다가왔다. 상자 속에는 고향에서 수확한 쌀과, 편의점에서도 다 팔아서 굳이 필요 없는 과자와 컵라면이 담겨 있었다. 셋이서 상자를 뒤지는데 바닥에서 신문지에 소중히 싸여 있는 물체가 나왔다.

"뭘까?"

엔도 쓰요시가 집어 들어 신문을 벗기자 지저분한 잉크병이 나왔다. 사다리꼴 모양의 병으로 뚜껑이 달린 입구가 좁았다. 병 자체는 검은색, 붙어 있는 상품 라벨은 지저분한 게 오래 사용한 감이 있었다.

"아버지가 돌아가시고 칠 년이 흘렀다……."

상자 속에 어머니의 편지가 들어 있었는지, 기리하타 사유리가 어느 틈에 찾아내서 소리내 읽기 시작했다. 나는 그녀의 손에서 편지를 낚아챘다.

열한 살 때 홀쩍 사라진 아버지가 바로 얼마 전, 서류상 정식으로 고인이 되었다는 소식을 편지로 알게 되었다.

"이 잉크병은 뭐래?"

엔도 쓰요시가 병을 흔들며 물었다.

"아버지 유품인가봐."

나는 편지에 쓰인 내용을 설명했다. 아버지는 원래 지방신문 편집 기자였다. 상자에 들어 있던 물건은 아버지가 애용하던 잉크병이라고 했다. 잉크도 아직 충분히 남아 있어, 아버지의 죽음을 기념해 어머니가 내게 보낸 것이다.

'아버지가 존경하던 여성 작가에게 받은 거란다. 무척 소중히 사용했어. 앞으로는 네가 간직해줬으면 좋겠구나.'

나는 창문을 열고 눈앞에 펼쳐진 밭에 잉크병을 집어던졌다.

"아버지가 싫어?" 기리하타 사유리가 물었다.

"정신 나간 사람이었어."

나는 밭에 떨어진 잉크병이 눈에 보이지 않도록 창문을 닫았다. 그 후로 두 시간이 흐르자 시각적인 변화도 거의 사라졌다. 하지만 피부에는 따끔따끔한 감각이 남아 있었다. 두통도 조금 났다. 뇌세포 일부가 사멸했는지도 모른다. 그날은 셋이서 대학 수업을 빠졌다. 두 사람이 돌아간 것은 그 이튿날이었다.

집에 혼자 남은 나는 일단 청소를 했다. 물건이 거의 없어 청소하기 편했다. 창문을 열고 환기를 하는데 밭에 굴러다니는 잉크병이 보였다. 창밖으로 집어던진 걸 들키면 밭주인에게 혼날까? 그렇게 생각하니 무서워졌다. 아버지가 싫지만 남에게 혼나는 건 더 싫다.

밖으로 나가 밭에서 잉크병을 주워왔다. 방구석에 잉크병을 내팽개치고 텔레비전도 보고, 컵라면도 먹고, 책상다리로 앉아도 봤다. 하지만 뭘 해도 시야 구석에 잉크병이 들어와 불안했다. 큰일이다.

휴지통에 버리려고 집어드는데 그러고 보니 아직 뚜껑을 안 열어봤다는 생각이 들었다. 뚜껑을 돌려 안을 들여다보았다. 검은색 액체가 병에 절반쯤 차 있었다. 모처럼 받은 거니 그 액체로 아무 글씨나 써보자. 하지만 집에 붓도 펜도 없어서 대학 구내매점에 가서 펜을 샀다. 만화가가 쓰는 것과 비슷한 펜촉과 펜대였다. 집으로 돌아와 그 두 개를 조립했다. 나의 펜. 잉크병에 펜을 집어넣어 펜촉을 액체에 담가보았다. 공책 여백에 글씨를 썼다. 제법 괜찮다. 모처럼

마련했으니 의미 있는 문장을 써보고 싶었다. 그렇다, 일기를 써보
자. 이튿날 동네 문방구에서 일기장을 샀다. 표지가 의외로 고급스
러운 멋진 일기장이다. 하지만 일기장을 사자 고민은 더욱 커졌다.
모처럼 멋지게 생긴 일기장을 마련했는데, 방에 굴러다녀서야 왠지
폼이 나지 않는 것이었다. 그야 여긴 다다미방이니까.

　그런 이유로 북엔드라는 물건을 사보았다. 두 개가 한 세트로 책
이 쓰러지지 않도록 양쪽에서 눌러주는 도구다. 이걸로 방구석에 일
기장을 세워놓을 수 있다. 하지만 북엔드는 책이 몇 권은 되어야 폼
이 난다. 원래 내가 구입한 북엔드는 늘어선 책의 무게를 이용해 단
단히 고정하는 타입이라 일기장 한 권만으로는 도저히 고정했다고
볼 수 없었다. 어쩌지. 그렇다! 북엔드를 고정하기 위해 책을 좀 사
야겠다! 그런 이유로 서점에 가서 폼이 나는 책을 몇 권 사보았다.
나는 독서라는 걸 해본 적이 없다. 무슨 책을 사야 할지 몰라 서점
직원에게 이것저것 물어보았다. 저, 제가 무슨 책을 사야 할까요? 가
급적 책등 부분이 멋진 책이 좋겠는데……. 서점 직원은 당혹스러워
하면서도 내 부탁을 들어주었다. 서점에서 산 하드커버 단행본 몇
권을 일기장과 함께 꽂아보니 어쩌나 폼이 나던지 몹시 만족스러웠
다. 하지만 며칠 지나자 또 초조해졌다. 일기장과 함께 꽂아둔 책들
이 시야에 들어오면, 나는 혼나는 기분이 들었다. 넌 우리를 샀으면
서 읽어주지는 않는구나, 하고 책등이 나를 비난하는 것만 같았다.
북엔드를 고정할 목적만을 위해 샀다니, 우리는 어쩜 이리 불행할
까? 책들의 그런 한탄이 들려왔다. 하, 하지만 나는 책을 읽어본 적

이 없어! 구차하게 변명해보지만 그들은 들어주지 않는다. 나는 어쩔 수 없이 일기장 옆에 꽂아둔 책을 집어 들었다. 책을 읽다니, 과연 내가 할 수 있을까? 독서라니 어른이 하는 일 아닌가? 나는 아직 열여덟 살인데. 이런 내가 글자만 가득한 책을 제대로 읽을 수 있을까? 불안한 마음으로 첫 페이지를 펼쳐보았다. 읽다 보니 날이 샜다. 독서는 즐거웠다. 무사히 첫 번째 책을 다 읽은 나는 두 번째, 세 번째 책도 차례로 해치웠고, 어느새 독서하는 습관이 몸에 뱄다. 북엔드 사이에 꽂아둔 책을 전부 읽었을 즈음, 나는 자발적으로 서점을 찾게 되었다.

그때까지 함께 어울렸던 엔도 쓰요시와 기리하타 사유리는 내 변화를 두려워했다. 그들은 끝내 내 머리가 이상해졌다고 생각했다. 어떻게든 나를 예전 상태로 돌려놓고 싶었는지, 그들은 온갖 약물을 인터넷으로 구입해 내게 쥐여주었다. 나는 그 약물을 버렸다. 독서에 빠져 있던 시기였다. 그런 걸 하면 글자가 제대로 눈에 들어오지 않는다. 약물의 존재는 내 안에서 차츰 희미해졌고, 오용했던 감각을 오로지 추억으로만 남기고 실물에는 손을 대지 않게 되었다. 그런 이유로 하루가 멀다 하고 책을 읽었더니 어느새 두 개 한 세트의 북엔드가 방 한쪽 벽에서 반대편 벽까지 닿았다. 뭐야, 이러면 이제 북엔드는 쓰지 않아도 벽만 있으면 책을 세울 수 있잖아? 하지만 책은 그 후로도 계속 늘어났다. 책등이 만드는 행렬은 방을 한 바퀴 돌고, 두 바퀴에 돌입해, 방 안에서 나선을 그리기 시작했다. 나는 마침내 책장을 사기로 결심했다. 가구점에 가서 물건을 보는데 제법 꽤

찮은 책장을 찾아냈다. 값도 만만하고 많은 책을 꽂을 수 있는 훌륭한 물건이었다. 나는 그 자리에서 결제하고 배달을 부탁했다. 실컷 결석했던 1학년 수업이 끝나고 대학이 장기 휴가에 들어갈 무렵, 책장이 우리 집에 왔다. 당장 책장을 설치하고 책을 꽂아보았다. 쭉 늘어선 수많은 책등에 마음을 빼앗겼다. 하지만 곧 다른 불만이 생겼다. 책장이나 거기에 늘어서 있는 책등은 멋진데, 집이 거기에 비해 빈약해 보였다. 지은 지 삼십 년이나 된 맨션이었기 때문이다. 집세가 싼 대신 낡은 다다미는 잔뜩 눌려 있었고 벽도 리폼이 필요할 정도로 금이 가 있었다. 그런 이유로 한 달쯤 들여 적당한 가격의 좋은 집을 찾아 이사를 결심했다.

이사를 마치고 새 마룻바닥에 누워보니 기분 최고라는 말밖에 나오지 않았다. 책장은 방 한쪽에 딱 맞아서, 그 자리에 설치해준 이사 업체 청년들도 벽 색조와 책장이 잘 어울린다고 했다. 아무렴. 책장이 돋보이는 조건을 전제로 고른 집이니 당연하지. 그런 이유로 새 집에서 독서 중심의 생활을 했는데, 만족감은 일주일 만에 사라져버렸다. 모처럼 멋진 새집으로 이사했는데 가구가 책장과 낡은 텔레비전과 비디오, 침낭뿐이었던 것이다. 과거 기리하타 사유리가 말했던 것처럼 여전히 집은 관 같았다. 하지만 가구를 갖추려 해도 내 모아둔 돈은 이미 바닥나고 없었다. 애초에 어머니가 보내준 용돈으로만 살았던 터라 이사를 하고 나니 동나는 게 당연했다. 나는 아르바이트를 시작하기로 했다. 먼저 침대를 사기 위해 편의점에서 계산을 하고, 빵을 진열하고, 도시락을 진열하는 나날을 보냈다. 냉장고와 책상, 의자를 사기 위해 가정교사 아르바이트에도 도전했다. 요즘 중학생은 제법 똑똑했다. 내가 인수분해를 잊어버렸다는 사실을 깨닫기도 했다. 차츰 실내에 가구가 들어차면서 실로 편안한 공간으로 탈바꿈했다. 침대 옆에 책상을 두니 제법 사람 사는 곳 같았다. 게다가 가구 하나하나가 집 안에 어쩌나 딱 맞게 어울리는지! 집 안 어느 각도에서 보아도 완벽하게 들어맞았다.

그런데 가구를 갖추면 제대로 사용하고 싶어지는 게 인지상정이다. 의자에 앉아 책상을 마주하니 공부에 대한 의욕이 생겼다. 모처럼 책상을 샀는데 사용하지 않으면 손해 아닌가. 게다가 가정교사를 하는데 질문에 대답하지 못하면 부끄럽다는 생각에 중학교, 고등학교 교과를 복습하기 시작했다. 그러다 대학 강의 예습도 하게 되었다. 그게 은근히 즐거워서 그때까지 죽도록 싫었던 공부가 일종의 오락처럼 느껴졌다. 나는 대학 수업을 적극적으로 듣기 시작했고, 엔도 쓰요시와 기리하타 사유리도 억지로 수업에 끌고 갔다. 그들은 처음에는 질색하며 집중하지 않았지만 내가 습득한 지식을 열심히 가르쳐주자 두 사람도 공부에 의욕이 생겼는지 차츰 교수에게 질문을 하게 되었다. "이거 혹시 누가 꾸는 꿈이야? 아니면 내 환각?" 기리하타 사유리가 우리 집에서 함께 중간고사 공부를 하며 중얼거렸지만 물론 꿈도 아니고 약물로 인한 망상도, 그 무엇도 아니었다. 우리는 계기가 있어 변화했을 뿐이다. 우리 세 사람은 진화론 수업을 듣고 〈실념론〉과 〈유명론〉에 대한 리포트를 공동 집필해서 조교수에게 칭찬을 받았다. 여기서는 리포트 내용을 자세히 말할 수 없지만, 원숭이가 언제 어느 단계에서 인간으로 진화했는가에 대해 썼다. 예를 들자면 원숭이와 인간은 DNA가 조금 다르다. DNA는 아데닌, 티민, 구아닌, 시토신이라는 네 개의 염기로 이루어진다. 교과서에서는 그 네 개의 머리글자를 따서 각각 A, T, G, C라고 표시한다. 우리 몸에도, 개나 고양이의 몸에도, AAGTATTGCCTGATACGCATC 이런 식으로 긴 이중나선의 사슬이 숨어 있다.

이 ATGC의 사슬이 생물의 구조적 차이를 결정한다. 어떤 순서로 결합하는지에 따라 인간은 인간으로 성장하고, 원숭이는 원숭이로 성장하게 된다. 이 네 개의 글자는 이른바 기호다. 기호의 사슬이 우리의 육체를 관장하고 있는 셈이다. 하지만 여기서 문제가 발생한다. 역사상 어느 시점에 원숭이들에게 무슨 일이 벌어져 원숭이의 DNA 배열에서 현재 인간의 DNA 배열로 변화했다 치자. 여기서 '원숭이=원숭이의 DNA 배열을 가진 생물' '인간=인간의 DNA 배열을 가진 생물'이라는 식으로 정의를 내리면 원숭이와 인간의 중간이라는 생물은 이 세상에 존재하지 않게 된다. 예를 들어 원숭이의 DNA 배열 일부를 'ATGCAT'로 가정하자. 인간은 'ATGCTA'라고 하자. 그 중간은 무엇인가? 중간은 없지 않은가? 거기에는 디지털적인 차이 즉 0인가 1인가 하는 차이밖에 없으며 아날로그 방식으로 중간을 정의하기란 어렵다. 생물의 종류를 DNA 배열로 결정하면 원숭이에서 인간으로의 변화가 중간 과정을 거치지 않고 한순간에 이루어진 꼴이 된다. 원숭이가 하룻밤 사이에 인간이 된 셈이다. 어느 원숭이의 어미가 인간의 아이를 낳은 셈이 된다. 그것이 인류의

길고 오만하며 고독한 여정의 시작이라는 뜻이 된다. 사실 엄밀히 말하면 꼭 그런 것만도 아니지만 견해에 따라서는 그렇게 된다. 원숭이와 인간의 중간을 어디로 볼 것인가? 그 논의는 지금까지도, 앞으로도 지구상에서 계속되겠지만 취업 시즌이 되자 그런 생각은 하지 않게 되었다.

그런데 취업 활동중에 책장을 정리하다가 일기장을 발견했다. 놀랍게도 나는 최근 몇 년 동안 일기장 산 것을 까맣게 잊고 있었다. 페이지를 펼쳐 보니 글은 보이지 않고 백지 그대로였다. 그건 그렇고 왜 일기장을 샀을까? 고민하다가 겨우 잉크병과 펜의 존재를 기억해냈다. 그렇다, 아버지의 유품이었던 잉크병은 어디에 두었더라? 찾아보니 이사할 때 잡동사니를 처박아놓은 상자에 들어 있었다. 정말이지, 나는 뭘 했던 걸까? 당장 일기를 써보았는데 이게 또 은근히 재미있었다. 취업을 위해 면접을 보러 가거나 서류를 작성하는 나날을 글로 쓰고 있노라니 마음이 편안해졌다. 글씨를 쓴다. 언어를 풀어낸다. 기록한 글자를 뚫어져라 보고 있으면 왠지 거울로 내 얼굴을 바라보는 것처럼 쑥스러웠다. 펜촉도 매끄럽고 아버지의 유품이라는 잉크도 부드러웠다. 일기를 쓰기 시작하니 일상생활을 할 때도 기합이 단단히 들어갔다. 취업 활동 때문에 밖에서 돌아다닐 때였다. 면접 장소 옆 대로변에서 아이가 길을 잃고 울고 있었다. 그냥 지나가려 했지만 차마 그럴 수 없었다. "오늘 나는 미아를 무시했습니다. 아이를 도와주면 면접에 늦기 때문입니다." 그런 글을 어찌 일기에 쓰란 말인가? 훗날 일기를 읽어보고 그런 글이 나오면 나 자신에게 실망하리라. 나는 아이의 손을 잡고 파출소로 가서 부모가 올 때까지 곁에 있어주었다. 부모가 좀처럼 오지 않아 아이와 함께 놀아주느라 면접에 가지 못했다. 면접을 마치고 돌아가는 듯한 단정한 양복 차림의 남녀가 파출소 앞을 지나갔다. 하지만 상관없다. 어차피 붙지 못할 회사였다.

그런 이유로 나는 대학을 졸업하고 도쿄의 삼류 출판사에서 일하게 되었는데, 어느 날 외근 영업을 하고 있을 때 누가 말을 걸어왔다. 뒤를 돌아보니 젊은 여성이 서서 내 얼굴을 뚫어져라 바라보고 있었다. 눈동자가 아름다운 사람이었다. 나는 적잖이 긴장했다. "면접 날 미아를 도와준 분 아닌가요?" 여성은 그렇게 물었지만 그런 일은 까맣게 잊고 있던 터라 기억해내는 데 제법 시간이 걸렸다. "그런 걸 용케 기억하시는군요." "기억하고 말고요, 인상 깊었는걸요." 그녀도 그날, 나와 같은 회사에 면접을 보러 가는 길이었다고 한다. 가다가 미아를 발견했지만 못 본 척해버린 모양이다. 그녀는 그 일을 후회하며 면접을 봤는데 돌아오는 길에 파출소에 있는 아이와 나를 발견했다고 한다. "저는 면접에 붙었어요." 그녀는 현재 그 회사에서 일하고 있었다. 이름은 나나코라고 했다. 우리는 그 후에도 연락을 주고받았고 교제한 지 반년째 되던 해 결혼을 의식하게 되었다.

나는 나나코와 함께 비행기를 타고 고향 집이 있는 규슈로 향했다. 그녀는 얼마나 긴장했던지 비행기 좌석에 앉아 있을 때도 어쩌지, 잘할 수 있을까, 하는 말만 되풀이했다. 어머니와 할아버지는 나나코를 흔쾌히 맞이하고 받아들여주었다. 6월에 결혼식을 올렸고 일 년 후에 아이가 태어났다. 아이는 아들로 이름은 가케루라고 지었다. 나와 나나코는 가케루를 데리고 공원에 자주 갔다. 하루 종일 따사로운 햇볕을 즐기고 카페에 들렀다 집으로 돌아오는 휴일은 최고로 뜻깊은 시간이었다. 나는 하루도 쉬지 않고 펜으로 일기를 썼고 병 속의 잉크를 몇 번이나 채워 넣었다. 이따금 엔도 쓰요시와 엔도 사유리가 우리 집을 찾아와 함께 식사를 했다. 사유리의 성이 기리하타가 아닌 이유는 상세히 적지 않겠다. 두 사람 사이에도 많은 일들이 있었다. 인생은 참으로 복잡하고 기이하다. 가케루가 걸음마를 하고 처음으로 엄마라는 말을 한 날에 고향 집에서 할아버지가 돌아가셨다는 전화를 받았다. 나와 나나코, 가케루는 비행기로 규슈에 가서 평온한 얼굴로 잠든 할아버지를 만났다.

아버지가 행방불명된 이후로 할아버지는 어머니의 버팀목이었다. 그래서 어머니를 걱정했는데 생각보다 건강했다. "정말 주무시는 것처럼 가셨어. 괴로워하지 않아서 다행이야." 어머니는 할아버지 앞에서 두 손을 모았다. 어느새 어머니의 머리카락 태반이 하얗게 쇠어서 깜짝 놀랐다. 어렸을 때에는 상상도 하지 못했다. 어머니가 백발이 되다니. 그날 밤 나나코와 의논해 어머니에게 한 가지 제안을 하기로 했다. 밤에 어머니가 툇마루에 걸터앉아 정원을 바라보고 있기에 곁에 앉아 이렇게 말했다. "엄마, 함께 살까?" 할아버지가 손질했던 정원을 바라보며 어머니는 고개를 가로저었다. "이 나이에 도쿄에서 못 살아. 여기서 잠들고 싶어." "심정은 이해하지만." "마모루, 아버지 잉크병 아직 갖고 있지?" "응. 잘 쓰고 있어." 어머니는 만족스럽게 고개를 끄덕거렸다. 그리고 어머니는 하염없이 아버지 이야기를 했다. 나는 만남부터 결혼, 출산, 아버지의 실종까지 들었다. 아버지는 지방 신문 편집기자로 일할 때, 어느 여성 작가를 만날 기회를 얻었다. 아버지는 전부터 그 작가를 신처럼 떠받들었는데 그녀에게 기념으로 받았다는 잉크병을 평생 소중하게 지니고 있었다. 아버지는 언제나 편지를 쓸 때는 그 잉크병을 사용했다고 한다. "사라지기 직전에 내게 그걸 맡겼단다. 마모루에게 전해달라면서. 그 양반, 그러고는 샌들을 신고 훌쩍 밖으로 나갔지." 아버지에게 잉크병을 준 여성 작가는 그 사흘 전에 세상을 떠났다고 한다. 어머니는 눈을 감고 침묵했다. 아버지가 존경하는 여성 작가를 따라간 게 아닐까 상상해보았다. 가족을 버리고, 자기가 동경했던 신성한 존재를 선택했는지도 모른다.

나는 툇마루에 어머니를 남겨두고 나나코와 가케루가 있는 다다미방으로 돌아갔다. 한이불을 덮고 잠든 두 사람은 눈을 감은 얼굴이 서로 쏙 빼닮았다. 나는 두 사람을 깨우지 않도록 조심스레 가방에서 일기장과 잉크병과 펜을 꺼내 그날의 일기를 쓰기 시작했다. 탁상 조명의 불빛 아래 글씨를 써내려가는데 어느 틈에 나나코가 눈을 뜨고 내 옆얼굴을 바라보고 있었다. 눈이 마주치자 그녀는 행복한 얼굴로 아이의 머리를 쓰다듬었다. 나는 내 인생에 대해 생각했다. 그녀와 만난 의미. 가케루가 태어난 의미. 어머니가 나를 낳은 의미. 아버지가 어머니와 만난 의미. 뭔가가 왈칵 치밀어올라 눈시울이 뜨거워졌다. 내가 지금, 이 장소에 존재한다는 사실이 다만 기적 같았다. 지금, 내 곁에 나나코가 있고, 가케루가 존재해, 같은 시간을 공유한다는 사실이 몹시 소중하게 느껴졌다. 가케루. 내가 태어난 의미 바로 그것. 내 미래의 결정체. 그리고 나는 또한 아버지를 생각했다. 예전에 품고 있었던 아버지에 대한 증오. 작가를 뒤따르려 가족을 버리다니 어리석은 남자다. 하지만 그 감정도 이제는 풍화되어 버렸다. 시간이라는 바람에 깎여나가 뾰족했던 부분이 곡선을 띠었다. 지금 어머니와 마찬가지로 "어쩔 수 없네"라는 생각뿐이다. 내가 아버지가 되고, 내 펜으로 글을 쓰게 된 것과 관계가 있을지도 모른다.

나는 몇 년 전, 잉크병 뚜껑을 열고 글씨를 쓰고 싶어졌던 순간의 충동을 떠올렸다. 나는 잉크병 뚜껑을 열었다. 동시에 글씨를 쓰고 싶어졌다. 글을 풀어내고 싶어졌다. 글을 쓰고 싶다는 충동이 갑자기 생겨나다니 참으로 신기한 일이다. 어쩌면 성장이란 시간의 흐름이 가져오는 필연일지도 모른다. 그것은 굉장히 신성한 행위다. 몇만 년 전 인류 사이에서 처음으로 동굴 벽에 그림을 그렸던 원숭이를 생각했다. 가령 원숭이가 매머드 그림을 그렸을 때 거기에는 어떤 충동이 있었을까? 어째서 그걸 그릴 생각을 했을까? 나는 상상해본다. 설원에서 늘 볼 수 있는 거대한 그것을 벽에 그려놓고, 친구와 가족에게 보여주고 끼끽거리며 기뻐 날뛰는 원숭이들을 상상해본다. 그때 그들 사이에 자연의 일부에서 거대한 그것만을 따로 정의하는, '매머드'라는 뜻을 가진 단어가 있었을까? 그것을 의미하는 울음이 있었을까? 벽화는 이윽고 단순한 형태가 되고, 상징성을 띤 기호가 되고, 문자로 변화한다. 문자의 발생. 언어의 발생. 일설에 따르면 인류는 자연을 이해하기 위해 이름과 언어라는 기호를 발명했다고 한다. 태초에 말씀이 있나니. 성서의 그 구절은 옳다. '매머드'라는 말이 없다면 거대한 설원에서 코를 휘두르는 털북숭이 그것은 바람과 태양, 밤과 똑같은 자연의 일부에 지나지 않았다. 인류 최초로 매머드의 그림을 벽에 그린 자는 약동하는 대자연 속에서 특별히 '털북숭이 그것'만을 골라내 다른 이들에게 보여주고 싶었는지도 모른다. 뭐야, 책 출판하고 똑같잖아? 나나 아버지가 회사에서 해온 일과 똑같다. 인간은 자연 속에서 다양한 가치를 발견한다. 그것을 글로 써서 발표한다. 매머드의 그림과 출판의 세계에서 매일 벌어지는 활동 사이에 무슨 차이가 있을까? 그건 그렇고 여기까지 진화하다니 인간이라는 생물은 참으로 용하다. 나 역시 마찬가지다. 그대로 약에 빠져 있었다면 일기를 쓸 생각도 하지 않았으리라. 몽롱한 정신으로 도로에 뛰어들어 죽었을지도 모른다. 도중에 포기하지 않고 용케 지금까지 살아남았다. 여기서는 생략했지만 중간에 몇 번 위험한 상황이 있어 죽음과 소멸에 접근했던 적도 있었다. 그래도 용케 오늘 이 날까지 지구상에 존재하고 있다.

나는 잉크병 속에 가만히 펜촉을 담갔다. 검은색 액체가 펜촉에 스며든다. 아버지가 존경했던 신성한 작가의 잉크병. 얼굴조차 모르는 그분의 액체로 일기장에 하나하나 글씨를 써간다. 이 하나하나의 글씨는 내 의지의 상징이다. 약동하는 대자연에서 무언가를 포착하려는 의지 그 자체다. 펜과 잉크병으로 낳은 글씨다. 아득히 예로부터 우리는 끊임없이 만들어냈다. 낳고, 또 낳고, 기르고, 길러서, 그렇게 연결된다. 글씨가 연결되어 한 권의 책이 되고 이야기를 형성하듯이. 가케루. 내 미래의 결정체. 우리가 펜과 잉크병으로 낳아온 것들은 서로 연결되어 이윽고 걸작이 완성될 것이다. 이 일기를 누가 읽을지 나는 모른다. 원숭이가 쓴 일기를 누가 읽을지 나는 모른다. 계속될 미래에 이 일기가 영원히 존재할지, 그렇지 않을지도 알지 못한다. 그래도 쓰지 않을 수 없다. 원숭이가 매머드 그림을 그린 것처럼. 다 빈치가 모나리자를 그린 것처럼. 모차르트가 레퀴엠을 작곡한 것처럼.

염소자리 친구

오쓰이치

| 해설 |

바람길에 자리한 단독주택 베란다에 매번
기이한 물건이 날아온다. 오쓰이치는 그런
내용의 연작 소설을 집필했는데 이 작품은
그중 하나이다. 이번에 베란다에 날아온 것
은 앞으로 다가올 날짜의 신문이다. 최근의
학교 폭력 문제에 관한 다양한 생각이 이
작품의 집필 동기가 되었다는 이야기도 있
다. 참고로 이 작품의 주인공은 소년이지만
시리즈의 다른 작품에서는 소년의 누나가
주인공을 맡고 있다. 미스터리 요소와 명확
한 테마가 있는 것은 이 작품뿐이고 다른
작품은 실험적인 성격이 짙다.

〈파우스트〉 vol.8(2011년 9월) 게재

prologue

1986년 2월 1일. 중학교 2학년 남학생이 부친의 고향인 이와테현 모리오카 역 빌딩 쇼핑센터 지하 화장실에서 목을 맨 채로 죽어 있었다. 발견한 것은 순찰하던 경비원이었다. 바닥에는 유서가 남아 있었다.

1994년 11월 27일. 중학교 2학년 남학생이 자택 뒤편 감나무에 목을 매고 죽어 있는 것을 어머니가 발견했다. 남학생의 방에는 '왕따를 당하고 돈을 빼앗겼다'라는 내용의 유서가 남아 있었다.

2005년 9월 9일. 왕따로 고통받던 초등학교 6학년 여아가 목을 매고 자살을 시도했다. 목숨은 건졌지만 회복하지 못하고 2006년 1월 6일에 사망했다.

2006년 11월 14일, 니가타 현. 한 중학교 2학년 남학생의 바지와 속옷을 동급생이 억지로 끌어내렸다. 여학생이 보는 앞이었다. 그때 남학생은 울면서 동급생에게 "꺼져버려"라고 중얼거렸다. 기운이 없는 남학생을 보고 담임교사가 이유를 물었지만 남학생은 "물고기가 안 잡혀서"라고 얼버무리며 "괜찮다"고 대답했다. 오후 9시 반 무렵, 저녁식사 후 행방불명되었던 남학생의 시신이 발견되었다. 유서는 없었다.

1984년. 남고생 두 명이 학교 폭력에 시달리고 있었다. 몇몇 교사에게 의논했지만 귀담아들어주지 않았고, 쉬는 시간이나 점심시간에 교사의 눈이 닿지 않는 곳에서 자주 폭행을 당했다. 그들을 괴롭혔던 소년을 편의상 A라 한다.

A는 두 남고생에게 사람들 앞에서 자위를 하도록 강요했고 응하지 않으면 폭력을 휘둘렀다. "다섯 바퀴 돌아"라거나 "성기를 쥐고해"라고 지시했고 종국에는 여교사 앞에서 하반신을 드러내도록 강요하기에 이르렀다.

11월 1일, 오후 7시 40분 경, 공원 산책로에서 두 소년 가운데 한명이 주머니에 숨겨두었던 장도리를 꺼내 자전거를 타고 있던 A의 머리를 뒤에서 내리쳤다. 두 사람은 쓰러진 A에게 약 십 분 간 장도리를 마구 휘둘렀다. 장도리의 노루발로 왼쪽 눈을 짓이기고 약 50미터를 끌고 가 강에 집어던져 익사하게 만들었다.

11월 2일에 발견된 A의 익사체는 반나체에 속옷, 하얀 양말 차림이었다고 한다.

　두 남학생은 선택했던 것이다.

　자살은 하지 않을 테다.

　그 대신 내가 살아남기 위해 상대를 죽일 테다.

　나와 같은 반인 와카쓰키 나오토 역시 누구에게도 말하지 않고 준비하고 있었다. 그는 마른 데다가 키도 작아 중학생 같은 체격이었다. 하얀 피부에 커다란 눈동자를 가진, 실수로 다른 성별로 태어난 게 아닐까 싶은 얼굴이 특징적이었다. 그가 만약 여자였다면 누군가에게 보호받을 수 있었을지도 모른다.

　친구와 내년 수학여행은 어디로 갈지 이야기했던 날, 나는 자정이 넘은 한밤중에 자전거를 타고 있었다. 그때 이미 가네시로 아키라는 이 세상에 없었다.

1

9월 25일 목요일

　알람시계를 끄고 커튼을 젖혔다. 푸른 하늘이 싱그럽다. 부모님과 아침식사를 하면서 텔레비전으로 일기예보를 보았다. 바람도 없고 편안한 하루가 될 거란다. 밤에도 비는 내리지 않을 거라 한다. 2층으로 올라가 고등학교 교복으로 갈아입고 베란다를 치우러 나갔다. 창문을 여니 밖에서 바람이 들어와 책상 위의 프린트가 춤을 추었다. 방금 전 일기예보가 틀린 건 아니다. 켜켜이 쌓인 낙엽을 두 손으로 들어 허공에 뿌렸다. 낙엽은 바람을 타고 하늘 저편으로 빨려 들어갔다.

우리 집은 언덕 위에 있어 2층 창문으로 마을이 한 눈에 보인다. 언덕 비탈에 선 집들의 지붕이 낮은 지대를 향해 펼쳐져 있다. 전망은 좋지만 한 가지 문제가 있다. 이 집은 바람이 지나는 길목에 있다. 마을에 바람 한 점 불지 않을 때도 우리 집 2층에는 어째선지 바람이 불어온다. 언제였을까, 결혼해서 집을 떠난 누나가 마을 상공에는 눈에 보이지 않는 공기의 흐름이 있고, 우리 집은 그 속에 고개를 들이밀고 있다는 이야기를 해준 적이 있다.

바람 때문에 내 방 베란다에는 매일 아침 낙엽이 수북이 쌓인다. 이 방은 예전에 누나가 쓰던 방이었다. 가끔은 낙엽 아닌 다른 물건이 베란다에 떨어진다. 사진이나 잡지. 헌옷이나 수건. 외국에서 바람에 날려온 듯한 물건까지 섞여 있다. 영어 신문이나 한국어 서류라면 그래도 이해할 수 있는 범주다.

가령 얼마 전에는 낯선 글자가 적힌 노트가 낙엽 속에 묻혀 있었다. 친구 혼조 노조미에게 보여주었는데 그녀도 어느 나라 글자인지 모르겠다고 했다. 외국어에 능통한 선생님께 보여주었더니 이런 글자는 과거 어느 시대에도 지구상에 존재하지 않는다는 것이었다. 그렇다면 이 노트는 대체 뭘까? 어디에서 날아온 걸까?

어딘지도 모를 초등학교 졸업문집이 베란다 격자에 걸려 있었던 적도 있다. 낡은 표지에는 쇼와 75년일본의 연호인 쇼와는 64년(1989년)을 끝으로 헤이세이로 바뀌었다이라는 연도가 적혀 있었다. 도대체 영문을 알 수가 없다.

그건 그렇고 한 달쯤 전, 여름방학의 어느 날 아침, 베란다에 찢어진 신문 조각이 걸려 있었다. 발견했을 때 흙먼지와 빗물에 지저분하게 얼룩진 그 조각은 원래 크기의 삼분의 일 정도로 찢겨 있었고 물에 젖어 반대편 글자가 비쳐 보이는 상태였다. 얼룩 때문에 어느 신문인지는 알 수 없었지만 날짜는 알아볼 수 있었다.

서력은 올해. 10월 2일 자 신문이었다.

눈을 의심했다. 어째서 올해 10월 신문이 베란다에 걸려 있지?

그럴 수밖에 없는 게 그때는 여름방학, 8월이었기 때문이다.

다시 말해 무려 두 달 후 신문이 베란다에 걸려 있었다는 뜻이다.

신문을 드라이기로 말려 찬찬히 살펴보았다. '염소의 행방'이라는 기사가 실려 있었다. 9월 30일 도쿄 도내 동물원에서 달아난 염소가 고마고메 역에 뛰어드는 황당한 사건이 발생한 것 같았다. 16시 17분 출발 야마노테 선 외선순환 전철에 올라탄 염소는 결국 붙잡혔다. 그 염소가 무사히 동물원으로 이송되었다는, 그런 기사였다.

이게 정말 올해 10월 2일 자 신문이라면 앞으로 벌어질 일이 적혀 있다는 뜻이다. 그러고 보니 누나가 친정에서 살았을 때도 몇 달 후나, 몇 년 후 소인이 찍힌 편지를 베란다에서 주웠다는 말을 했다.

어째서 그런 일이 벌어지는 걸까? 하늘 저 높은 곳에서 바람길이 다른 세상을 스쳐가는 걸까?

신문 조각에는 신경 쓰이는 기사가 하나 더 있었다. 그 기사는 어느 살인사건을 다루고 있었는데, 솔직히 이런 비현실적인 해프닝과 살인사건이라니 안 어울리는 데에도 정도가 있다.

"마쓰다는 교토하고 설산 중에 어느 쪽이 좋아?"

"교토려나."

"내년에도 교토면 좋겠다."

점심시간, 교실에서 혼조 노조미와 잡담을 나누었다. 우리 자리는 교실 뒤쪽 창가였다. 내가 앞자리고 혼조가 바로 뒷자리로, 몸을 옆으로 돌려 창가에 기대면 책상을 사이에 두고 나란히 앉은 꼴이 된다.

"내년은 스키 타러 갈 것 같은데."

올해가 교토니 내년은 스키를 타러 가게 될 가능성이 높다. 과거의 통계로 그렇게 추측할 수 있다.

"세상에는 호주로 가는 학교도 있는데."

"인솔하는 선생님한테는 스키가 편하다더라. 주변이 다 눈 덮인 산이라 학생들이 빠져나갈 수도 없고. 스키 타다 지쳐서 말썽을 부릴 체력도 없을 거라나."

"몰래 빠져나가서 말썽을 부리는 사람들이 있으니까 설산으로 간다는 거야?"

"제법 머리 썼지."

"그런 짓을 하는 사람들이 있으니까 우리처럼 성실한 학생들이 손해를 보는 거야."

혼조 노조미는 마시고 있던 우유 팩이 볼록해지도록 숨을 불어넣었다. 햇살은 미지근한 물처럼 따사로웠다. 어제 2학년이 수학여행을 가서 그런지 밖을 지나가는 학생들이 평소보다 적었다.

"요즘은? 이상한 거 안 주웠어?"

"베란다에서?"

나는 조금 생각하다가 고개를 가로저었다.

"지금 좀 늦게 대답한 것 같은데?"

혼조 노조미는 은테 안경의 위치를 바로잡으며 나를 쳐다보았다.

"기분 탓이겠지."

실은 8월에 주운 신문이 뇌리를 스쳤다. 하지만 최근에 있었던 일은 아니니까 잠자코 있을까.

"어려운 일 있으면 뭐든지 말해."

혼조 노조미는 우리 집이 바람길 속에 있다는 것을 안다. 애초에 그녀를 알게 된 게 고등학교에 막 입학한 어느 날, 베란다에 걸려 있던 기묘한 표류물 때문이었다. 표류물을 어찌 해야 할지 난감해하는 나를 보다 못해 말을 걸어준 게 혼조였다. 덧붙여서 그 표류물은 개였다. 그 일을 계기로 우리는 이야기를 나누는 사이가 되었다. 교실에서 인사를 하고, 쉬는 시간에는 잡담을 한다. 뭔가 신기한 표류물이 나오면 그녀에게 이야기하고 그게 뭘까 함께 고민했다. 할 일이 없어서 심심한 걸까? 그녀는 항상 표류물 이야기를 궁금해했다. 우리 집 베란다를 재미발생장치로 생각하는 경향이 있다.

참고로 우리는 사귀는 사이는 아니다. 그녀가 평소 학교가 아닌 장소에서 어떻게 지내는지 나는 모른다. 게다가 이따금 혼조 노조미의 정의감에 숨이 막힐 때가 있다. 그녀는 부정 행위에 민감하게 반응한다. 음악 CD나 영화 DVD를 복사하는 것도, 컴퓨터 에뮬레이터로 슈퍼패미컴 게임을 돌리는 것도 용납하지 않는다. 그런 그녀는 학급반장이다. 경찰관과 결혼한 우리 누나하고 똑 닮았다. 참고로 혼조 노조미는 성적도 굉장히 좋다. 좀 더 수준 높은 학교도 들어갈 수 있었을 텐데 어째서 이 학교에 온 걸까?

"혼조는 콘택트렌즈는 안 껴?"

구내매점에서 산 삼각김밥을 먹으며 물어보았다.

"왜?"

"그냥."

혼조 노조미가 책상에 팔을 얹고 턱을 괴었다.

"마쓰다는 안경 안 쓰는 게 더 좋아?"

"뭐가?"

"콘택트렌즈가 좋은지 안경이 좋은지 묻는 거야."

나는 삼각김밥을 꼭꼭 씹어 삼킨 뒤에 대답했다.

"내 취향은 왜 묻는데?"

"그러네."

혼조는 우유 팩에 또 숨을 불어넣었다.

나는 창밖에 펼쳐진 푸른 하늘을 올려다보았다.

"밤에 비가 올 거래. 뇌우라던데. 일기예보에서 그랬어."

"정말?"

"오늘 밤엔 외출하지 말까."

"단골 편의점에 가려고?"

"혼조 너도 웬만하면 밖에 나가지 마."

그때 수런거리던 교실이 조용해졌다. 가네시로 아키라가 교실에 들어온 것이다. 그가 등장하면 교실의 온도가 대번에 떨어지는 느낌이다.

우리처럼 평범한 학생들에게 가네시로 아키라는 괴물이었다.

노란 머리는 고등학교에 들어오기 직전에 염색한 것 같았다. 그는 언제나 다카기 요스케라는 2학년 남학생과 함께 행동했다. 중학교 때부터 서로 아는 사이라고 한다. 다카기는 어디서나 볼 수 있는 평범한 외모로, 언뜻 보기에는 불량학생으로 보이지 않는다. 어쩌면 그들은 서로를 제외하면 친한 사람이 없었는지도 모른다.

가네시로 아키라가 교실에 들어오면 숨이 막히고, 긴장되어서 겨드랑이가 축축해진다. 눈이라도 마주치면 큰일이라 다들 그에게서 눈길을 돌린다. 그의 발소리가 교실을 오갈 때, 모두가 이쪽으로 오지 말라고 기도한다. 그의 동향에 항상 주의를 기울이고, 그가 가는 방향을 피하는 게 이 교실에서 살아남는 방법이었다.

전에 가네시로 아키라와 부딪친 적이 있었다. 나는 친구와 책상을 사이에 두고 이야기하고 있었다. 내가 서 있던 자리는 분단 사이의 좁은 통로였다. 거기에 가네시로 아키라가 다가오더니 나를 어깨로 밀치고 지나갔다. 장애물을 걷어내듯 떠미는 게 마치 감정이 없는 공룡이 지나가는 듯했다. 몸이 맞닿았을 때 옷 너머로 느껴지는 단단한 근육과 불쾌하리만치 역한 헤어 제품의 냄새, 그리고 땀 냄새가 기억에 남았다.

주워들은 소문에 따르면 가네시로 아키라는 중학교 1학년 때 왕따를 당했다고 한다. 동급생이 급식을 내던지기도 하고, 매직으로 책상에 낙서를 하는 등 괴롭혔다는 것이다. 하지만 2학기가 끝나갈 무렵 가네시로의 아버지가 교통사고로 돌아가셨다. 그가 학교에 오지 않는 동안 그대로 2학기가 끝났다. 겨울방학이 끝나고, 3학기에 들어서서야 가네시로는 교실에 나타났다. 예전과는 딴판인 그의 모습에 같은 반 아이들은 깜짝 놀랐다. 눈썹을 싹 밀어버렸던 것이다. 그에게 급식을 집어던졌던 남학생 하나가 잽싸게 트집을 잡아 놀렸다. 가네시로 아키라는 어딘가 멍한 표정으로 그 남학생에게 다가가 숨기고 있던 커터를 휘둘렀다고 한다.

가네시로 아키라에 관한 흉흉한 소문은 또 있다. 예를 들어 교생 실습을 나온 여대생이 어느 날 갑자기 그만두었는데 가네시로 탓이라고 한다. 옆 마을 여중생이 자살한 것도 마찬가지. 경찰에 피해 신고는 접수되지 않은 듯, 사실인지 소문인지 알 길조차 없다.

고등학교에 입학해 그는 와카쓰키 나오토라는 소년을 표적으로 삼았다. 그 소년은 지루한 일상을 달래는 도구가 되었다. 가네시로 아키라는 그를 '계집'이라 불렀다. 불운하다고밖에 할 말이 없다. 그 때까지 멀쩡하게 지냈는데, 고등학교에 입학하고 얼마 지나지 않아 가네시로 아키라의 소변이 든 오렌지주스를 억지로 마시는 신세가 되었으니까. 와카쓰키 나오토는 가네시로 아키라와 2학년 다카기 요스케에게 에워싸여 창백한 얼굴로 그들의 굴욕적인 명령을 따랐다.

나를 비롯한 대다수의 친구들은 그쪽을 못 본 척하고 아무렇지도 않은 척, 이 교실에서 비일상적인 일은 전혀 없다고 최면을 걸 듯 계속 잡담을 나누었다. 완전히 무시. 얽히면 끝이다. 항의하면 저 노란 머리 괴물의 심기를 거스를지도 모른다. 다음 표적으로 찍히면 끝장이다. 가네시로의 시야에 들어가지 않고 기억에 남지 않도록 고개를 숙이고 생활해야 한다. 우리는 아무 힘도 없는 평범한 사람이다. 곤경에 빠진 급우를 도와줄 수 있는 초능력도, 비밀 도구도 없다. 그들이 와카쓰키 나오토를 붙들고 팬티를 벗겨내든 말든 내 인생을 지키기 위해 모질게 모르는 척했다.

동시에 통감했다.

고등학교 생활이 신나고 즐겁다는 건 환상이다.

내가 와카쓰키 나오토를 만난 것은 자정이 지난 심야였다. 낮에 혼조 노조미 앞에서는 외출할지 말지 고민하는 척했지만 원래 밤늦게 편의점에 갈 생각이었다. 밤에 비가 내린다는 건 거짓말이었고, 점원이 진열하는 주간 소년만화잡지를 사야 한다. 잡지가 발매되는 날 바로 그 만화를 읽지 않으면 신경이 쓰여서 밤에 잠도 안 온다.

그런 이유로 나는 자전거를 타고 밤길을 달렸다. 편의점 안은 빛이 뭉쳐 있는 것처럼 환했다. 만화잡지와 뜨거운 캔 커피를 사서 밖으로 나왔다. 자전거에 올라타 서둘러 집으로 돌아가려 했다. 지름길로 가려고 상점가를 가로질렀다. 문을 닫은 가게가 줄지어 있었다. 밤바람이 상쾌했다.

그때 문득, 조용한 동네 어딘가에서 순찰차 사이렌 소리가 들려왔다. 자전거 브레이크를 잡아 상점가 입구에서 멈췄다. 아무래도 사이렌 소리는 강 쪽에서 울리는 것 같았다. 2, 3킬로미터쯤 될까? 누가 내 이름을 부른 것은 그때였다.

"······마쓰다?"

소년의 목소리였다. 추위에 얼어붙은 것처럼 힘이 없었다. 나와 자전거 옆에는 상점가의 아치가 있었다. 색도 바랬고 녹과 얼룩이 져서 서글플 정도로 낡아빠졌다. 아치와 건물 사이에 가로등이 새까만 그림자를 만들어냈다. 사람 눈으로는 그 안쪽에 무엇이 있는지 가늠할 수 없는 어둠이다. 목소리는 그곳에서 들려왔다.

"맞지, 마쓰다 맞지?"

"누구야?"

자전거에 올라탄 채로 목소리가 나는 쪽을 쳐다보자 그림자가 생물처럼 꿈지럭거리더니 작고 말라빠진 소년이 고개를 내밀었다. 가로등 불빛이 그 얼굴을 비스듬히 비추었다. 하얗고, 여자애로 착각할 듯한 생김새의 소년이다. 턱이 갸름하고 눈이 크다.

"와카쓰키?"

"응."

그러고 보니 제대로 이야기를 나눠보기는 처음이다. 지금까지는 와카쓰키에게 말을 걸어본 적이 없었다. 그의 처지를 보다 못 해 말을 걸어주는 것은 우리 반에서는 혼조 노조미뿐이니까.

"이런 시간에 같은 반 녀석을 만나다니 굉장한 우연이네……."

와카쓰키 나오토는 그렇게 말하면서도 상점가 아치 옆에서 떨어지려 하지 않았다. 가로등이 비추는 것은 몸의 오른쪽 절반뿐이었다. 왼쪽 팔다리는 아직 새까만 그림자 속에 있다. 와카쓰키 나오토는 섬세하고 부드러워 보이는 머리카락을 가졌다. 그 앞머리가 이마에 들러붙어 있었다. 유심히 보니 관자놀이에서 목덜미까지 땀에 젖어 있었다. 고열에 시달리는 것처럼 숨도 거칠었다.

"이런 곳에서 뭐 해?"

나는 그렇게 물었다.

"산책이지, 뭐……. 마쓰다 넌?"

"편의점 다녀오는 길."

때마침 상점가 앞 도로를 지나는 자동차 불빛이 주위를 비추었다. 와카쓰키 나오토가 숨어 있는 그림자가 벗겨지고, 왼손에 힘없이 들고 있는 물체가 보였다.

어느새 그쳤는지 순찰차 사이렌 소리는 들리지 않았다. 자동차가 지나가자 주위는 다시 어두워졌다.

"아, 그거, 나도 읽고 싶었는데."

와카쓰키가 긴 속눈썹 아래에 있는, 남들보다 커다란 눈동자로 내 자전거 바구니를 쳐다본다. 주간 소년만화잡지를 말하는 것 같았다.

"와카쓰키도 이거 읽는구나."

"응."

와카쓰키가 내 쪽으로 다가왔다. 왼손에 든 금속 야구방망이가 노면을 긁는 불쾌한 소리가 났다. 찌그러져서 고물이 된 방망이다. 검붉은 얼룩이 진득하게 묻어 있고, 머리카락 같은 게 붙어 있었다.

"이거 읽는 사람 별로 없는데."

"점프 같은 매거진처럼 유명하지 않으니까."

"그렇지?"

"하지만 이제 못 읽을지도 모르겠다."

와카쓰키는 아쉽다는 듯이 말하고 방망이를 쳐다보았다. 괜히 자전거를 세웠다. 순찰차 사이렌 따위 그냥 무시하고 지나갈 걸 그랬다. 내가 그런 후회를 하는 줄은 알지도 못하고 와카쓰키는 금속 방망이를 들어올렸다. 피와 엉켜 있던 머리카락 뭉치가 축축한 소리를 내며 바닥에 떨어졌다.

"이런 걸 물어도 될지 모르겠는데……."

"혹시 이걸 말하는 거라면, 가네시로의 피야."

그 머리카락은 피에 젖지 않은 부분이 노랬다.

"와카쓰키 너였나……."

나는 무심코 중얼거렸다.

와카쓰키가 고개를 갸웃거렸다.

"아무것도 아냐, 그냥 혼잣말이야. 그보다 이제 어쩌려고?"

와카쓰키는 금속 방망이를 질질 끌면서 몇 걸음 걷더니 도로 저편을 보았다.

"저쪽으로 도망갈까."

"자수할 생각은 없나 보구나."

"조만간 하려고는 해."

순찰차 사이렌 소리가 다시 울리기 시작했다. 수사를 재개한 걸까? 눈앞에 서 있는 와카쓰키 나오토와 피가 묻은 금속 방망이, 저 사이렌 소리가 서로 무관할 리 없다.

"그럼 나는 그만 갈게. 마쓰다한테 폐를 끼칠지도 모르니까."

"아아, 응, 힘내."

무엇을 힘내라는 건지 나도 모르겠다.

"그럼." 와카쓰키가 말했다.

"바이바이." 나는 그렇게 대답했다.

그가 걸음을 뗐다. 힘없이 늘어뜨린 방망이가 바닥에 끌려 시끄러웠다. 이대로 가면 금방 발견될 것이다. 날이 밝을 때쯤에는 아마 어느 순찰차든 그를 발견할 게 틀림없다. 그렇지 않더라도 누가 신고할지 모른다. 하지만 나와는 상관없는 일이다. 와카쓰키야 그냥 내버려두면 된다. 지금까지 그랬던 것처럼.

나는 심호흡을 했다. 공기를 들이마시고, 내뱉었다. 와카쓰키가 가는 반대 방향으로 자전거 페달을 밟았다. 속도를 올리자 싸늘한 밤공기가 바람으로 변했다. 바구니 속 만화잡지가 펄럭거렸다.

조금 달리다가 브레이크를 잡았다.

켜켜이 쌓인 와카쓰키에 대한 죄책감 때문이었다.

나만 그런 게 아니라 다른 녀석들도 아마 알고 있겠지만, 나는 와카쓰키가 희생양이 되어준 덕분에 무사한 것이다.

하루하루, 내가 표적이 아니라서 다행이라 생각하며 지내왔다.

딱 한 번만, 뒤를 돌아볼까?

돌아보고, 와카쓰키의 모습이 이미 사라졌다면 거리낌 없이 돌아가면 된다. 안타까워 할 필요는 없다. 그가 그 금속 방망이로 무슨 짓을 했는지 대충 짐작은 간다. 그것은 체포되어 마땅한 일이 분명했다.

하지만 돌아보았을 때 깜깜한 밤하늘 아래, 어깨를 늘어뜨린 소년의 가녀린 뒷모습이 있다면 한 번 더 말을 걸어보자.

많이 늦었지만 뭔가 도와줄 수 있을지도 모른다.

좋아, 지금, 딱 한 번만 돌아보자.

나는 각오를 다지고 자전거에 올라탄 채 어깨 너머로 뒤쪽을 살펴보았다.

2

9월 26일, 금요일

세제가 그런 색인 건지, 옷에 묻은 얼룩 때문인지 모르겠지만 돌

아가는 세탁기를 들여다보면 보라색이 감도는 잿빛 물이 소용돌이
칠 때가 있다. 9월 26일은 하늘이 그런 빛깔을 띤 흐린 날이었다. 바
람이 나뭇가지를 흔들고, 빨래에서 나온 구정물처럼 어두운 구름이
주택가 저편으로 주르르 빨려 들어가고 있었다.

교실에 들어갔을 때는 이미 대부분의 아이들이 사정을 알고 있었
다. 나는 아무것도 모르는 척 대화 속에 끼어들었다.

우리가 사는 동네 북쪽에는 제법 큰 강이 있다. 야가모 다리는 국
도와 강이 교차하는 자리에 있었다. 정식 명칭은 고토노하 다리라고
하지만 전에 이 다리 근처에서 화살에 맞은 오리가 발견된 후로 야
가모 다리라고 부른다 일본어로 화살은 야矢, 오리는 가모鴨라고 읽는다. 정식 명칭은
이제 거의 쓰지 않는다. 어젯밤, 그 다리 밑에서 노란 머리 소년의
시신이 발견되었다고 한다.

"가네시로가 맞대."

"와카쓰키 녀석, 제법인데?"

"어? 와카쓰키가 그런 거야?"

나는 떠보듯 물어보았다.

"그 녀석, 밤에 집을 나간 뒤로 돌아오지 않았다더라."

"현장에서 그 녀석 자전거가 발견되었대."

친구들이 가르쳐주었다.

"와카쓰키, 많이 힘들었겠지."

"그러게."

"와카쓰키는 지금 어디 있을까?"

내 뒤에 여학생이 서 있었다. 바로 알아채지는 못했지만 혼조 노조미였다. 매끈한 이마를 보고서야 겨우 그녀인 줄 알았다. 가만히 얼굴을 쳐다보니 혼조가 당황한 기색으로 말했다.

"엉뚱한 착각은 하지 마."

"아, 응."

어제 그런 대화를 해서 콘택트렌즈를 꼈나? 설마 내 착각이겠지, 하던 차였다. 안경 하나 벗었을 뿐인데 혼조 노조미의 인상은 꽤나 달랐다. 지금까지 그녀를 안경으로만 인식했다는 것을 깨달았다.

"우연히 안경을 밟아서 망가뜨린 바람에."

"그렇구나, 고생했겠네."

"정말 우연이니까, 오해하면 안 돼."

뭘 걱정하는지 잘 모르겠지만 혼조 노조미까지 껴서 여러 가지 정보가 오갔다. 피투성이 방망이를 든 소년이 한밤중에 어슬렁거렸다는 점. 그 모습이 와카쓰키 나오토와 일치했다는 점. 그리고 와카쓰키 나오토가 경찰에 붙잡혔다는 소문은 아직 듣지 못했다는 점.

그러는 사이 침통한 표정의 담임이 교실로 들어와 조례를 시작했다. "여러분도 이미 들었을 줄로 알지만" 하고 서두를 꺼내고 가네시로 아키라가 사망한 사실, 와카쓰키 나오토가 행방불명이라는 사실을 설명했다. 모두 제자리에 앉자 교실에 빈 책상이 두 자리가 바로 눈에 띄었다.

학교 측은 학생들에게 영향이 있을까 우려했는지 수업을 취소하고 귀가 조치를 했다. 우리는 해방되었지만 교실을 나서는 아이들은 얼마 없었다. 언제까지고 교실에 남아 수군대고 있었다.

고등학생이 살해당하고 용의자로 추정되는 동급생 소년이 도주 중이라는 사건은 일반적으로도 관심이 높은지, 교실 창문에서도 보이는 곳에 언론 보도 차량이 보였다. 방송국 카메라도 왔을까, 하고 누군가가 말했다. 이 동네에서 일어난 일이 전파를 타고 일본 전국에 방영된다고 생각하니 기분이 이상했다. 게다가 이 교실에서 있었던 일이 발단이 되어 일어난 사건이다. 상상력이 따라가지 못했다. 내가 아는 '교실'이라는 좁은 공간에서 벌어진 일과, 아득히 먼 외부에 펼쳐진 '일본'이라는 커다란 공간이 사실은 연결되어 있었던 것이다. 살인이라는 건 '교실'과 '일본'을 연결할 정도로 비일상적인 사건인 것이다. 나는 창가 자리에서 혼조 노조미에게 그런 속마음을 털어놓아보았다.

"실감이 안 나."

혼조 노조미는 작은 입술을 악물고 조용히 창밖을 바라보고 있었다. 콘택트렌즈가 아픈지, 사건에 대해 생각하고 있는지, 눈이 불그스름하니 당장이라도 눈물을 글썽거릴 것 같았다.

"괜찮아?"

걱정이 되어 말을 걸었다.

"너야말로. 아침부터 기분이 안 좋아 보이던데?"

"뭐, 이런 일이 벌어졌으니."

사실은 눈을 깜빡거릴 때마다 금속 방망이에 붙어 있던 검붉은 피와 사람 머리카락이 머릿속을 스치는 탓이다. 와카쓰키 나오토를 만난 일은 혼조에게도 말하지 않았다. 불의를 참지 못하는 성격이니 당장 경찰에 알리라고 말할 게 틀림없다. 와카쓰키 나오토를 동정한다고 해도.

나는 가방을 들고 일어섰다. 혼조 노조미도 함께 일어났다.

신발장 앞에서 신발을 갈아 신으며 그녀에게 물어보았다.

"와카쓰키 일로 선생님한테 의논했을 때 무섭지 않았어?"

혼조는 교실에서 끔찍한 꼴을 당하고 있는 와카쓰키를 보다 못해 교사에게 알린 적이 있었다. 1학기가 끝나갈 무렵이었다. 학교 측에서 혼조 노조미의 이야기를 진지하게 받아들인 것은 다행이었다. 교사들은 가네시로 아키라와 다카기 요스케 두 사람, 그리고 그들의 부모를 불러 주의를 주었다. 하지만 와카쓰키 나오토의 표정이 밝아질 기미는 없었다. 말을 거는 친구는 여전히 없었고, 그 후에도 와카쓰키가 학교 밖에서 가네시로 아키라에게 불려나가 들치기를 강요당하거나 돈을 빼앗기고 있다는 건 모두 알고 있었다.

"가네시로나 다카기한테 찍힐지도 모른다는 생각은 안 했어?"

와카쓰키 나오토를 감싸려 하면 가네시로 아키라의 시야에 들어가고 만다. 제정신으로 할 수 있는 행동이 아니다.

"하지만 그런 걸 따질 상황이 아니었잖아."

그렇다. 그런 걸 따질 상황이 아니었다. 한계는 이미 코앞에 다가와 있었던 것이다. 그래서 지금, 이런 상황이 벌어졌다.

"너 같은 사람이 열 명만 더 있어서 그 녀석에게 말을 걸어주었더라면 좋았을 텐데."

"한 명만 더 있었어도 이렇게 되진 않았을지 몰라."

그녀는 걸어가면서 나를 곁눈으로 보았다. 나는 시선을 피했다. 모두가 그녀만큼 정의감이 강한 건 아니다. 나는 평범하고, 아무런 특기도 없는, 수업이 끝나면 바로 집으로 돌아가는 극히 일반적인 소년이니까.

교문 밖에 보도 관계자로 보이는 사람들이 있었다. 리포터가 하교하는 학생들을 몇 명 붙잡아 마이크를 들이대고 있었다. 뉴스 프로그램에서 자주 보는 그런 장면이다. 이 강렬한 기시감. 그래도 현실감이 없었다. 기묘한 말이지만 텔레비전을 보다가 이 광경이 나오는 순간에야 이게 진짜 현실이라는 걸 실감하지 않을까?

"그럼 내일 또 보자."

"응."

교문 앞에서 혼조 노조미와 헤어졌다.

버스 안에서 휴대전화를 보았다. 사건 소식을 들은 어머니와 누나가 연락했는지 번호가 남아 있었다. 걱정 어린 문자도 와 있었다. 집 근처 버스 정류장에서 내려 언덕 위에 있는 집까지 걸어갔다. 가는 길에 누나에게 연락해야 할지 고민했다. 경찰 관계자 매형이 제법 엘리트라고 하니 수사 상황을 가르쳐줄지도 모른다. 하지만 고민하는 사이 집 앞에 도착했다.

마을 상공에 있는 눈에 보이지 않는 바람길에 2층 일부가 고개를 들이밀고 있는 우리 집은 흔한 단독주택이다. 베란다에 기묘한 물건들이 떨어진다는 그 판타지 같은 설정이 이 현실적이고 갑갑한 상황을 어떻게 해결해주지 않을까? 숨 막히는 이 상황에 바람구멍을 터 주지 않을까? 판타지는 이런 상황에 처한 사람들을 구해주는 약이라고 생각했다. 하지만 이번만큼은 불가능할 것 같다.

현관문을 열고 다녀왔습니다, 라고 말해보지만 대답은 없었다. 부모님은 맞벌이를 하신다. 즉 우리 집은 낮에 아무도 없다.

2층 내 방으로 올라갔다. 커튼을 꼭꼭 닫아놓아 어둑했다. 벽장을 열어보니 아침에 본 모습과 똑같은 자세의 와카쓰키 나오토가 있었다. 무릎을 끌어안고 고개를 숙이고 아이팟으로 음악을 듣고 있다. 내 기척을 느끼고 느릿하게 고개를 들더니 이어폰을 뺐다.

와카쓰키 나오토라는 소년은 이목구비나 가녀린 골격만 보면 영락없는 여자애였다. 가령 어머니가 집에 계시고 지금 이 방의 문을 벌컥 연다면 내가 짧은 머리 소녀를 방에 데려왔다고 착각할지도 모른다. 가느다란 손가락, 고개를 갸웃거리는 타이밍, 입술이나 눈가에 맺히는 표정, 그 모든 것이 여자애 같았다. 더군다나 제법 괜찮은 생김새다. 그래서 괜히 더 와카쓰키가 찜찜하게 느껴졌다.

와카쓰키 나오토는 천적을 경계하며 구멍에서 나오는 토끼처럼 신중하게 벽장에서 나왔다. 벽장에는 오늘 아침 내가 준비해둔 생수 페트병과 과자 봉지가 있었다. 물은 줄었지만 과자는 그대로였다.

"수업 없었나 보네."

그가 벽시계를 보며 말했다.

와카쓰키 나오토에게 집 옆에서 잠깐 기다리라고 하고 부모님이 잠든 것을 확인한 뒤 방으로 데리고 들어온 게 약 열두 시간 전이었다. 진흙이 잔뜩 묻은 신발을 손에 들고 그는 소리를 내지 않도록 조심스레 계단을 올라왔다. 어째서 숨겨주는지 의아해하는 표정이었다. 당연한 반응이리라. 지금까지 교실에서 말 한 마디 나눈 적 없었으니까.

"별일 없었어?"

"창문 쪽에서 이따금 뭔가 부딪히는 소리가 났는데. 탁, 탁, 하고……."

"모래알이 유리창에 부딪히는 소리야. 바람을 타고 날아오거든."

평소와 달리 꼭꼭 닫아놓았던 커튼을 빼꼼 열어보았다. 아침에 베란다 청소를 건너뛴 바람에 낙엽이 엄청 쌓였다. 참고로 낙엽을 유심히 관찰해보면 전세계에 흩어진 각종 식물의 잎이라는 걸 알 수 있다. 순찰차로 보이는 차량 대열이 멀찍이 떨어진 도로를 가로질렀다. 저쪽에서는 이쪽이 보이지도 않을 텐데 황급히 커튼을 닫았다.

"그 컴퓨터, 인터넷 돼?"

와카쓰키 나오토가 책상 위에 놓인 노트북을 가리켰다.

"써도 돼? 메일 좀 확인하고 싶어서."

컴퓨터를 켜면서 이런 상황에서도 사람은 메일을 확인하는구나 싶어 조금 놀라웠다. 와카쓰키에게 컴퓨터를 내주고 나는 침대에 앉았다. 엉뚱한 폴더를 열지 않을까 괜히 조마조마했다.

와카쓰키 나오토는 누구나 간단히 만들 수 있는 무료 메일을 사용했다. 그가 홈페이지를 열고 아이디와 패스워드를 입력했다. 로그인하기 직전, 퍼뜩 말렸다.

"아, 잠깐만."

엔터키를 누르려던 그의 손가락이 멎었다.

"이런 거 위험하지 않을까? 여기 위치를 경찰에 들킬지도 몰라."

둘 다 컴퓨터는 잘 모르지만 경찰을 우습게봐서는 안 된다. 와카쓰키 나오토의 메일주소를 알아내 메일에 로그인하기만 기다리고 있는 게 아닐까? 로그인한 순간에 숨어 있는 장소까지 알아낼지도 모른다.

참고로 와카쓰키는 휴대전화를 갖고 있지만 어젯밤, 우리 집으로 데려오기 전에 전원을 끄게 했다. 전화는 하지 않아도 휴대전화는 주변 기지국에 전파를 보낸다는 이야기를 어디서 읽은 적이 있다. 세 군데의 기지국에 도달한 전파의 세기로 거리를 계산하면 정확한 위치를 알 수 있는 것이다. 아예 버리라고 하는 게 나을지도 모르지만 일단 전원만 끄라고 했다. 요즘은 전원을 꺼도 GPS 기능이 돌아가는 기종도 있지만 와카쓰키의 휴대전화에 그런 기능은 없는 듯하니 괜찮을 것이다.

와카쓰키 나오토는 메일 확인을 포기했다. 그 대신 뉴스사이트에서 사건 기사를 검색해 읽더니 포털사이트 메인을 열어놓은 상태로 한숨을 쉬었다. 화제의 기사 맨 위에 그의 사건 기사로 연결되는 링크가 표시되어 있었다.

"많은 사람들이 이걸 보고 있겠지……."

당장 토악질이라도 할 것처럼 안색이 나빴다. 어느 기사에도 와카쓰키 나오토의 실명은 나오지 않았다. 기사에 따르면 범행에 사용된 것으로 추정되는 금속 방망이가 도로 옆 수풀에서 발견되었다고 한다. 최대한 눈에 띄지 않는 장소에 버렸다고 생각했는데 하루 만에 찾아낸 모양이다.

인터넷을 한차례 검색하고 나서 와카쓰키 나오토에게 샤워를 권했다.

와카쓰키가 샤워하는 사이 나는 방에 혼자 남아 하염없이 여러 가지 생각을 했다. 정말 슬픈 일이지만, 역시 와카쓰키가 그 기사에 적혀 있던 고등학생이 분명했다. 책상 서랍에서 신문 조각을 꺼냈다. 여름방학의 어느 날 아침, 베란다에 떨어져 있었던 물건이다.

인쇄 날짜는 올해 10월 2일. 인쇄가 잘못된 게 아니라면 엿새 후의 미래에 발행된 셈이다. 와카쓰키 나오토가 돌아오려면 아직 한참 있어야 한다는 걸 확인하고 구겨진 신문을 펴서 이미 몇 번이나 봐서 머릿속에 들어 있는 기사를 되읽었다. 염소 기사가 적혀 있는 쪽이 앞면이라면 그 기사가 인쇄된 면은 뒷면이다.

기사에 적혀 있는 지명은 내가 사는 지역이다. 설마 이렇게 가까운 곳에서 사건이 일어날까 싶었는데, 정말 그렇게 되었다. 어젯밤, 상점가 입구에서 와카쓰키 나오토를 만났을 때 내 머릿속에 떠오른 것은 '이 사건을 저지른 게 너였나'라는 생각이었다.

지난달 25일 심야 ** 현 ** 시에서 발생한 고1 사망 사건의 참고인으로 신문을 받던 고등학생(15)이 어젯밤, ** 경찰서 화장실에서 목을 매달아 자살했다. 동급생 살해 혐의를 시인한 직후였다.

"사위한테 물어보면 자세히 알려주지 않을까?"

"당신도 참. 뻔히 바쁜 줄 알면서 그러네."

"와카쓰키라는 아이는 어디에 숨어 있으려나?"

"다른 현으로 달아나지 않았을까?"

"……." 나는 부모님의 대화를 묵묵히 듣고 있었다.

부모님과 나, 셋이서 식탁을 에워싸고 있었다. 가운데에 크로켓이 담긴 큰 접시가 있다. 어머니가 파트타이머 일을 끝내고 돌아오는 길에 사 온 것이다. 텔레비전에서 예능 프로그램이 나오고 있었지만 아무도 보지 않았다. 화제는 시종일관 그 사건이었다.

"죽은 아이가 다른 애를 그렇게 괴롭혔다면서, 진짜니?"

어머니가 내게 물었다.

어떻게 대답할지 고민하고 있자니 2층에서 무슨 소리가 들렸다. 누구 발에 채여 바닥에 쌓아둔 책이 무너진 듯한 소리였다. 일제히 식사하던 손길을 멈추었다. 부모님은 어리둥절한 표정이다. 2층에 누가 있을 리 없으니까.

"창문을 제대로 안 닫았나봐. 왜, 늘 바람이 지나가잖아요."

내가 그렇게 말하자 부모님은 그런가보다 하는 얼굴로 다음 화제로 넘어갔다.

밤이 깊어 부모님이 침실로 들어가자 저녁식사 때 남은 크로켓을 주방에서 몰래 집어왔다. 와카쓰키 나오토는 고맙다고 말하고 달려들었지만 결국 반 조각밖에 먹지 않았다. 샤워를 마친 와카쓰키는 내 옷을 입고 있었다. 하지만 사이즈가 맞지 않아 어깨나 소매가 풍

덩했다. 원래 입고 있던 옷은 쓰레기봉투에 넣어 벽장에 숨겨두었다. 조만간 몰래 처분해야 한다. 샤워를 한 뒤로 와카쓰키는 한결 편안한 표정으로 조금씩 만화책이나 게임 이야기를 했다. 그 모습을 보니 와카쓰키가 저 가녀린 팔로 가네시로 아키라를 폭행했다는 사실을 깜빡 잊어버릴 뻔했다.

볼륨을 낮추고 노트북으로 동영상을 보거나 추천 사이트를 보았다. 노트북에 텔레비전 튜너 기능이 있어 뉴스를 트니 '16세의 범죄'라는 주제로 해설자가 와카쓰키 나오토의 사건을 설명하고 있었다.

"아직 열다섯 살인데. 생일이 12월이니까."

와카쓰키는 화면을 바라보며 말했다. 고1이니 일반적으로 열여섯 살이라고 한 게 틀림없다.

"12월이면 사수자리?"

"염소자리. 30일이 생일이거든."

뉴스 속보가 들어왔다. 아나운서가 원고를 읽었다. 새로이 알게 된 사실은 두 가지. 범인이 피해자를 방망이로 폭행한 뒤에 식칼로 가슴을 찔렀다는 사실. 중요 참고인으로 행방을 추적하고 있는 고등학생의 방에서 마트에서 식칼을 구입한 영수증이 발견되었다는 사실. 와카쓰키 나오토는 바닥에 앉아 무릎을 끌어안고 몸을 앞뒤로 흔들었다. 그런 그에게 물어보았다.

"식칼이래."

"응."

"전부터 계획했던 거야?"

와카쓰키 나오토는 몸을 흔들며 무릎 사이에 얼굴을 파묻었다. 몸집이 작아서 상자에 집어넣을 수 있을 만큼 아담한 상태가 되었다. 말을 걸어도 반응이 없어 나는 노트북으로 음악을 틀고 전깃불을 끄고 침대에 들어갔다. 캄캄한 방에는 노트북 불빛뿐이었다. 얼마 지나지 않아 와카쓰키가 벽장 속 잠자리에 들어가는 기척이 느껴져 잠깐 〈도라에몽〉 같다는 생각을 했다. 그 로봇도 벽장을 잠자리로 삼았으니까. 그런 생각을 해서 그런지 〈도라에몽〉의 사차원 로봇이 베란다에 떨어지는 꿈을 꾸었다.

9월 27일 토요일

덜컹 하는 소리에 잠에서 깼다. 침대 위에서 몸을 일으키고 눈을 비비며 방을 둘러보았다. 아침 햇살이 커튼 너머로 비쳐들어 환했다. 실내에 이상은 없었다. 유리창에 뭔가가 부딪친 소리다.

와카쓰키 나오토가 벽장을 열고 고개를 내밀었다. 그도 방금 전 소리를 듣고 깬 모양이다. 걱정스러운 기색으로 나를 쳐다보았다.

"무슨 소리야?"

"표류물일 거야."

커튼을 열어보니 베란다에 잔뜩 쌓인 낙엽 위에 진흙투성이 물체가 굴러다니고 있었다.

"바람이 좀 세, 놀라지 마."

미리 한마디 충고하고 창문 알루미늄 새시를 붙잡았다. 틈새가 살짝 벌어지자 바람이 휘파람처럼 높은 소리를 내며 들이닥쳤다. 아니나 다를까 와카쓰키 나오토는 거칠게 밀려드는 바람에 깜짝 놀라 침대를 와락 붙들었다. 나는 베란다에 떨어져 있던 물체를 회수했다. 배배 꼬인 운동복이었다. 물기 때문에 무거웠다. 창문을 닫자 바람 소리가 사라지면서 방이 조용해졌다.

"빨래가 바람에 날아온 모양이야."

와카쓰키 나오토는 쭈뼛쭈뼛 창문으로 다가가 바깥을 살폈다.

"태풍?"

"우리 집, 바람이 거친 곳에 있거든."

와카쓰키 나오토에게 운동복을 건넸다.

"바람에 날려왔다고? 이렇게 무거운데?"

와카쓰키는 운동복을 펼쳐들고 고개를 갸웃거렸다.

"이거 뭐야? 소매가 네 개나 있는데?"

"불량품인가? 아니면 팔이 네 개 달린 생물이 사는 세상에서 날아왔나?"

"진심으로 하는 소리야?"

"그럴 가능성도 없지 않아. 솔직히 이상한 게 자주 떨어지거든."

"다른 것도 있어?"

방금 전 바람 때문에 와카쓰키 나오토의 발밑에 그 신문 조각이 떨어져 있었다. 아니, 저건 안 된다. 다른 표류물을 보여주자. 하지만 내 시선을 알아차린 그가 신문을 주워들고 말았다. 와카쓰키 나오토는 신문을 바라보며 중얼거렸다.

"아아, 이건 너무 꿈같은 얘기인걸…… 날짜가 미래잖아?"

아무래도 믿기 어려운지 가짜를 보는 듯한 표정이었다.

"염소라니."

다행히도 와카쓰키가 본 것은 앞면이었던 모양이다. 그는 '염소의 행방'이라는 기사를 읽기 시작했다.

"내 별자리라 그런가, 염소라니까 남일 같지 않아."

"나는 이과 수업에서 천칭을 쓸 때 친근감을 느꼈는데."

와카쓰키가 뒷면을 읽으려 들기 전에 신문 조각을 낚아챘다. 당연한 일이지만 본인이 죽는 기사는 안 보여주는 게 낫다.

아래층에서 부모님이 돌아다니는 기척이 났다.

"넌 여기서 기다려. 잠깐 일상을 연기하고 올 테니까."

와카쓰키 나오토를 방에 남겨두고 1층으로 내려갔다. 오늘은 토요일이라 학교 수업은 없다. 하지만 아버지는 회사에 가야 하는지 출근 채비를 하고 계셨다.

"어머, 잘 잤니?"

어머니가 깜짝 놀란 표정으로 물었다. 휴일에 이렇게 아침 일찍 고개를 내미는 일이 드물기 때문이다. 밥하고 달걀프라이를 먹는데 집 전화가 울렸다. 담임의 연락이었다.

"가네시로하고 와카쓰키 일로 뭔가 아는 게 있으면 말해달라는구나."

전화를 받은 어머니가 담임의 말을 전했다. 아버지가 출근하자 어머니도 나갈 준비를 했다. 친척 집에 갈 일이 있다고 했다. 부모님이 집에 계시는 주말을 어떻게 무사히 넘길지 고민하던 터였는데 두 분 다 외출하는 건 행운이었다.

"늦게 돌아올 텐데 저녁밥 괜찮겠니?"

"응. 적당히 알아서 먹을게요."

어머니를 배웅하고 혹시나 다시 돌아올지 몰라 잠시 지켜보다가 와카쓰키 나오토를 1층으로 데려왔다. 남은 아침식사를 챙겨 먹이고 거실 텔레비전의 대형 화면으로 게임을 했다. 나이프를 들고 적과 싸우는 게임을 하면 가네시로 아키라를 식칼로 찌른 순간을 떠올릴지도 모르니까 〈바이오해저드〉는 접어두었다. 하다 만 〈파이널판타지〉가 있지만 우연히 톤베리손에 칼과 램프를 들고 있는 몬스터라도 만나면 역시 식칼을 떠올릴 게 분명하니 그만두자. 결국 한낮이 되도록 우리는 〈모모타로 전철〉을 했다. 점심으로 파스타를 만들었다. 와카쓰키 나오토는 미안해하면서 먹었다. 식욕을 제법 되찾은 것 같았다. 그래도 일인분을 다 먹지 못했다. 원래 입이 짧은 모양이다. 식사를 마치고 와카쓰키는 내 방 벽장에 들어가 가느다란 다리를 굽혀 쪼그리고 앉아서는 만화책을 읽기 시작했다. 굳이 그런 곳에서 읽을 필요는 없는데, 거기가 편한 모양이었다.

오후 3시가 지났을 즈음, 문제가 생겼다. 내가 누나와 전화를 하고 있을 때였다.

"다행이야, 네가 휘말리지 않아서."

"매형이 혹시 이번 사건 담당이야?"

"아니. 하지만 이것저것 이야기는 듣나봐."

"어떤 이야기?"

"원한이 깊었을 거래. 상처의 상태로 알 수 있다고. ……와카쓰키라는 아이하고 교류가 있었니?"

"말도 한마디 못 해봤어."

무선전화기에 후회를 담아 말했다.

"요즘은 베란다에 이상한 거 안 날아와?"

"응. 교코 누나는 잘 지내? 연락은 해?"

교코는 누나의 친구로, 내 생일에 언제나 게임기를 사주는 멋진 사람이다.

"매일 유유자적하는 모양이야. 일도 그만두었대. 다음에 보면 한 대 때려줘야지."

2층에서 와카쓰키 나오토가 내려와서 거실 입구에서 고개를 내밀었다. 나는 소파에서 일어났다. 뭔가 근심이 있는 표정이었다. 당연히 걱정거리가 산더미겠지만.

"그럼 또 연락할게."

전화를 끊고 와카쓰키를 돌아보자 창백한 얼굴로 말했다.

"미안, 이웃집 사람한테 들켰을지도 몰라…….."

이야기를 들어보니 다양한 물체가 날아든다는 신비한 베란다에 관심이 가서 커튼을 열고 관찰하는데, 어느 틈에 이웃집 창문이 열려 있었고 빨래를 널던 주부가 와카쓰키를 쳐다보고 있었다는 것이다.

"살짝 본 거야?"

"뚫어지게 봤어."

"어느 집?"

"바로 뒤편. 언덕 비탈 바로 밑에 있는 집."

"회색 지붕?"

"응."

"어머니 친구네 집이야."

가족 구성도, 내 얼굴도 안다. 살인사건의 중요 참고인이 내 동급생이라는 것도 당연히 알 터였다. 내가 범인을 숨겨주고 있다는 걸 바로 알아차릴까? 경우에 따라서는 벌써 신고했을지도 모른다. 그런 생각을 하는데 손에 쥐고 있던 무선전화기가 울렸다.

"경찰일까?" 와카쓰키 나오토가 물었다.

통화 단추를 누르고 수화기를 귀에 댔다.

"여보세요?"

귀에 익은 어머니의 목소리였다.

"뭐야, 엄마야?"

이 타이밍에, 참 눈치도 없다.

"점심 제대로 챙겨 먹었니?"

친척 집인 것 같았다.

"파스타 해 먹었어. 방금 전에 누나하고도 통화했는데."

"누나도 걱정하지?"

"옛날부터 잔걱정이 많잖아. 내가 넘어져서 다칠 때마다 구급차를 부르고 엉뚱하잖아."

"혹시 친구 와 있니?"

"응. 왜?"

"아줌마 네트워크로 연락이 왔거든."

"그게 뭐야, 트위터보다 정보 전달이 빠른 것 아니야?"

어머니의 주부 친구는 경찰이 아니라 어머니에게 연락을 한 모양이다.

"그 친구랑 혹시 사귀니? 여자애가 네 방에 있다고 하던데."

한 박자 늦게 이해했다.

"뭐, 그런 셈이야."

일부러 그렇게 둘러댔다.

"어머나, 그러니!"

옆에서는 와카쓰키 나오토가 걱정스러운 표정으로 보고 있었다. 너 때문에! 확 걷어차고 싶었다. 그의 손에는 어느 틈에 신발이 들려 있었다.

"8시쯤 돌아갈 건데 저녁 안 먹고 기다릴 수 있으면 뭐 좀 사 갈까? 친구도 그 시간까지 있을 거니?"

"아니, 볼일이 있는 것 같아."

와카쓰키 나오토는 복도로 나가 현관 쪽으로 걸어갔다.

"그럼 그런 줄 알아요."

전화를 끊고 복도에서 와카쓰키 나오토의 어깨를 붙들어 세웠다. 어깨가 여자애처럼 가냘프고 여려서 깜짝 놀라 바로 손을 뗐다.

"어딜 가?"

"모르겠어. 하지만 이대로 있으면 폐를 끼칠 테고……."

"체포당할 거야."

"언젠가는 자수할 예정이었어."

조금도 흔들리지 않는 검은 눈동자로 나를 똑바로 쳐다보았다. 공포나 주저와는 다른 감정이 느껴졌다. 그리고 맑았다. 내가 주저하는 것을 보고 와카쓰키가 눈을 내리뜨더니 현관에서 신발을 신으려했다.

"만약 체포되더라도 경찰한테 마쓰다 네 얘기는 하지 않을게. 노숙했다고 할게."

"그 옷은 어디서 났느냐고 물을 텐데."

"바람을 타고 날아왔다고 하면 수상할까? 여기서 제일 가까운 PC방은 어디야? 메일을 보내고 싶은 사람이 있어."

"역 앞까지 가야 해. 메일은 보내기만 하면 돼? 그럼 우리 집 컴퓨터로 보내."

무료 메일 계정을 새로 만들어 내 노트북으로 보내라고 권했다. 새 계정이라면 경찰은 알 길이 없다. 하지만 완전히 안심할 수도 없다. 메일을 누구에게 보낼 건지 모르지만 그 사람이 경찰에 메일을 보여주면 우리 집에서 보냈다는 것도 탄로날 것이다.

"그럴 염려는 없어."

"그걸 어떻게 알아?"

"어쨌거나 괜찮아."

그렇게 주장하는 와카쓰키를 2층으로 데려가 노트북 앞에 앉혔다. 그는 새 주소를 등록해 누구에게 보내는지 모를 메일을 쓰기 시작했다.

와카쓰키 나오토가 메일을 다 쓴 뒤 나를 향해 고개를 돌렸을 때, 나는 채비를 거의 마친 상태였다. 배낭에 갈아입을 옷과 예금통장을 넣고, 10월 2일 자 신문지도 주머니 속에 넣었다. 와카쓰키 나오토가 다 쓴 노트북도 배낭에 쑤셔 넣었다.

"제안 하나 할게, 조금 더 어두워진 다음에 출발하자. 나도 함께 갈 거야."

와카쓰키는 이유를 묻고 싶은 표정이었다.

모호한 웃음으로 대답을 얼버무렸지만 나는 마음속으로 결심했다. 이 녀석과 친구가 되자.

3

9월 28일 일요일

잠을 잔 듯 만 듯 아리송한 졸음에서 깨어나 눈앞의 컴퓨터 화면을 보았다. 오른쪽 하단에 표시된 디지털시계는 아침 7시 반을 가리키고 있었다. 창문이 없어서 아침이라는 실감이 나지 않았다. 어느새 세 시간이나 지난 걸 보니 아마 잠들었던 모양이다.

나는 리클라이너 의자 하나가 들어가는 공간에 웅크리고 있었다.

눈앞에는 컴퓨터용 모니터와 텔레비전 시청용 모니터, 플레이스테이션2와 독서등, 표면이 끈적거리는 메뉴판이 있었다. 앞쪽과 좌우 양옆에는 높이가 170센티미터쯤 되는 칸막이. 뒤에는 어설픈 문이 있다. 금연 리클라이너 자리에서 벌써 여섯 시간도 넘게 버티고 있다. 심야부터 아침까지 야간 할인요금으로 PC방에서 밤을 새워보기는 처음이다.

일인용 공간에서 나와 화장실에서 세수를 했다. 드링크바에서 차가운 우롱차를 마시면서 인터넷으로 정보를 수집했다. 충분히 찾은 다음 자리에 연결되어 있는 헤드폰을 텔레비전에 연결해 뉴스를 보았다.

달리 큰 사건이 없는지 텔레비전에는 온통 고1 살인사건 소식뿐이었다. 고등학교 건물과 피해자가 발견된 야가모 다리 주변의 상황 등, 눈에 익은 경치가 VTR로 흘러나왔다. 와카쓰키 나오토의 실명은 보도되지 않았지만 교실이나 학교 밖에서 당했던 가혹 행위가 취재로 드러났다.

와카쓰키 나오토와 같은 반 소년이 어젯밤부터 실종 상태라는 정보는 아직 보도되지 않았다. 방 안 벽장에 와카쓰키 나오토가 입고 있던 옷이 그대로 들어 있다. 경찰이 그걸 보면 내가 범인과 함께 행동하고 있다는 걸 쉽게 짐작할 수 있을 것이다.

인기척을 느끼고 뒤를 돌아보았다. 장난감 같은 벽은 아래쪽이 뚫려 있어 맞은편에 누가 있으면 바로 알 수 있다. 헤드폰을 벗으니 그제야 조심스러운 노크 소리가 들렸다.

"깼어?"

문을 살짝 여니 와카쓰키 나오토가 고개를 들이밀었다.

"응. 좀 잤어?"

"조금."

다른 자리에 있었기 때문에 몇 시간 만에 나누는 대화였다.

"앗!"

와카쓰키가 모니터를 보고 작게 외쳤다. 우리 고등학교 교문 앞에서 취재하는 영상이 화면에 나오고 있었다. 리포터가 한 여학생을 붙잡고 마이크를 들이대고 있었다. 얼굴이 화면에 나오지 않도록 배려한 각도였다. 하지만 배경에는 교문이나 그곳을 지나가는 사람들, 빨래 구정물처럼 탁한 하늘이 보였다. 배경에 모자이크 처리를 안 했다고 방송국에 항의할까? 그리고 우연히도, 몇 초에 지나지 않는 시간이지만 지나가는 혼조 노조미의 모습이 보였다. 그 옆얼굴은 분명 며칠 전 교실에서 보았던 서글픈 표정이었다. 화면에 비친 학급 친구의 모습이 와카쓰키의 마음을 흔든 것 같았다.

"혼조한테는 미안하게 됐어."

와카쓰키 나오토가 중얼거렸다.

"나를 감싸주었는데, 일이 이렇게 되어서……."

두 사람 몫의 요금을 내고 PC방에서 나왔다. 태양빛이 눈부셔서 휘청거릴 뻔했다. 역 앞은 사람들로 넘쳐났다. 어제 저녁에 집에서 둘이서 타고 온 자전거는 보관소에 내팽개쳤다. 다시 이 마을로 돌아왔을 때, 그 자리에 있으면 좋겠지만 가망은 없다. 와카쓰키 나오토에게 건물 뒤에 숨어서 기다리라 하고 경비원의 시선이나 감시 카메라를 피해 은행 현금인출기로 저금을 전부 찾았다. 세뱃돈을 고스란히 저금해두었기 때문에 만 엔짜리 지폐가 다섯 장이나 나왔다. 고속버스 승강장으로 갈 때 앞쪽에서 다가오는 경찰이 보였다. 근처 가게에 들어가서 경찰이 지나가기를 기다렸다가 다시 걸음을 뗐다.

"어디로 달아날까? 도쿄? 오사카? 홋카이도?"

"도쿄가 좋겠어, 이유는 없지만."

그렇게 우리는 도쿄로 달아났다.

도쿄로 가는 고속버스는 몇 번 신호에 걸리면서 거리를 달렸다. 이윽고 고속도로로 들어가자 순조롭게 속도를 유지하며 달렸다. 몇 시간의 여정 동안 와카쓰키 나오토와 잡담을 했다. 우리 둘 다 태어나 처음 구입한 CD가 간노 요코일본의 작곡가이자 피아니스트로 다양한 애니메이션과 게임, 영화의 사운드트랙을 담당하였다의 사운드트랙이었다는 게 판명되었다. 내가 언젠가 읽으려 했던《용의 알미국의 물리학자이자 작가인 로버트 포워드의 장편소설로 '용의 알'이라 이름 붙인 중성자별의 지적생명체와 인류의 조우를 그렸다》이라는 SF소설을 와카쓰키가 이미 읽었다는 사실도 알아냈다. 창밖으로 풍경이 흘러갔다. 같은 방향으로 가는 버스 안에서 보니 맹렬한 스피드로 달리고 있을 승용차나 트럭이 도로 위를 느리게 미끄러지는 것처럼 보였다.

"혼조가 신경쓰고 있겠지?"

나란히 달리는 탱크로리를 바라보며 와카쓰키 나오토가 중얼거렸다.

"널 걱정했으니까."

"마쓰다 넌 혼조하고 사이가 좋지?"

"자리가 가까우니 자주 얘기하는 거지, 그렇게 친한 건 아니야. 표류물 때문에 가끔 의논하거나."

"혼조도 알고 있구나. 너희 집, 그 바람에 대해서."

나는 고개를 끄덕이며 혼조 노조미를 처음 만났던 때를 떠올렸다.

"1학기 초였는데 베란다에 개가 떨어져 있었어."

"개?"

"이만한 강아지."

손을 모아 설명했다. 그날 눈을 떠보니 창밖에 뭔가 기척이 느껴졌다. 커튼을 젖혀 보니 베란다에 잔뜩 쌓인 벚꽃 꽃잎 위에 강아지가 묻혀 있는 게 아닌가? 바람이 온갖 물체들을 실어다주는 건 늘 있는 일이지만 아무리 그래도 생물은 드물었다. 황토색 시바 견이었는데 생김새가 깜찍했다.

"입양해줄 사람을 찾으려고 전단지를 만드는데 혼조가 말을 걸었어."

그 강아지 어디서 주웠어?

베란다에 떨어져 있었어.

베란다?

응, 바람에 날려온 모양이야.

그녀와 주고받은 대화는 똑똑히 기억한다.

"그 이후로 뭔가 괴상한 게 베란다에 떨어지면 혼조한테 꼭 말해."

"둘이 사귀는 줄 알았는데."

"내가? 혼조하고?"

"늘 대화하니까."

"그냥 친구야."

"알아. 혼조는 사사키하고 사귀니까."

금시초문이다. 내 반응을 보고 와카쓰키 나오토는 뜻밖이라는 표정을 지었다.

"혹시 비밀이었나……?"

"사사키라니?"

"3반 사사키."

"축구부? 사사키 가즈키?"

이야기해본 적은 없지만 그런 이름의 남학생이 있다는 건 알고 있다. 평소 친하게 지내는 여학생에게 남자친구가 있다는 사실을 알게 되는 건 묘한 기분이었다. 중학생 때 누나가 결혼한다는 소식을 들었을 때만큼이나 놀라웠다. 그나저나 혼조 노조미와 수학여행에 대해 이야기한 게 아득한 옛날처럼 느껴졌다. 2학년들은 수학여행 여정 중에 사건 소식을 알았을까? 나는 내년에 무사히 수학여행을 갈 수 있을까? 어쩌면 이제는 못 갈지도 모른다.

점심때가 지나자 고속버스가 도쿄 역 버스 정류장에 도착했다.

"자, 이번에는 어디로 갈까?"

"그래, 야마노테 선을 타보지 않을래? 어때, 그거 유명하잖아."

야마노테 선을 타고 일단 시부야로 갔다가 인파에 압도당했다. 텔레비전에서 보았던 빌딩이 눈앞에 우뚝 솟아 있었다. 안에는 뭐가 있을까 들어가 봤더니 쓰타야 서점이라서 깜짝 놀랐다. 솔리드스네이크처럼 경찰을 피해가며 거리를 활보하고, 서점에서 책을 구경하며 시간을 때우고, 밤이 되면 또 PC방에 들어갔다. 샤워도 할 수 있고 치약 칫솔 세트도 파는 가게였다. 때가 탄 옷을 배낭에 쑤셔 넣고 집에서 가져온 옷으로 갈아입었다. 식사 대신 드링크 바의 무료 소프트아이스크림으로 당분을 섭취했다. 신발을 벗고 올라가는 일인용 플랫 좌석은 응접실 같은 공간이었다. 책상다리로 털썩 앉아 지갑 속 잔액을 살펴보니 야간 요금이라면 아직 둘이서 한동안 PC방 난민 생활을 하며 버틸 수 있을 것 같았다. 한밤중에 꾸벅꾸벅 조는데 와카쓰키 나오토가 있는 옆 부스에서 코를 훌쩍이는 소리가 들려왔다. 뭐라고 말을 걸어볼까 고민했지만 결국 끝까지 못 들은 척했다.

9월 29일 월요일

환한 햇살 속, 시부야 역 교차로 가득히 사람들이 걸어가고 있었다. 이노카시라 선을 타고 종점 기치조지 역까지 가보기로 했다. 기치조지라는 지명은 알고 있었다. 우리가 좋아하는 만화에 그 동네가 자주 등장하기 때문이다. 어느 만화책의 서비스 페이지에 그 동네에 사는 만화가의 일상이 실려 있기도 하고, 유명 애니메이션 스튜디오

4℃가 있는 동네이기도 하다.

계속해서 좁은 공간에서 자서 그런지 온몸의 근육이 뻣뻣했고 잠이 얕은 탓에 몸이 나른했다. 우리는 연방 하품을 해대며 개찰구를 지났다. 전철 안에는 사람들이 많았다. 회사원 차림의 사람부터 음악을 할 것 같은 사람, 연극 대본 같은 것을 읽고 있는 사람까지 다양했다. 모두 도쿄에서 사는 사람들일 것 같았다. 그들 눈에 우리는 어떻게 비칠까? 내 옆에 앉아 있는 소년이 뉴스에 나오는 고1 살인 사건의 범인이라는 걸 알면 분명 놀라겠지. 그들에게는 화면에서 흘러나오는 정보가 실체가 되어 눈앞에 나타난 셈이니 귀신이라도 본 듯한 표정을 지을지도 모른다.

"학교 창문에서 방송국 차량을 봤을 때 생각했어. 현실감이 별로 없다고."

"전철 창밖으로 보이는 이 풍경도 전부 꿈일지 몰라."

"가네시로가 이제 이 세상에 없는 건 현실일까?"

"응. 만져서 확인했어."

전철이 식물이 많은 곳을 통과했다. 하늘이 파랬다. 눈부신 햇살과 초목의 그늘이 교차로 나타났다. 잠이 부족하니 머리가 점점 무거워졌다.

"가네시로는 어째서 그런 짓을 했던 걸까?"

와카쓰키 나오토가 말했다.

"그런 짓?"

"여기서는 말할 수 없는 그런 짓."

그의 옆얼굴을 바라보았다. 미술관에 있는 하얀 도자기처럼 단정한 이목구비였다. 소년이 아니라, 소녀로서. 가네시로 아키라를 둘러싼 불쾌한 소문을 떠올렸다. 교생 실습을 온 여대생이 어느 날 갑자기 그만둔 일. 옆 동네 여중생이 자살한 일.

"가네시로가 시켜서 고양이 죽인 적이 있어."

목줄을 찬 고양이를 붙잡아 잔뜩 고통을 주고 괴롭혔다고 했다. 와카쓰키 나오토는 가네시로 아키라가 건넨 가위를 받아들어 그가 시키는 대로 고양이를 상처 입혔다고 한다. 함께 있던 2학년 다카기 요스케는 매스꺼워한 듯했지만 가네시로 아키라는 마치 관찰이라도 하듯이 고양이에서 눈을 떼지 않았다고 한다.

"어느 정도로 괴롭혀야 동물이 죽는지 실험하는 것 같았어. 진지한 표정이었어. 마지막에는 고양이가 멍한 눈으로 나를 바라보며 죽여달라고 말하는 것 같았어. 차라리 죽여줘, 그게 그 고양이의 마지막 소원이었을 거야. 그날 아침까지는 주인에게 사랑받으며 평범하게 살았을 텐데. 고양이는 그 순간이 올 때까지 자기가 오늘 죽는다는 건 생각도 못했을 거야. 어째서 가네시로는 그런 짓을 했을까?"

달리는 전철 소리와 진동이 아늑했다. 끔찍한 이야기와는 반대로 전철 안은 빛으로 충만했다. 눈을 감아도 눈꺼풀 너머로 나무 그림자와 햇살이 차례로 스쳐가는 게 느껴졌다. 눈꺼풀 속 가느다란 핏줄이 빛 속에서 형태를 맺어, 붉은 빛 속에 식물 뿌리 같은 형태가 떠오르나 싶더니 단숨에 캄캄해졌다. 이럴 때 내 의식은 육체를 통해 세상과 맞닿아 있다는 걸 느낀다. 육체가 부서진 가네시로 아키라는 이제 이 세상과 맞닿을 수 없다. 그도 현실감이 없다고 생각했을지 모른다. 무엇을 해도 현실감이 없다. 그런 나날 속에서 살았던 건지도 모른다.

"그러고 보니 자수할까?"

와카쓰키 나오토가 갑자기 생각난 것처럼 말했다. 전철은 기치조지 역 도착을 앞두고 느릿느릿 플랫폼으로 빨려 들어갔다.

"하지만 그 전에 하나만. 염소가 달아난 거, 내일이지?"

염소 한 마리가 동물원을 빠져나가 고마고메 역으로 뛰어들어 야마노테 선을 탄다.

신문 조각에 그런 기사가 실려 있었다.

"모처럼 도쿄에 왔으니 정말 그런 일이 벌어지는지 확인하러 가 보자."

"뭐, 그래도 되고."

"응, 결정했어. 염소를 보고 나서 자수할 거야."

전철에서 내려 인파를 따라 이동하다 보니 어느새 이노카시라 공원이라는 곳에 도착했다. 거대한 나무들이 늘어선 운치 있는 장소였다. 벤치에 앉아 연못 위를 지나는 백조 모양 보트를 바라보았다. 이노카시라 공원이라는 이름도 역시 어디서 들어보았다. 텔레비전인지, 만화인지, 어느 매체에서 처음 접했는지 기억을 더듬어보았지만 모르겠다. 정보로 인식했을 뿐인 유명한 공간에 내 육체가 있다는 것은 이상한 기분이었다. 연못 위를 훑는 바람이 팔을 어루만지고 지나갔다. 신발 밑으로 땅바닥이 느껴졌다. 아아, 난 왜 이런 곳에 있지? 그런 생각이 들었다.

"10월 2일까지만 자수하는 거 미뤄볼래?"

"왜?"

그날까지 붙잡히지 않으면 신문 기사가 현실이 되는 걸 회피할 수 있을지도 모른다. 아니, 애초에 미래란 바꿀 수 있는 걸까? 입을 다물고 있자 와카쓰키가 뭔가 말하고 싶은 눈치로 바라보았다.

"응?"

"퍼뜩 떠올랐어. 〈10월 2일은 너무 늦다〉."

와카쓰키가 불안한 기색으로 나를 바라보았다.

"아니, 재미있어. 센스 있는데? 뭐에서 따왔는지 모르면 좀 그렇겠지만."

그보다 와카쓰키는 언제 출두할 각오를 굳힌 걸까? PC방 컴퓨터로 주고받은 메일과 뭔가 관계가 있을까? 누구에게 메일을 썼는지는 모르지만 왠지 마음에 걸린다.

"언제까지고 도망다닐 수는 없어. 경찰에 말해야지. 내가 어떻게 가네시로를 죽였는지."

보트가 연못 위를 지나가면서 만들어낸 물거품이 햇빛을 반사했다. 부서져서 반사된 빛이 와카쓰키 나오토의 얼굴을 비추었다. 둘 다 말수가 줄었다.

사건 이야기를 화제로 삼는 건 줄곧 피해왔다. 하지만 그때는 문득 물어봐야 한다고 생각했다. 방금 전 느낀 의문이 원인일지도 모른다.

"너, 정말 사람을 죽였어?"

그는 자조 어린 미소를 지었다.

"이제 와서 무슨 소리야……. 그거 알아? 난 가네시로가 죽도록 미웠어. 한 번 죽이는 걸로는 모자랄 정도야. 몇 번이고, 몇 번이고 죽이고 싶을 정도야."

"그럼 그날 밤 있었던 일을 물어도 돼?"

"응. 물어봐."

9월 25일 늦은 밤, 그는 가네시로 아키라를 죽이기 위해 식칼을 들고 집을 나섰다.

"가네시로가 불러냈다고 했나?"

"집에 있었는데 문자가 왔어."

와카쓰키 나오토는 휴대전화를 꺼내 전원을 켰다. 출두를 결심했으니 전파로 위치를 추적당해도 상관없다고 생각하는 것이리라. 그는 문자 수신함을 열어 내게 액정 화면을 보여주었다. 9월 25일, 23시 14분에 받은 문자가 떠 있었다. 가네시로 아키라가 보낸 마지막 문자다.

'12시에 고토노하 다리 밑으로 와.'

와카쓰키 나오토는 '알았어'라는 내용의 답장을 보냈다.

"그래서 그 시간에 가봤더니 가네시로가 다리 밑에 있었다는 거야……?"

"일찌감치 갔어. 한 삼십 분 전에 도착해서 다리 밑 수풀 속에 숨어 있으려고. 허를 찌르고 싶었거든."

와카쓰키 나오토는 자전거를 수풀 속에 숨기고 둑에 설치된 콘크리트 계단을 내려갔다.

"둑에 방망이가 굴러다니고 있었어. 울퉁불퉁 찌그러진 게. 그걸 보니 그게 더 나을 것 같아서……."

무기를 변경. 다리 밑 어두운 그림자 속에 몸을 숨기고 가네시로 아키라가 오기를 기다렸다.

"가네시로는 담배를 물고 둑을 내려왔어. 정확히 12시였어."

훌쩍, 담배 연기가 둑 위에 나타났다. 작고 붉은 점이 계단을 내려와 강 앞에서 멈췄다. 와카쓰키 나오토가 눈에 힘을 주자 머리 위에 있는 다리 가로등에 비친 노란 머리카락이 어렴풋이 보였다. 물이 강가의 돌을 씻어내며 흘러갔다. 와카쓰키 나오토는 수풀 속에서 나와 방망이로 가네시로 아키라의 뒤통수를 후려쳤다. 전부 다섯 번. 이미 쓰러졌지만 계속 때렸다. 마지막으로 식칼을 가슴에 꽂았다.

바람이 불자 이노카시라 공원의 나무들이 가지를 흔들었다. 쏴아아, 소리가 흘러내렸다. 바람의 존재는 집을 생각나게 했다. 여기서 분 바람은 언젠가 하늘 위를 돌아 내 방 창가를 스치고 지나갈까?

와카쓰키 나오토가 휴대전화 전원을 끄려 했다. 그에게 허락을 받아 다시 한 번, 가네시로 아키라가 보낸 문자를 읽었다. 별로 특별히 관심이 있었던 건 아니지만. 짧은 문자를 바라보는 사이 사소한 문제가 마음에 걸렸다.

"가네시로는 야가모 다리를 고토노하 다리라고 불렀어?"

그의 시체가 발견된 그 다리의 정식 명칭은 고토노하 다리다. 하지만 화살이 꽂힌 오리가 발견된 이후로 야가모 다리라고 부르기 시작해 지금은 택시 운전기사나 공무원들도 그 이름을 쓴다. 가네시로 아키라의 문자에는 고토노하 다리라고 입력되어 있는데, 그는 계속 그렇게 불렀던 걸까? 하지만 휴대전화로 문자를 입력한다면 야가모 다리라고 찍는 게 편하다. '고토노하 다리'라고 입력하는 것보다 '야가모 다리'라고 입력하는 게 문자판을 덜 누른다. 어째서 문자에 더 귀찮은 명칭을 썼을까? 단축키로 바로 입력할 수 있게 해놨나? 아니면 휴대전화 기종 문제일까?

"별 이유야 있었겠어?" 와카쓰키 나오토가 말했다.

"하긴."

신경 쓸 만한 문제는 아니다. 나는 휴대전화 전원을 끄고 자리에서 일어섰다.

"그만 슬슬 여기서 달아나자."

휴대전화에서 나오는 미약한 전파가 우리의 위치를 노출했을지도 모른다. 와카쓰키 나오토가 허리를 쭉 폈다.

"내일 염소를 보고 나서 경찰에 갈게. 마쓰다 넌 그만 집에 돌아가. 나하고 함께 있었다는 건 남한테 얘기하지 않는 게 좋을 거야. 가출했던 거라고 하면 되지 않을까?"

공원을 뒤로하고 기치조지 역 근처에 있는 대형 전자제품 매장에 들어갔다. 그 가게는 전국에 체인점이 있는데 와카쓰키 나오토는 그 가게 포인트를 몇 만 점이나 갖고 있었다. 내일 출두하면 한동안 멀쩡한 생활은 불가능할 테니 미리 다 써버릴 작정인 듯했다. 게임 매

장이 있는 층으로 가서 PSP와 게임 몇 개를 포인트로 구입했다. 에
스컬레이터로 1층으로 내려가는 길에 죽 늘어선 대형 텔레비전에
뉴스가 나오고 있어서 우리는 발걸음을 멈췄다.

아나운서가 이번 달 25일 심야에 발생한 고1 살인사건에 대해 이
야기하고 있었다. 중요 참고인으로 추정되는 소년 외에 동급생인 다
른 소년이 집에서 사라졌다는 사실. 그들이 함께 행동하고 있는 듯
하다는 사실. 그런 뉴스가 아나운서의 목소리를 타고 전국에 방송되
었다.

"괜찮아. 신경 안 써. 정말이라니까."

텔레비전 앞에서 걸음을 돌리며 나는 와카쓰키 나오토에게 말했
다. 그는 미안한 기색이었다. 경찰은 마침내 나까지 찾기 시작했다.
현금인출기로 저금을 찾은 것도 이미 조사했을 것이다. 카메라 녹화
기록도 봤을 것이다. 그날 입고 있었던 옷을 빨아서 한 번 더 입으려
했는데 그만두는 게 낫겠다. 역 앞 현금인출기를 이용했다는 걸 안
다면 그 주변을 탐문 수사했을 게 분명하다. 고속버스 승강장에 서
있었던 두 소년의 목격 정보도 확보했을지 모른다. 만약 그렇다면
우리가 도쿄로 향한 것도 이미 알고 있을 것이다. 경비원이나 점원
의 시선이 두려웠다. 자연히 걸음이 빨라졌다. 언제까지고 달아날 수
없다는 와카쓰키 나오토의 말은 옳다. 도쿄로 달아나도 눈 깜짝할
사이에 쫓아온다. 정신을 차리고 보니 거대한 텔레비전 화면에 내
얼굴이 떠 있었다. 알고 보니 거기가 비디오카메라 매장이라 텔레비
전에 연결된 매장 비디오카메라 렌즈가 나를 향하고 있는 것이었다.

에스컬레이터를 타고 1층으로 내려와 출구로 향했다. 어딘가 사람이 없는 곳으로 가고 싶었다. 붉은색, 흰색, 오렌지색으로 빛나는 여러 브랜드의 휴대전화가 진열되어 있는 매장 공간을 지났다. 전시되어 있는 온갖 휴대전화가 시야 끝을 스쳤다. 최근에는 스마트폰 종류도 다양하다. 하지만 우리 반 녀석들이 갖고 있는 건 대부분 소위 말하는 고물폰이다. 가네시로 아키라가 갖고 있던 것도 분명 그랬다.

이노카시라 공원에서 봤던 와카쓰키의 문자가 떠올랐다.

어떤 상상이 머릿속을 스쳤다.

무의식중에 다리가 못 박혀서 우뚝 서버렸다.

가게 안을 맴도는 흥겨운 노랫소리가 귀에서 멀어져갔다. 형광등이 눈부셨다. 많은 손님들이 내 양쪽으로 갈라져서 지나갔다. 조금은 익숙해진 장소에서 와카쓰키 나오토가 나를 돌아보았다. 빈혈로 쓰러지기 일보 직전의 감각이다. 주위에 시선을 돌렸다. 내 발상을 뒷받침해줄 근거가 없을까? 아니면 부정할 근거는?

"가네시로가 썼던 휴대전화 기종, 기억해?"

나는 그렇게 물었다.

와카쓰키 나오토는 불안한 기색으로 나를 쳐다보았다.

"기종?"

"어떻게 생긴 휴대전화였어?"

그는 근처 선반에 진열되어 있는 스트레이트 타입의 전화를 가리켰다.

"잘은 기억 안 나는데 저런 느낌이었어."

폴더도 아니고, 슬라이드도 아닌, 단추가 그대로 드러나 있는 타입의 전화기다.

"다시 묻겠는데, 터치 패널은 아니었지? 쿼티 키보드도 없는, 흔해빠진 전화기였지?"

"응. 그런데 그게 왜?"

나는 고개를 가로저었다.

"그냥 현기증이 좀. 그런 뉴스를 봐서 그런가봐."

배도 고프니 뭐 좀 먹고 조금 쉬자. 우리는 그런 말을 주고받고 근처 패밀리레스토랑으로 들어갔다. 남들 눈에 띄지 않는 안쪽 테이블에 마주 앉았다. 메뉴를 보고 각각 요리를 주문했다. 요리가 나오는 동안 와카쓰키 나오토는 포인트로 구입한 게임 패키지를 뜯고 설명서를 읽기 시작했다.

"세수 좀 하고 올게."

나는 그렇게 말하고 자리를 떴다. 남자 화장실에서 칸 안에 들어가 휴대전화 전원을 켰다. 운 좋게 전파가 통하지 않는 곳이었다. 이거라면 안테나가 미약한 전파를 수신해도 우리 위치를 찾아내진 못하겠지? 아마추어의 생각이지만.

주소록에서 누나의 휴대전화 번호를 메모로 옮겨 적고 화장실에서 나왔다. 가게 입구 근처에 있었던 공중전화 앞에 섰다. 와카쓰키 나오토가 있는 테이블은 담배 자판기에 가려 보이지 않았다. 공중전화 동전투입구에 백 엔짜리 동전을 넣었다. 동전이 바로 반환구로 튀어나와 어라? 싶었다. 아무래도 수화기를 먼저 들어야 동전을 받아주는 구조인가보다. 그러고 보니 공중전화를 쓰는 건 난생처음이다. 과학이 진보하고 휴대전화가 보급된 탓이다. 어쩌면 스마트폰이 지금보다 더 흔해지면 물리적인 문자판도 사라지는 것 아닐까? 누나의 휴대전화 번호를 누르자 신호음이 떨어지기 무섭게 누나가 전화를 받았다.

"여보세요?"

"누나?"

"너!"

"시간 없으니까 잘 들어."

"잠깐, 지금 어디……."

누나는 당황했는지 수선스러웠다.

"나는 괜찮아. 협박당한 게 아니야. 내가 따라간 거야. 누나, 부탁이 있어."

담배 자판기 그늘에서 고개를 내밀어 테이블에 혼자 앉아 있는 와카쓰키 나오토를 확인했다. 아직 PSP 게임 설명서에 푹 빠져 있었다.

"매형한테 부탁해서 경찰 자료 좀 조사해줄 수 있어? 내 부탁을 들어주면 지금 어디 있는지 알려줄게."

몇 초의 고민 끝에 누나가 대답했다.

"궁금한 게 뭔데?"

"가네시로가 가지고 있던 휴대전화. 브랜드나 기종. 그리고 문자판을 조사해줘. 혹시 뭐가 묻어 있거나 망가지진 않았는지."

"문자판?"

"특히 숫자 '8'. 만약에 망가졌으면 언제부터 그랬는지 알고 싶어."

"알았어."

"와카쓰키를 체포할 거야?"

"중요 참고인으로 신병을 구속하겠지."

"가네시로의 시신 상태도 알고 싶어. 몇 시쯤 죽었는지도."

"너는 알 필요 없어."

"중요한 문제야."

누나가 전화 너머에서 한숨을 쉬었다.

"그래, 와카쓰키는 어떤 상태야?"

"평범해. 지금 말한 거, 조사하는 데 얼마나 걸려?"

"밤에는 알 수 있을 거야."

"밤에 다시 연락할게. 나를 믿고 역추적은 하지 마. 부탁이야. 지금 굉장히 중요한 사실을 알아낼 수 있을 것 같아."

누나에게 연락하는 것은 일종의 도박이었다. 내가 연락할 가능성을 두고 경찰이 누나의 전화를 감시하고 있을지도 모르기 때문이다. 하지만 다행히 경찰이 가게 안으로 몰려들 기미는 없었다.

"걱정 마. 또 연락할게."

나는 누나에게 짧은 이별을 고하고 공중전화 수화기를 내려놓았다.

패밀리레스토랑을 나와 기치조지에서 나카노로 이동했다. 그냥 나카노 브로드웨이라는 곳을 보고 싶다는 이유였다. 거기에 만화나 애니메이션 같은, 마니아나 오타쿠 대상 점포가 잔뜩 있다는 지식이 있었다. 예전에 도쿄에 다녀온 친구가 "거기는 도쿄에서 가장 어두운 심연이야, 마의 소굴이야, 도저히 오래 못 있겠더라. 그 이상 오래 있었다가는 머리가 어떻게 돼서 밖으로 못 나왔을 거야"라고 말했던 게 인상 깊었다.

나카노 브로드웨이에 도착했을 때는 이미 저녁때라 수업이 끝나고 귀가하는 중고생들로 북적거렸다. 도착했다고 해도 언제 나카노 브로드웨이에 들어갔는지도 몰랐다. 역 앞 상점가를 걷다 보니 어느새 그 건물 안에 들어가 있었다. 1층에서 에스컬레이터를 탔는데 어찌 된 영문인지 3층에 도착했다. 가게를 둘러보며 좁은 통로를 지나는데 같은 곳을 뱅글뱅글 맴돌고 있었다. 낡은 건물 벽과 바닥, 냄새, 그 모든 게 수상쩍은 분위기를 자아내고 있었다. 도쿄에는 이렇게 엄청난 건물이 다 있구나. '마도魔都 도쿄'라는 글자가 머릿속에 떠올랐다. 동인지가 진열된 가게를 보면서, 때로는 코스프레를 한 점원 옆을 지나면서, 우리는 "도쿄에는 이렇게 엄청난 건물이 다 있구나"라는 말을 끝없이 중얼거렸다.

4층에는 사람도 없고 셔터가 닫혀 있는 가게가 많았다. 배배 꼬인 통로 제일 안쪽에서 탐정사무소처럼 생긴 문을 발견했다. '사정상 폐점합니다'라는 메모가 붙어 있다. 자물쇠가 망가졌는지 문은 쉽게 열렸다. 불빛이 없어 실내는 어두웠지만 천장에 천창이 있어 달빛이 쏟아지고 있었다. 나카노 브로드웨이 안에는 거의 창문이 없어서 몰랐는데, 바깥은 이미 밤이었다.

원래는 카페였는지, 테이블 몇 개와 안쪽에는 가죽 소파와 나무 벤치가 있었다. 바닥에 얇게 쌓인 먼지를 보니 오랫동안 아무도 들어오지 않은 모양이다. 이곳의 주인이 오늘 밤 여기에 나타날 확률은 얼마나 될까? 테이블 표면을 손가락 끝으로 쓸어보았다. 까끌까끌한 감촉. 쌓여 있는 상자 속에서 무릎담요를 찾아내 와카쓰키 나오토는 소파에, 나는 벤치에 드러누웠다. PC방에서 자는 데 질렸던 것이다.

심야 0시. 와카쓰키 나오토가 새근새근 잠든 것을 확인하고 일어났다. 신발을 신고 밖으로 나갔다. 공중전화는 3층 계단실 옆에 있었다. 수화기를 들어 동전을 넣고 누나의 휴대전화 번호를 눌렀다. 누나는 시신 상태부터 설명해주었다.

"사법해부 결과, 사망추정시각은 22시 30분에서 0시 30분 사이. 하지만 23시 이후에 문자를 보냈으니 그 이후에 살해당했다는 뜻이 돼."

사망추정시각은 시체의 체온, 사후강직, 시반, 각막 혼탁 등의 현상으로 판단하는데 정확한 시각을 알아내기는 불가능하다고 한다. 그렇기 때문에 보통은 시체 상태는 물론, 가령 주머니에 들어 있던 쇼핑 영수증 같은 것을 참고로 살해당한 시간을 좁힌다. 이번에는 휴대전화에 남아 있던 문자 발신 이력이 사망추정시각을 결정하는 근거가 된 모양이다.

"와카쓰키는 전부 다섯 번, 방망이를 휘둘렀다고 했어."

"맞아, 방망이 같은 흉기로 맞은 흉터가 다섯 군데. 식칼에 가슴을 찔렸을 때는 이미 사망한 후였던 것 같아."

"휴대전화는?"

"나한테 고맙다고 해. 알아내느라 고생했어."

가네시로 아키라의 휴대전화는 와카쓰키 나오토가 말한 것처럼 스트레이트 타입으로 어디도 망가지지 않았다고 한다. 누나는 브랜드와 제품명을 알려주었다. 그것을 메모했다.

"그리고……."

"뭔데?"

"8번 문자판에 피가 묻어 있었어."

가네시로 아키라의 것으로 추정되는 직경 약 2밀리미터의 핏방울이 8번 단추 가운데에 묻어 있었다고 한다.

"전화는 시체 옆에 떨어져 있었던 모양이야. 맞았을 때 손에 들고 있었을지도 모르고, 주머니에서 떨어졌을지도 모르지."

나는 상상했다. 방망이가 가네시로 아키라의 몸에 내리꽂힌다. 핏방울이 주위에 튄다. 그 한 방울이 땅에 떨어진 휴대전화에 묻는다.

"그 핏방울, 뭉개지거나 닦여나가지 않았지?"

"응. 8번 단추에 문제가 있을지도 모른다는 건 어떻게 알았어?"

"범인은 8번 단추를 누르지 않고 문자를 작성했어. 일본 휴대전화는 '야'를 입력할 때 8번 단추를 눌러야 하니까."

"범인이라니, 와카쓰키 말이야?"

"아니야. 진짜 범인."

"너, 무슨 소릴……."

"매형한테 다른 얘기는 뭐 들은 거 없어? 사건 당일 밤 현장 부근에서 와카쓰키 이외에 혹시 누가 있었는지."

피가 묻은 금속 방망이를 늘어뜨리고 걷는 소년이라면 누가 봐도 잊지 않을 것이다. 보통 일이 아닐 테니까. 하지만 그 외의 인물이라면 어떨까? 가령 목격자가 있었다고 해도 그냥 지나가는 사람이었다고 판단하지 않을까?

"그러고 보니 한 가지 마음에 걸리는 보고가 있었어……."

"어떤 건데?"

"오토바이로 피자를 배달하던 사람이 밤 10시 반쯤 야가모 다리 근처를 지났는데, 우산을 든 사람하고 스쳐 지나갔대."

"우산?"

"응."

"그날은 비가 내린다는 일기예보도 없었는데 이상하잖아? 그래서 목격자도 기억했던 모양이야."

"……성별은?"

"여자애였다던데."

"여자애 같은 남자애?"

"아니, 진짜 여자애."

그날 우산을 들고 외출했다는 건 확실히 이상하다. 기억하기로 그날 아침 일기예보의 강수확률은 0퍼센트였다. 하지만 누군가에게 밤에 비가 내린다는 거짓말을 들었다면 외출할 때 우산을 들고 갈 수도 있지 않을까?

그럴 가능성이 있는 인물을 한 사람, 알고 있다.

하지만 어째서?

핏기가 가셨다. 구역질까지 났다. 나카노 브로드웨이의 이차원적인 분위기까지 거들어서 현기증이 났다. 누나가 전화 너머에서 걱정스럽게 내 이름을 부르고 있었다. 그만 전화 끊을게, 나는 대답했다.

"지금 어디 있는지 알려줘. 약속했잖아."

"도쿄야."

"도쿄 어디?"

"미안, 피곤해. 나중에 다시⋯⋯."

"야, 잠깐!"

"괜찮아, 내일 경찰에 출두한다니까."

그걸 막을 생각이라는 말은 하지 않았다.

어떻게 걸어서 제자리로 돌아왔는지 모르겠다. 정신을 차리고 보니 탐정사무소 같은 문을 열고 싸늘하게 식은 공간에 서 있었다. 와카쓰키 나오토를 깨우지 않도록 살금살금 벤치에 드러누웠다. 배관이 그대로 드러나 있는 천장을 바라보고 있는데 나를 부르는 목소리가 있었다.

"안 돌아올 줄 알았는데."

등받이 쪽으로 고개를 돌리고 눈을 감았다. 시야가 캄캄해져도 현기증은 잦아들 기미가 없었다. 몸은 가만히 있는데, 출렁출렁 흔들리는 배를 탄 기분이었다.

4

내가 잠에서 깨서 기지개를 폈을 때, 와카쓰키 나오토는 PSP로 게임을 하고 있었다. 콘센트를 빌려 충전했는지 구석의 작은 테이블에 두 팔꿈치를 짚고 단추를 조작하고 있었다. 천창에서 환한 아침 햇살이 쏟아져 내렸다. 화장실에서 세수를 하고 한동안 방에서 멍하니 있었다. 자꾸 한숨만 쉬는 나를 와카쓰키 나오토가 이따금 돌아보았다. 서로 말수가 없었다.

정오가 다가오자 떠날 채비를 했다. 먼지가 사라진 소파를 보고 이곳 주인이 누가 침입했다고 생각할지도 모르겠다. 정리를 마친 나는 배낭을 멨다. 우리가 갈아입은 옷이 가득 차 있다. 어디서 빨래를 하려고 했는데 그럴 필요는 이제 없을지도 모른다. 와카쓰키 나오토의 자수를 내가 막지 못한다면 도피 생활은 오늘이 마지막이다.

나카노 브로드웨이에서 나와 작은 식당에 들어갔다. 우리는 생선튀김에 마음을 빼앗겨 오늘의 정식을 주문했다. 가게 안에 브라운관 타입의 작은 텔레비전이 있어 정오 뉴스가 나오고 있었다.

"염소다!"

된장국을 마시던 와카쓰키 나오토가 텔레비전을 보고 외쳤다. 헬리콥터에서 촬영한 영상이 나오고 있었다. 새하얀 점이 빌딩 사이의 좁은 골목을 순식간에 가로질렀다. 화면이 바뀌어 도쿄의 어느 동물원 입구가 나왔다.

"신문에 뭐라고 적혀 있었지?" 와카쓰키 나오토가 물었다.

"베란다에 떨어져 있던 거?"

"응."

신문 조각은 접어서 주머니 속에 넣어두었다. 구깃구깃한 신문지를 꺼내서 펼쳤다. 와카쓰키 나오토가 내 손 안을 들여다보았다.

텔레비전에서는 염소 뉴스가 계속 나오고 있었다. 육교에서 발길을 멈추고 휴대전화로 사진을 찍는 구경꾼. 파란 신호인데 멈춰선 자동차. 깜짝 놀라 뒷걸음질 치는 사람들. 붙잡으려고 안간힘을 쓰는 작업복 차림의 사람들. 그들은 거대한 그물 같은 도구를 들고 있었다. 동물원 사육 담당자들일까? 카메라가 인파 사이에서 도심을 누비는 하얀 털 짐승의 모습을 붙잡았다.

염소는 달가닥달가닥 소리를 내면서 발굽으로 아스팔트 위를 걸어가더니 멈춰선 택시 보닛에 앞발을 걸치고 지붕으로 뛰어올랐다. 깜짝 놀란 운전기사 머리 위에서 차체를 쿵쿵 찍어대며 걸어가더니 폴짝 뛰어서 바로 뒤에 있는 승용차 위로 넘어갔다. 살짝 흔들리는 차체. 바위 정산에서 그러듯이 뿔 달린 머리로 주위를 느긋하게 돌아보았다. 무슨 생각을 하고 있는지 가늠할 수 없는 표정으로 도로 옆에 쭉 늘어선 구경꾼들과 빌딩 창문에서 바라보고 있는 사람들을 바라본다. 상공을 가로지르는 시끄러운 헬리콥터. 슬금슬금 다가가 포획을 노리는 작업복 집단. 하지만 염소는 마치 하늘이라도 나는 것처럼 경이롭게 도약했다. 거대한 그물을 뛰어넘어 설마 이쪽으로 올 줄은 꿈에도 몰랐다는 표정으로 달아나는 구경꾼들 사이를 지그재그로 쏜살같이 빠져나가 빌딩 사이로 사라졌다. 아나운서의 설명에 따르면 염소는 오늘 아침 사육 담당자가 잠시 한눈을 판 사이 달아났다고 한다.

모레 날짜 신문에 '염소의 행방'이라는 제목의 기사가 실려 있다. 그 기사에 따르면 동물원에서 달아난 염소는 이윽고 고마고메 역에서 오도가도 못 하다가 16시 17분발 야마노테 선 외선순환 전철에 올라탄 직후 사로잡힌다.

"기사가 현실이 되었어! 이 신문, 미래에서 날아온 거였어! 판타지야! 이런 걸 판타지라고 하는 거야!"

"제발 판타지라는 말 좀 그만해줄래?"

신문을 주머니에 넣었다. 와카쓰키 나오토는 흥분했지만 나는 오싹했다. 신문이 또 한 걸음 현실에 다가섰다면, 와카쓰키 나오토가 자살하는 미래가 한 걸음 확실하게 다가왔다는 뜻 아닌가?

우리는 오후 4시에 맞춰 고마고메 역에 가기로 했다. 그때까지는 도쿄를 정처 없이 헤맸다. 일단 신주쿠 역에서 내려 도청을 구경했다. 니시신주쿠의 초고층 빌딩은 아득한 꼭대기를 뽐내며 신전처럼 장엄하게 솟아 있었다. 눈앞에 있는데 비현실적인 풍경이었다. CG라고 하는 게 더 진짜 같다. 한없이 곧게 뻗어나가는 도로 옆에서 초고층 빌딩을 올려다보며 나는 와카쓰키 나오토에게 말했다.

"교실에서 널 도와주고 싶었어. 다들 똑같은 마음이었어."

와카쓰키 나오토는 빌딩 사이로 불어오는 거센 바람에 휘청거리면서 고개를 끄덕였다.

"응, 알아."

"다들 언제나 마음속으로 사과했어. 보고도 못 본 척해서 미안하다고."

신주쿠 역에서 이동할 때 승차권 발매기 앞에서 줄을 섰다. 아무나 얼른 두 사람 몫의 승차권을 한꺼번에 사면 되는데 고지식하게 자기 표는 자기 돈으로 내다가 괜히 험한 꼴을 봤다. 차례가 와서 돈을 넣으려던 와카쓰키를 밀치고 양복 차림의 중년 남자가 끼어든 것이다. 와카쓰키가 쭈뼛거리며 말했다.

"저기……."

중년 남자는 무시하고 발매기의 터치 패널을 조작했다. 와카쓰키가 거듭 항의하려 했지만 중년 남자는 냉큼 표를 사더니 방향을 바꿔 개찰구 쪽으로 달려가려 했다. 운 나쁘게 그 남자에게 어깨를 부딪힌 와카쓰키는 들고 있던 지갑을 떨어뜨렸다. 동전이 발매기 주변 바닥에 흩어졌다. 새치기를 한 중년 남자는 움찔 멈춰서 미안한 표정을 지었지만 바로 달아났다. 와카쓰키 나오토는 십 엔짜리, 백 엔짜리 동전을 하나씩 주웠다. 나도 도왔다. 발매기에서 줄 서 있던 다른 사람들은 우리를 피해 새로운 줄을 만들어 승차권을 사기 시작했다. 시끌벅적한 소리를 들었는지 역무원이 우리 쪽으로 다가오려 하는 게 보였다. 대충 절반만 줍고 와카쓰키 나오토를 일으켜 세워 그 자리에서 달아났다. 다른 승차권 발매기에서 표를 사서 개찰구 안으로 들어갔다. 야마노테 선 플랫폼으로 올라가는데 와카쓰키 나오토가 계단 중간에서 멈춰 섰다.

"늘 이래."

와카쓰키 나오토가 벽에 기대어 말했다. 나는 몇 칸 위에서 오가는 사람들을 방해하지 않으려고 마찬가지로 벽에 기댔다.

"밖에 나가면 나쁜 일이 일어날 것만 같아. 우체국에서도 똑같은 일이 있었어. 내가 줄을 서면 다른 사람이 새치기를 해. 항의해도 못 들은 척해."

"누구나 살다 보면 그런 일을 겪어. 나도 그래. 오늘은 우연히 그런 날이었던 거야."

많은 사람들이 거치적거린다는 듯이 우리를 피해서 오가고 있었다. 역 안내방송과 사람들의 대화, 발소리로 시끌벅적했다.

"이 녀석이라면 괜찮겠지, 아까 그 사람도 그런 생각으로 끼어든 거야. 나를 보고 이 녀석이라면 약해 보이니까, 그러는 거야. 가네시로한테 찍힌 것도……."

전철이 도착했는지 플랫폼에서 내려오는 사람이 갑자기 늘었다. 계단이 꽉 차도록 사람들이 밀려들었다. 나는 와카쓰키 나오토의 목소리에 귀를 기울였다.

"가네시로를 죽였고 이제 교실에서 바지를 벗기는 사람은 없어. 돈도 빼앗기지 않아. 하지만 변한 건 아무것도 없어."

"너는 그 녀석을 죽였다고 말하지만……."

"식칼로 찔렀어."

"하지만 그때 이미 방망이에 맞아 죽은 상태였어. 식칼은 바닥에 쓰러져 있는 가네시로의 가슴에 찌른 게 다야. 너는 죽이지 않았어. 그렇지?"

와카쓰키 나오토가 계단을 지나가는 경이로울 정도로 많은 사람들에게 휩쓸리지 않으려 애쓰며 내 얼굴을 쳐다보았다. 눈썹을 살짝 찌푸린, 울음을 터뜨릴 것만 같은 표정이었다.

"아사셀의 염소라고 알아?"
와카쓰키 나오토가 물었다.
"아사셀?"
도시의 풍경이 창밖을 천천히 흘러가고 있었다.
"신화야. 아사셀은 타락천사이자 황야의 악령이기도 해. 오래된 유대 풍습 중에 아사셀의 염소라는 게 있어. 나는 염소자리라 염소에 대해서는 은근히 많이 알아. 이건 실제로 열렸던 의식이야."

일 년에 한 번, 사제가 두 마리의 숫염소를 골라 한 마리를 신에게, 나머지 한 마리를 아사셀에게 바친다. 신에게 바친 염소는 속죄에 사용할 피를 얻기 위해 도살한다. 다른 한쪽, 아사셀에게 바친 염소는 사제가 모든 사람들의 죄를 고백한 뒤에 죄를 짊어지워 황야로 추방한다.

"사람들의 죄를 전부 떠안고 산 채로 황야에 버려져. 그게 아사셀의 염소. 속죄 염소라고도 해."

신주쿠 역에서 탄 야마노테 선 외선순환 차량은 붐볐다. 우리는 문 옆에 서서 유리창 너머로 바깥을 바라보았다. 전철 문 위쪽에 설치된 액정 화면에 디지털시계가 떠 있었다. 고마고메 역에는 16시쯤 도착할 예정이다. 여전히 도쿄에서 도주중인 문제의 염소는 아직도 빌딩 사이를 뛰어다니는 듯했다. 여중생으로 보이는 무리가 DMB 기능이 달린 휴대전화를 들여다보며 흥분한 기색으로 "염소야, 달아나!" 하고 응원하고 있다. 염소를 쫓아 각 방송사의 카메라가 우왕좌왕하는 모양이다.

"염소가 대신 죄를 떠안으면 인간의 죄가 사라진다는 거야?"

"응. 염소가 전부 등에 짊어지고 황야로 가져가주니까. 그러지 않으면 사람들은 죄의 무게를 감당할 수 없었던 거야."

창밖으로 흘러가는 빌딩들은 신화 속 세상처럼 장엄하면서도 동시에 황량해 보였다. 흔들리는 전철에 몸을 맡기고 있으니 이 도시를 방랑하고 있다는 생각이 들기 시작했다.

나는 사건에 대해 물어보았다.

"25일 심야, 야가모 다리에는 너하고 가네시로 아키라 말고도 누군가가 있었어. 그 사람하고 만난 거야?"

몇 초의 침묵을 두고 와카쓰키 나오토는 고개를 끄덕였다.

"원래는 내가 그럴 작정이었는데, 가네시로는 이미 죽어 있었어. 그래서 하다못해 내가 그런 걸로 해달라고 두 사람에게 부탁했어."

"두 사람?"

"혼조하고 사사키."

이름을 듣는 건 역시 충격이 컸다. 혼조 노조미는 어느정도 예상하고 있었지만 그녀와 사귄다는 사사키 가즈키까지는 생각하지 못했다.

"나는 사사키에게 금속 방망이를 받아들고 두 사람한테 달아나라고 했어. 헤어질 때 사사키가 경찰에 붙잡히지 않으면 메일을 보내라고 했어. 메일 주소는 블로그에 적어뒀다고."

혼조 노조미와 사사키 가즈키가 현장에서 떠난다. 와카쓰키 나오토는 지참한 식칼로 가네시로 아키라를 찌르고 방망이를 질질 끌며 거리를 걸었다. 이윽고 그는 상점가 입구에서 나를 만난다.

"어디를 몇 번 때렸는지, 사사키가 메일로 알려줬어. 경찰이 물었을 때 되도록 사실적으로 말할 수 있게."

바로 자수하지 않고 며칠 잠복하려 했던 건 정보를 공유하려고 그랬던 모양이다. 와카쓰키 나오토의 증언이 상황 증거와 일치하도록. 25일 심야 시점에서는 말을 맞출 여유가 없었으리라. 와카쓰키 나오토가 메일을 보냈던 상대는 사사키 가즈키였던 것이다.

"하지만 어떻게 알았어? 내가 죽이지 않았다는 걸……."

어제까지는 그가 죽였다고 생각했다. 동기도 충분했다. 가슴에 꽂혀 있던 식칼도 그가 직접 구입한 물건 같았으니.

"뉴스 영상에 혼조가 나왔을 때, 너는 바로 알아봤지."

인터넷 카페에서 있었던 일이다. 교문 앞에서 리포터가 학생들을 인터뷰하는 영상이 텔레비전에 나왔다. 혼조 노조미가 그 뒤를 가로질렀다. 걸어서 집에 가는 길이었으리라.

"그게 혼조라는 걸 용케 알아보더라. 그날 걔는 처음으로 안경이 아니라 콘택트렌즈를 끼고 있었어. 인상이 완전히 달랐어. 하지만 너는 혼조를 알아봤어. 너는 어디선가 안경을 끼지 않은 혼조를 봤던 게 아닐까? 그럴 기회는 25일 밤밖에 없어. 넌 26일엔 하루 종일 내 방 벽장 안에 있었잖아?"

와카쓰키 나오토는 처음에는 감탄스러운 표정을 짓고 있었지만 이윽고 한숨을 쉬며 고개를 가로저었다.

"맞아, 그날 밤 혼조는 안경을 끼지 않았어."

"어째서?"

"가네시로가 덮치는 바람에 저항하다가 떨어뜨린 모양이야……."

와카쓰키 나오토가 태연하게 사용한 '덮쳤다'는 표현이 불쾌했다.

"그때 밟아서 망가뜨린 거야?"

"응."

26일 학교에서 혼조 노조미가 그렇게 말했다. 어젯밤, 안경을 밟아서 망가뜨리고 말았다고. 그건 사실이었나, 고지식하긴.

"하지만 그건 지나친 생각이야. 안경을 쓰지 않아도 혼조는 알아볼 수 있어……."

"어, 정말? 난 걔를 안경으로 구별했는데."

"알 수 있어."

와카쓰키 나오토는 유난히 자신 있게 대답했다. 어쩌면 그는 혼조 노조미를 항상 바라봤는지도 모른다. 안경 하나 없다고 못 알아볼 리 없는 것이다. 그래서 선뜻 그녀의 죄를 대신 짊어졌던 걸까?

내 방 벽장에서, 혹은 인터넷 카페 칸막이 안에서, 몸을 웅크리고 흐느끼던 와카쓰키 나오토를 떠올렸다. 특별히 강한 사람은 아니다.

그런 그에게 죽어도 진실을 말하지 않을 결의가 있다는 것을 나는 알고 있다. 모레 신문 기사에 그렇게 적혀 있다. 범행을 자백한 뒤에 목을 매달고 죽어버리면, 설사 그의 발언에 모순이 있다 해도 그걸 추궁당할 일은 없다. 혼조 노조미와 사사키 가즈키는 그들의 죄가 탄로날까봐 겁먹지 않아도 된다. 와카쓰키 나오토는 그들의 죄를 지워주려 하고 있다. 금속 방망이를 받아들었을 때, 그것이 그가 할 수 있는 유일한 일이라고 생각했을 게 분명하다. 교실에서 말을 걸어준 유일한 친구에 대한 보은으로.

이윽고 전철은 고마고메 역에 도착했다.

염소가 역 플랫폼에 들어와 붙잡히기까지 걸린 시간은 삼 분 정도였다. 하지만 우리에게는 시간이 느릿하게 흘러 모든 것이 정적 속에서 진행된 것처럼 느껴졌다.

16시 16분.

도쿄행 외선순환 야마노테 선 전철이 플랫폼으로 다가왔다.

헬리콥터 소리가 역 상공을 통과했다.

동시에 비명소리가 들렸다.

주위 사람들이 무슨 일인지 돌아본다.

동쪽 개찰구를 지나 계단을 오르려던 사람들이 깜짝 놀라 벽에 찰싹 달라붙어 있다.

계단 밑에서 달가닥, 달가닥, 발굽 소리가 들려왔다. 정면에서 보면 V자로 뻗은 뿔이 나타났고, 머리가 보였다. 하얀 털은 상상했던 것보다 깨끗해서 갓 내린 눈 같았다. 어깨는 좁았지만 거리에서 보는 개들보다 훨씬 컸다. 강인한 힘은 없지만 여성적인 생김새나 몸집에서 신성한 분위기가 느껴졌다. 염소는 사람들이 숨을 삼키고 바라보는 가운데 조용히, 목적 없이 이동했다.

야마노테 선 전철이 플랫폼에 도착해 문을 열었다. 전철에서 처음 내린 사람이 순백의 생물을 보고 얼어붙었다. 앞에서 멈추자 뒤따라 내리려던 사람이 한 소리 하려고 했지만 염소를 발견하고 얼빠진 표정을 지었다.

염소는 뿔 달린 머리로 주위를 두리번거리다가 눈앞에서 열린 전철 문을 잠깐 바라보나 싶더니 뒷다리로 발돋움하듯 폴짝 뛰어들었다. 전철에 타고 있던 승객들이 깜짝 놀라 염소에게서 멀찍이 떨어졌다. 유리창 너머로 그 모습이 보였다.

운전기사와 차장도 이변을 눈치챘는지 전철은 문이 닫히지도, 출발하지도 않았다. 모두가 이야기를 멈추고 상황을 지켜보고 있었다. 휴대전화로 문자를 보내던 사람들도 꼬물거리던 엄지손가락이 멈춰 있었다. 방송도 들리지 않는다. 평소에는 시끄러운 역 플랫폼이 쥐 죽은 듯 고요했다.

헬리콥터 소리가 다시 상공을 통과했다.

우리는 시선을 주고받으며 염소 뒤를 따라 같은 차량에 올라탔다.

염소는 차량 안을 자유롭게 활보하고 있었다. 걸을 때마다 발굽 소리가 울렸다. 차량 안에는 승객이 스무 명쯤 있었는데 일어나서 염소를 경계하는 사람도 있는가 하면 앉은 채로 얼어붙은 사람도 있었다. 염소가 통로를 지나면 사람들은 뒷걸음질을 치거나 양쪽으로 갈라져 길을 터주었다.

양복 차림의 중년 남자가 신문을 펼친 채로 넋 나간 사람처럼 염소를 쳐다보고 있었다. 염소를 향해 손을 뻗으려는 어린아이를 어머니가 막았다. 하얀 털에 감싸인 몸이 중년 아주머니의 큼직한 엉덩이를 훑고 지나갔다. 아주머니는 눈을 꼭 감고 작은 비명을 질렀다. 자리에 앉아 꾸벅꾸벅 조는 대학생쯤 되어 보이는 남자는 차량에 사람 이외의 동물이 탔다는 사실을 알아차리지도 못하고 있다. 염소가 그의 손 냄새를 맡더니 보랏빛 혀를 내밀어 날름 핥았다. 그는 그제야 잠에서 깨어나 주위 사람들이 자기를 보고 있다는 것을 깨닫고, 이어서 정면의 생물과 눈이 마주쳤다.

와카쓰키 나오토는 사람들이 얼어붙어 있는 차량 안을 걸어갔다. 나도 조금 뒤에서 따라갔다. 염소는 여고생이 들고 있는 휴대전화 장식줄에 한창 관심을 보이는 중이었다.

와카쓰키 나오토는 염소 한 걸음 앞에서 멈췄다. 오른팔을 내밀어 그 생물의 머리에 나 있는 뿔을 향해 소녀처럼 가냘픈 손가락을 뻗었다. 단면이 편평한 삼각형 뿔은 완만한 곡선을 그리고 있었다. 와카쓰키 나오토의 손톱이 염소의 뿔에 닿은 순간 콩, 소리가 났다. 동굴에 물방울이 떨어질 때처럼 맑은 울림을 들은 것 같았다.

염소가 뒤를 돌아 와카쓰키 나오토에게 코끝을 들이밀었다.

옆으로 길게 뻗은, 기이한 눈동자다.

와카쓰키 나오토와 염소의 시선이 완벽하게 맞았다.

"안녕……?"

그가 말을 걸었다.

"바깥세상은, 즐거웠니?"

염소는 질문에 대답하지 않고 눈앞의 소년을 가만히 바라보고 있었다.

다음 순간, 차량 입구에서 작업복을 입은 어른들이 우르르 뛰어들어왔다. 정신을 차리고 보니 플랫폼에는 역무원과 경비원, 사육담당으로 보이는 사람들이 잔뜩 몰려와 있었다. 거대한 그물이 염소의 머리를 덮었다. 염소는 잠깐 날뛰었지만 저항은 오래가지 않았다. 우리는 어른들에게 끌려가는 염소를 말없이 지켜보았다.

차량 점검이 끝나갈 때쯤 역 안은 평소처럼 다시 북적거렸다. 염소가 손을 핥았던 대학생은 손수건으로 열심히 손을 닦고 있었다. 출발 안내방송이 흘러나오고 전철 문이 닫혔다. 우리는 그대로 야마노테 선을 탔다.

"그 염소도 알고 있었어. 어디에도 갈 수 없다는 걸."

와카쓰키 나오토가 말했다. 전철 안 사람들은 아직도 흥분이 가시지 않은 표정이었다.

"만날 수 있어서 다행이야."

"너, 정말 자수할 거야?"

"경찰에는 말하지 마. 내가 범인이라고 해줘."

"그날 밤, 너를 불러낸 문자는……."

"알아. 그래도, 괜찮아."

전철이 달리는 동안 주머니에서 신문 조각을 꺼내 바라보았다. 뒷면에 인쇄된 기사를 보여주고 자수를 이틀 만이라도 뒤로 미루라고 말해볼까?

전철이 아키하바라 역에 도착했다. 문이 열리고, 승객이 타고 내리고, 다시 문이 닫히기 직전, 와카쓰키 나오토가 일어나서 플랫폼으로 나갔다. 신문 조각을 보고 있느라 바로 반응하지 못했다. 뒤를 쫓아가려는데 코앞에서 문이 닫혔다.

전철이 움직였다. 플랫폼이 조금씩 멀어진다. 문 틈새로 손가락을 넣어 힘으로 열어볼까 했지만 전철 출발이 더 빨랐다. 멀어져가는 플랫폼에서 와카쓰키 나오토가 이쪽을 바라보며 서 있었다.

"바보! 멍청이!"

이미 늦었다는 것을 깨닫고 분해서 문에 주먹질과 발길질을 했다.

파출소에 갈 생각이겠지. 처음부터 그걸 노렸던 것이다. 와카쓰키 나오토는 혼조 노조미와 사사키 가즈키의 죄를 떠안기 위해 결국에는 체포되어야만 한다. 지난 며칠은 사사키 가즈키와 메일로 연락해 범행 당시의 상세한 상황을 알아내기 위한 시간이었을 뿐이다. 어른들의 눈에서 진상을 감추기 위한 준비 기간이었다.

결국 나는 도쿄 역에서 내렸다. 이제 뭘 해야 할지 몰라 역 구내를 방황했다. 와카쓰키 나오토처럼 파출소를 찾아가 보호해달라고 할까? 경찰은 나도 찾고 있을 것이다. 사정을 말하면 바로 붙잡을 게 분명하다. 망설인 끝에 파출소에는 가지 않았다. 남은 돈을 털어 고속열차 승차권을 사서 동네로 돌아가기로 했다. 나와 와카쓰키 나오토가 다니는 고등학교가 있고, 하늘에 바람길이 있는, 우리 동네로. 거기서 나는 혼조 노조미를 만나기로 결심했다.

10월 1일 수요일

도쿄에서 고속열차와 민영 전철을 갈아타가며 동네로 돌아왔을 때는 이미 한밤중이었다. 사람들 눈을 피해 PC방에서 하룻밤을 보냈다. 자전거 보관소에 내버려두었던 자전거는 철거당했는지 보이지 않았다. PC방 개인실에 있는 텔레비전으로 뉴스를 확인했다. 고마고메 역에서 붙잡힌 염소가 경찰을 찾아간 염소자리 친구보다 더 대대적으로 나오고 있었다. 나는 채널을 바꾸고, 컴퓨터로 인터넷을 검색해 와카쓰키 나오토와 연관해 세상에 나도는 정보를 모았다. 가네시로 아키라의 휴대전화에 대한 것도 인터넷으로 조사했다. 제조사와 제품명으로 검색하니 다양한 정보를 얻을 수 있었다. 잠을 청했다. 어느새 날이 밝아 있었다.

정오가 되기 전에 출발했다. 밖으로 나가니 푸른 하늘에 구름이 옅게 뻗어 있었다. 무거운 배낭을 역 앞 사물함에 맡기고 가벼운 몸으로 고등학교를 찾아갔다. 거리는 평소와 다름없었다. 눈에 익은 건물, 간판, 육교. 그래도 어딘가 거북하다. 내가 사람들 시선을 두려워하며 걷고 있기 때문이리라. 도쿄의 거리를 보고 와서 그런지 넓은 하늘과 풍성한 신록에 새삼 감동했다.

고등학교 문이 보였다. 와카쓰키 나오토가 경찰에 출두했다는 뉴스는 보도되었지만 언론사 차량은 보이지 않았다. 세상의 관심은 다른 일로 옮겨간 것이다. 학생들의 시끌벅적한 목소리가 운동장 쪽에서 들려왔다. 뒤편 잡목림에서 점심시간이 되기를 기다려 학교 부지로 숨어들어갔다.

건물 안으로 들어가 교실로 향했다. 스쳐 지나가는 몇몇 학생들이 사복 차림의 나를 돌아보았다. 눈에 띌 테니 집에 들러 교복으로 갈아입고 싶었지만 혹시나 그러다 다른 사람에게 들킬까봐 포기한 탓이다. 복도에서 선생님에게 붙들리지 않고 교실까지 다다른 것은 운이 좋았다고밖에 할 수 없다.

교실에는 열 몇 명밖에 없었다. 그 외에는 식당이나 다른 곳에서 점심을 먹고 있을 것이다. 내가 들어가자 아이들은 대화를 중단하고 침묵했다. 시선이 일제히 쏟아졌다. 아침부터 와카쓰키 나오토 체포 뉴스로 법석이었을 게 분명하다. 동시에 내가 아직 나타나지 않고 행방불명 상태라는 정보도 오갔을지 모른다.

"마쓰다, 너……."

그럭저럭 친한 녀석이 다가와 말을 걸려고 했다.

"오랜만."

짧게 대답하고 그 녀석 앞을 지나쳤다. 창가의 내 자리로 향했다. 바로 뒤가 혼조 노조미의 자리다. 그녀는 오늘도 매점에서 빵과 우유를 사서 자기 자리에서 먹고 있었던 모양이다. 빵은 이미 보이지 않았지만 빨대가 꽂힌 우유 팩이 있었다. 성실해 보이는 이마가 그리는 윤곽선, 허리를 곧게 편 자세. 안경이 아니라 콘택트렌즈였다.

나를 본 혼조 노조미가 깜짝 놀라 입술을 작게 벌렸다.

의자에 옆으로 앉으니 창틀에 등을 기댈 수 있어 편했다. 뒷자리의 혼조 노조미하고 이야기하기도 편하다. 반 아이들은 멀찍이서 우리를 보고 있었다. 누가 교실에서 나갔다. 선생님을 부르러 간 건지도 모른다.

"다들 마쓰다 널 찾고 있었어."

혼조 노조미가 모기 울음소리처럼 작은 목소리로 말했다.

"와카쓰키가 도쿄에서 붙잡혔다고……."

"나만 혼자 돌아왔어."

긴장 때문에 목소리가 좀처럼 나오지 않았다.

"도망치는 걸 도와준 거야?"

"뭐, 그런 셈이야."

"어째서 한마디도 안 했던 거야?"

"반장은 성실하니까."

심호흡으로 폐를 공기로 꽉 채웠다.

교실을 둘러보다가 그립다고 생각한 것에 놀랐다. 얼마 전까지 당연하게 존재하는 풍경이었는데. 지금 나는 엉뚱한 곳에 있다.

"시간이 없어. 본론만 말할게. 하고 싶은 이야기가 있어. 와카쓰키가 한 행동에 대해."

혼조 노조미가 고개를 갸웃거렸다.

"25일 심야, 가네시로가 그 녀석 휴대전화로 연락을 했어. 그래서 와카쓰키는 야가모 다리로 불려 나간 거야. 집을 나설 때 미리 사두었던 식칼을 몰래 들고 갔어. 그걸로 가네시로를 찌를 작정이었던 모양이야. 하지만 그 녀석을 불러낸 건 가네시로가 아니었어."

"무슨 소리야?"

"기치조지 이노카시라 공원에서 와카쓰기가 내게 휴대전화를 보여줬어. 그때 무슨 일이 있었는지 자세히 들었어."

"기치조지? 그런 델 갔어?"

"응. 그래서 이상한 점을 발견했어. 가네시로가 보낸 문자에는 '고토노하 다리'로 오라고 적혀 있었어. '야가모 다리'가 아니라, 지금은 거의 쓰지 않는 정식 명칭을 쓴 거야. 마음에 걸려서 조사해봤더니 가네시로의 휴대전화 숫자 8 단추에 작은 핏방울이 묻어 있었다고 해. 가네시로가 맞았을 때 전화가 땅에 떨어졌던 것 같아. 거기에 피가 한 방울, 튀어서 묻은 거지."

"그래서?"

"그 사실을 바탕으로 두 가지 상상을 할 수 있어. 하나는 가네시로가 '야가모 다리'라는 명칭을 쓰지 않고 여전히 '고토노하 다리'라는 이름을 썼을 가능성. 그렇다면 이상한 점은 없어. 가네시로가 와카쓰키를 불러내는 문자를 보낸 다음 살해당했다는 걸로 이야기가 통해."

"또 하나는?"

"문자 작성자가 8번 단추를 누르길 망설였을 가능성이야."

"문자 작성자?"

"그 인물이 8번 단추를 누르지 못했던 건 물론 피가 묻어 있었기 때문이야. 그렇다면 문자를 작성한 건 가네시로가 이미 맞은 후라는 뜻이 돼. 흠씬 두들겨 맞아서 피투성이가 된 상태로 그런 문자를 보낼 수 있을 리는 없으니까. 그래서 그 경우 문자를 보낸 건 가네시로가 될 수 없어. 그렇다고 와카쓰키도 아니지."

"어째서?"

"와카쓰키가 자기한테 문자를 보낼 이유가 없어. 그보다 와카쓰키를 불러내기 위해 문자를 보냈다고 생각하는 게 자연스러워. 즉 가네시로도, 와카쓰키도 아닌 인물이 그날 밤 다리 밑에 있었던 거야. 문자를 보낸 인물은 자기가 거기에 있었다는 증거를 남기기 싫었어. 그게 최우선 사항이야. 그래서 8번 단추를 누를 수 없었어. 피가 묻은 단추를 누르면 피가 번져. 그렇게 되면 문자를 작성한 게 범행 후라는 걸 들키게 돼. 그렇다고 닦아내는 것도 위험하지. 단추와 본체 사이에 얼룩이 남을지도 모르고, 원래는 있어야 할 가네시로의 지문도 함께 사라지니까. 결과적으로 건드리지 않는 게 가장 안전한 방법이라고 생각했을 거야. 그 인물은 지문이 남지 않는 방법으로, 예를 들면 뚜껑을 닫은 볼펜 끝 같은 도구로 8번 단추를 피해 문자를 찍었어. 하지만 '야가모 다리'를 입력하려면 8번 단추를 눌러 '야' 행으로 들어가야 해. 그래서 정식 명칭을 사용한 거야. '고토노하 다리.' 그거라면 8번 단추를 누를 필요가 없어."

그녀는 잠시 생각에 잠겼다가 입을 열었다.

"슬롯 입력이나 다른 입력 방식이라면 '야가모 다리'라고 입력할 수 있지 않았을까?"

휴대전화 기종에 따라서는 문자 입력 방법을 몇 가지 고를 수 있다. 슬롯 입력은 상하좌우 키와 확인 단추만으로 문자를 입력하는 방법이다.

"가네시로가 썼던 휴대전화에는 슬롯 입력 기능이 없었어."

"그럼 가네시로하고 와카쓰키 말고 누군가가 있었다는 말이야?"

"두 가지 상상 중에 후자가 진실이라면 그래. 나는 그렇다고 생각하고 있어. 뒷받침할 정보를 몇 가지 수집했어. 와카쓰키가 달려갔을 때, 가네시로는 이미 진범들의 손에 살해당한 후였어."

"진범들?"

"너하고 사사키 말이야."

창문으로 포근한 햇살이 들어와 책상 위에 쏟아지고 있었다. 운동장에서 배구하는 무리에게서 공 튀는 소리가 들려왔다. 교실에 있는 다른 아이들은 멀찍이서 이쪽을 바라보고 있다. 다가올 기미는 없었다. 우리 대화가 들리지 않기를 바랐다. 혼조 노조미는 천천히 시선을 떨어뜨렸다. 앞머리가 이지적인 이마에 섬세한 그림자를 드리웠다.

"너희 계획은 좀 더 단순하지 않았을까? 와카쓰키를 불러낸 다음, 어디 다른 곳에서 경찰에 신고하는 거야. 경찰이 왔을 때 다리 밑에는 가네시로의 시체와 와카쓰키만 있을 테지. 그 녀석한테는 동기가 있었어. 와카쓰키는 범인으로 체포될 테고, 아무도 너희를 의심하지 않겠지. 하지만 예상하지 못한 일이 벌어졌어. 예를 들어 안경을 떨어뜨려 밟아서 망가뜨린 일. 렌즈가 망가져서 그 파편을 주워야만 했어. 어두운 곳에서 파편을 줍느라 시간이 걸리는 바람에 너희는 바로 달아나지 못했어. 그리고 와카쓰키가 문자로 지정한 시간보다 삼십 분이나 일찍 도착한 점. 그게 결정적이었어. 와카쓰키 역시 우연히도 너희와 같은 날에 가네시로를 살해할 작정이었어. 일찌감치 도착해 숨어 있으려 했던 거지. 덕분에 너희가 떠나기 전에 와카쓰키가 현장에 도착했고 서로 맞닥뜨리고 말았어."

혼조 노조미는 고개를 저었다.

"나 참, 하고 싶은 말은 많지만 하지 않을래. 일단 어째서 거기서 나하고 사사키 얘기가 나오는지 모르겠는데. 게다가 같은 날에 가네시로를 살해할 작정이었다고? 그런 우연이 과연 있을까? 보통 일도 아니고 살인인데?"

"맞는 말이야. 터무니없는 우연이지. 하지만 아주 조금, 이유가 있어. 아마도 너와 사사키가 25일 밤을 고른 것도, 와카쓰키가 그날 가네시로를 죽일 결심을 하고 식칼을 들고 집을 나선 것도 똑같은 생각을 했기 때문이야. 그날 밤이라면 가네시로는 반드시 혼자 행동할 테니까. 그게 이유야. 평소 가네시로와 함께 다니는 2학년 다카기는 수학여행을 가고 없었어. 너희가 목적을 달성하기에 알맞은 밤이었던 거야. 다른 날에는 가네시로를 불러내도 혼자 온다는 보장이 없어. 두 사람과 맞서야 할 가능성이 생겨."

"하지만 전부 상상이잖아? 가령 가네시로가 '야가모 다리'를 평소 '고토노하 다리'라는 이름으로 불렀을 수도 있어."

"경찰한테 조사해달라고 하면 돼. 다카기라면 알고 있을지도 몰라. 금방 알 수 있을 거야."

"어쨌거나 나하고 사사키는 아무 상관 없어. 오히려 괴롭힘당하는 와카쓰키를 도와주려고 했어. 우리가 와카쓰키에게 죄를 뒤집어씌우다니 말도 안 돼."

간절한 얼굴이었다. 마치 용서를 구하는 듯한.

나는 어째서 그녀를 몰아세우는 걸까. 친구인데.

"하지만 나는 너희가 한 짓을 알고 있어. 알고 있단 말이야. 와카쓰키한테도 직접 들었어. 그걸 모르는 척하고, 지금까지 그랬던 것처럼 태연하게 지낼 수는 없어."

반 아이들뿐만 아니라 다른 교실에서도 사람들이 모여들었다. 교실 입구에서 많은 학생들이 무슨 일인가 고개를 들이밀고 있다.

혼조 노조미의 온몸에서 힘이 빠지는 기척이 느껴졌다.

그녀가 어깨를 살짝 늘어뜨리자 팽팽했던 긴장이 풀렸다.

체념한 듯 숨을 토해낸다.

"……더는 못 버티겠지?"

"와카쓰키는 어른들에게 끝까지 진실을 숨길 작정이야. 나도 경찰에 말할 생각은 없어. 그 녀석이 그걸 바라니까. 경찰에는 너하고 사사키가 직접 말해주면 좋겠어. 그러면 아마 그 녀석도 나를 용서해줄 거야. 그리고 와카쓰키는 그 문자가 가네시로가 보낸 게 아니라는 걸 알고 있어. 너희가 보냈다는 걸……."

죄를 짊어지우기 위해 그를 불러냈던 것이다.

그런데도 그는 진실을 말하지 않고 죽을 각오를 했다.

"와카쓰키는 내게도 끝까지 사실을 말해주지 않았어. 네가 그 현장에 있었다는 건 다른 경로로 우연히 알아낸 거야."

"어떻게?"

"그날 밤, 현장 근처에 우산을 든 소녀가 있었다는 목격 정보가 있었어. 그거, 너지?"

"그날, 비 안 내렸어."

"알아. 아침에 일기예보를 봤으니 내리지 않는다는 건 알고 있었어."

25일 점심시간, 지금처럼 창가에 기대어 그녀와 이야기를 나누었다. 그때 오늘 밤 폭우가 내릴 거라고 거짓말을 했다. 그래서 그녀는 우산을 들고 갔던 것이다.

"그날 밤 이 동네에서 살인사건이 일어날지도 모른다는 걸 나는 미리 알고 있었어."

"알고 있었다고? 어떻게?"

"범인과 피해자가 둘 다 나하고 같은 학년이라는 것도 알고 있었어. 그래서 네가 집에서 나가지 않도록 거짓말을 했던 거야. 폭우가 내리니 오늘 밤은 집에 있는 게 낫다고. 그러면 네가 피해자가 될 일은 없을 줄 알고……. 집에만 있으면 만에 하나라도 살해당할 일은 없을 것 아냐. 하지만 너는 우산을 들고 나갔어."

목격자는 그 우산이 인상에 남아 소녀가 현장 부근에 있었다는 것을 기억하고 있었다. 그날 밤, 폭우가 내린다는 거짓말은 혼조 노조미에게만 했다.

"돕고 싶었는데, 역효과였어. 웃기지. 나는 네가 죽을까봐 걱정했어. 존경했어. 친구였고. 자리도 가까우니까. 그날 밤, 누군가에게 죄를 뒤집어씌우는 게 아니라 셋이서 달아나서 누가 범인인지 모른다고 했더라면 좋았을걸. 가네시로한테는 미안하지만."

"무서웠어."

그녀는 작은 목소리로 쥐어 짜내듯 말했다.

"그날 밤, 와카쓰키가 와서 계획이 어그러지자 이제 끝났다고 생각했어. 하지만 그때 와카쓰키가 우리는 달아나도 된다고, 자기가 그런 걸로 하겠다고 말해줬어. 마쓰다, 난 그렇게 강하지 않아. 네가 과대평가한 거야."

"하지만 모르겠어. 동기가 뭐야?"

혼조 노조미와 사사키 가즈키에게 가네시로 아키라를 죽일 만한 어떤 과거가 있다는 말인가?

그녀는 나를 보던 시선을 거두고 고개를 숙였다. 눈과 코가 평평운 사람처럼 붉어졌다. 그때 교실 입구에 선생님이 나타났다. 생활지도를 담당하는 체격 좋은 남자 체육 선생님이었다.

"그만 가야겠다……."

그렇게 말하고 자리에서 일어섰다. 그녀가 손을 뻗어 내 손목을 붙잡으려 했지만 허공에서 멈추었다. 결국 그녀의 손은 무릎 위로 떨어졌다.

"좀 더 빨리 눈치채서 같이 고민할 수 있었다면 좋았을 텐데."

"그러게, 바보야. 하지만 아무 말 안 했던 내 잘못도 있어."

체육 선생님은 내게 저항할 의사가 없다는 걸 알고 안도한 눈치였다. 반 친구들이 지켜보는 가운데, 선생님을 따라 교실 밖으로 나갔다. 복도에서 혼조 노조미를 돌아보았다. 그녀는 매점에서 산 작은 우유 팩을 들고 있었다. 입술 사이로 빨대를 물고 창밖을 바라보고 있다. 점심시간이면 늘 보던 광경이다. 왁자지껄한 소리가 운동장에서 물결처럼 들려왔다. 밝은 빛이 교실로 쏟아지고, 책상 하나하나가 빛나고 있었다.

epilogue

지금도 똑똑히 기억한다.

고등학교에 갓 입학했을 때였다.

계절은 봄. 4월.

알람시계가 울리기 전에 꿈에서 깬 건 베란다에서 들려오는 강아지 울음소리 때문이었다.

창문을 열자 베란다에 쌓인 벚꽃 꽃잎 위에 강아지가 뒹굴고 있었다.

아무래도 바람을 타고 어디서 날아온 모양이다.

황토색 털은 보드랍고, 생김새도 깜찍했다.

나는 집게손가락을 내밀어보았다. 얇은 혀로 할짝할짝 핥아주는데 간지러웠다.

우리 집에서는 애완동물을 키울 수 없다.

고등학교 컴퓨터실에서 강아지 입양처를 찾는 전단지를 만들었다.

전단지를 작성하는 작업은 꽤나 고생스러웠다.

어쩌다 잠깐 쉬면서 컴퓨터실 창문으로 밖을 바라보는데 흐드러진 벚나무가 보였다.

강아지 사진도 넣어가며 어찌어찌 봐줄 만큼은 되었을 때 누가 뒤에서 말을 걸었다.

"수컷인지 암컷인지도 적어야지."

안경을 쓴 여학생이 서 있었다.

같은 반의 혼조 노조미였다.

"애 어디서 주웠어?"

베란다에 떨어져 있었다고 알려주었다.

처음에 그녀는 믿지 않았다.

"바람길?"

"진짜로 있다니까."

방과 후에 그녀를 우리 집 근처로 안내했다.

나는 언덕 밑 공원에서 하늘을 가리켰다.

그녀가 눈부시다는 듯이 안경 너머로 실눈을 떴다.

마을 상공에 연분홍색 선이 있었다.

물을 잔뜩 머금은 옅은 수채 물감으로 하늘에 그은 듯한 선이었다.

수많은 벚꽃 꽃잎이 바람길을 따라 날고 있는 것이다.

바람은 언덕 위에 있는 우리 집을 훑고, 하늘 저편으로 이어졌다.

교실에서 혼조 노조미와 이야기한 뒤에 나는 선생님 차를 타고 경찰서로 끌려가 거기서 부모님과 누나와 재회했다. 누나는 내 얼굴을 보자마자 가차 없이 따귀를 때렸다.

어른들이 사정을 물었지만 와카쓰키 나오토와 행동을 함께한 며칠 동안에 대해서만 이야기하고, 혼조 노조미와 사사키 가즈키가 사건에 연관되어 있다는 건 털어놓지 않았다.

와카쓰키 나오토가 어떤 상황인지 물었지만 현재 조사중이라는 대답밖에 듣지 못했다. 범인 도주를 도운 건 잘못이지만 사건 자체에는 관여하지 않았고 미성년자라는 사실도 감안해줘서 부모님과 함께 귀가할 수 있었다. 하지만 엄중한 주의를 받았고 당분간 경찰서에 가서 몇 차례 조사를 받아야만 했다.

내가 언덕 위 집으로 돌아갔을 때, 동네는 이미 붉은 저녁노을에 감싸여 있었다. 며칠이나 청소를 빼먹은 탓에 베란다에는 나뭇잎이 잔뜩 쌓여 있었다. 내가 없는 동안에도 바람은 계속 불어왔던 모양이다.

같은 날 오후 5시, 혼조 노조미가 학교 근처 파출소에 출두했다.

그녀는 점심시간이 끝나기 직전 교실에서 나가 그대로 학교로 돌아오지 않았다고 한다.

나는 그 사실을 한밤중에 걸려온 누나의 전화로 알았다. 누나가 매형에게 들은 이야기에 따르면 혼조 노조미는 전부 자백했다고 한다.

누나는 그리고 또 한 가지 슬픈 정보를 알려주었다.

놀라지 말고 들어, 라는 단서를 달고 누나가 말했다.

"혼조가 어째서 표류물에 대해 항상 궁금해했는지 왠지 알 것 같아. 그렇잖아, 아침이면 집 베란다에 온갖 것들이 떨어져 있다니 설레는 일이야."

와카쓰키 나오토를 다시 만났을 때, 그날은 마침 내 생일이었다. 가을은 이미 지났고 거리를 걷는 사람들은 추위에 떨며 코트를 껴입고 있었다.

"세상에는 비현실적인 일도 일어날 수 있어. 마쓰다하고 함께 있으면 그런 생각이 들어, 왠지 구원받는 기분이야. 네게 바람 이야기를 들으면 그 순간만큼은 괴로운 일을 잊을 수 있어. 소설이나 만화를 읽었을 때처럼. 그래서 혼조는 너하고 표류물에 대해 이야기하는 걸 좋아했던 거야."

처음에는 서로 어색한 표정을 짓는 게 고작이었다. 패스트푸드 가게 2층 금연석에서 값싼 커피를 마셨다. 얼굴을 맞대도 좀처럼 서로 눈을 마주칠 수가 없었다. 내게 일방적으로 화를 내고 거들떠보지도 않을 줄 알았는데 그렇지는 않았다. 한 마디, 두 마디, 띄엄띄엄 끊기는 대화로 서로 근황을 알리고, 혼조 노조미에 대해 이야기했다.

와카쓰키 나오토는 여전히 여자애 같은 이목구비로, 도피 생활을 했던 9월 말보다 더 말랐다. 때때로 시선을 떨어뜨리고 입을 다문 채로 커피가 든 컵을 바라보았다. 긴 눈썹이 얼굴에 그림자를 드리우고, 커피에서 솟아오르는 김이 한숨에 일렁거렸다. 어쩌면 그럴 때 혼조 노조미를 떠올리고 있었는지도 모른다.

"그러고 보니 이거······."

나는 사사키 가즈키가 보낸 편지를 꺼내 와카쓰키에게 보여주었다. 경찰이 보호하고 있는 사사키 가즈키와 딱 한 번 편지를 주고받았다. 와카쓰키 나오토가 어떤 마음으로 편지를 읽었는지 상상조차 할 수 없다.

편지에는 사사키 사야카, 혼조 가쓰미에 대한 이야기도 적혀 있었다.

가네시로 아키라에 얽힌 흉흉한 소문 중에 교생실습을 나온 여대생과, 자살한 여중생 이야기가 있었다. 그것은 소문이 아니라 사실이었다. 피해자의 이름은 사사키 사야카, 혼조 가쓰미였다. 가네시로 아키라는 그녀들의 인생을 파괴하고 망가뜨렸다. 세상에 사건으로 공표되지는 않았지만 두 사람의 가족은 가네시로 아키라가 한 짓을 알고 있었다.

편지에 따르면 혼조 노조미와 사사키 가즈키는 중학교 때 같은 목적으로 접촉해 교류를 가졌다고 한다. 두 사람이 고등학교를 골라서 입학한 것도 가네시로 아키라에게 접근하기 위해서였다. 더 좋은 학교에 갈 수 있었는데 혼조 노조미가 그 고등학교 입학시험을 치른 것은 그런 이유 때문이었다. 그녀는 나와 친구가 되기 훨씬 전부터 가네시로 아키라를 알고 있었던 것이다.

와카쓰키 나오토는 긴 침묵 끝에 편지를 접었다. 우리는 말없이 창밖을 바라보았다. 역 앞에 버스 정류장이 있다. 도쿄로 갈 때 탔던 고속버스 정류장이 아니라 매일 아침, 일상적으로 타던 노선버스 정류장이다. 하교하는 고등학생 무리가 보였다. 어깨를 툭툭 치거나 익살스럽게 다리를 걷어차는 모습이 즐거워 보였다. 얼마 전까지 우리가 다녔던 고등학교 교복이다.

우리는 서로 가방에서 방송통신고등학교의 원서와 필기도구를 꺼냈다.

먼저 이름과 나이를 썼다.

마쓰다 유야. 열여섯 살.

"그 두 사람, 사귀었던 건 아니었구나……."

맞은편에서 필기구를 끄적거리며 와카쓰키 나오토가 말했다.

"응. 그런가봐."

사사키 가즈키의 편지에도 그런 내용이 적혀 있었다.

"그럼 역시 혼조는 마쓰다를 좋아했던 게 아닐까?"

"설마."

"마쓰다하고 이야기할 때 즐거워 보였어."

"그건 그거겠지. 베란다가 재미발생장치여서 그랬던 거야. 그럴 리가 없어. 금시초문이야."

정류장에 버스가 와서 고등학생들을 태우고 떠났다.

그저 조용한 역 앞 풍경만이 남았다.

와카쓰키 나오토는 손길을 멈추고 커피를 한 모금 마셨다.

나는 원서에 얼굴을 묻고 빈칸을 채우면서 코를 훌쩍였다.

내가 교실에서 혼조 노조미와 이야기를 나눈 다음 날에 있었던 일이다.

10월 2일 목요일.

날이 밝기 전에 자전거를 타고 비탈길을 내려갔다. 단골 편의점에 도착해 신문을 골고루 사서 주차장에서 그 기사를 찾았다. 눈에 익은 디자인을 바로 찾아냈다. 베란다에 떨어져 있던 신문 조각과 완벽하게 일치했다.

내 다리는 절로 학교로 향하고 있었다. 동녘 하늘이 겨우 밝아오는 시간이어서 학교 건물의 공기는 차갑고 맑았다.

복도를 지나 계단을 올라가 교실로 들어가니 창가 자리에 작은 종이 우유 팩이 동그마니 놓여 있었다.

어제 점심시간에 그녀가 마시던 우유다.

버리는 사람도 없이, 오후 수업 때도 그대로 있었으리라.

그녀가 경찰을 찾아간 줄도 모르고, 교사와 학생들은 오후 수업을 했던 것이다.

우유 팩은 불어넣은 숨으로 볼록하게 부풀어 있었다.

와카쓰키 나오토와 달아났던 것처럼, 그녀의 손을 잡고 교사나 경찰로부터 달아났으면 좋았을까?

그녀는 학교로도, 집으로도 돌아오지 않았다.

조사를 마친 뒤 경찰서 화장실에 가서, 그대로 나오지 않았던 것이다.

눈앞의 우유 팩에 그녀가 토해낸 숨이 지금도 가득 차 있다.

살아있던 마지막 날, 사라지기 몇 시간 전의, 그녀의 숨결이.

소년 무나카타와 만년필 사건

나카타 에이이치

| 해설 |

나카타 에이이치는 연애소설로 데뷔했다.
그가 쓰는 소설을 보면 소년만화 잡지에 연
재되는 로맨스 코미디 만화가 떠오른다. 남
녀의 미묘한 연애 심리보다 그 상황에서 발
생하는 해학에 관심이 있는 듯하다. 이 작품
은 학급 재판을 통해 '소년, 소녀를 만나다'
를 그릴 셈이었는데 예상 외로 미스터리가
차지하는 비중이 커졌다고 한다. 무나카타
소년을 주인공으로 한 시리즈를 기획하고
있다는데 속편을 썼다는 소식은 아직 없다.

〈소설 스바루〉(2012년 2월호) 게재

슈에이샤 문고 〈언젠가, 너에게 Girls〉 수록

1

내가 다니던 초등학교에서는 점심시간 다음에 청소 시간이라는
게 있어, 아이들은 조별로 배정된 장소를 청소해야만 했다. 연결 복
도를 걸레질하고 교실로 돌아가려는데 계단 근처에서 나쓰카와, 이
노우에와 마주쳤다. 나쓰카와의 손에 낯익은 물건이 들려 있었다.

"교실에서 주웠어. 걸레가 없었는데 마침 딱이지 뭐야⋯⋯. 미안!
정말 미안해!"

내 수건이었다. 받아들자 물기를 머금어 묵직한 무게가 손에 느껴
졌다. 그녀는 가끔 나를 괴롭혔다. 등에 쪽지를 붙이거나, 지나갈 때
발을 거는 행동들이다.

5교시와 6교시는 과학실에서 실험을 할 예정이었다. 이대로 계단
에서 말다툼을 하면 지각한다. 서둘러 교실로 돌아가니 아이들은 이
미 거의 다 과학실로 가고 없었다. 수건은 일단 의자에 걸어두고 책

상에서 교과서와 공책, 필통을 꺼내 서둘러 과학실로 갔다. 나쓰카와와 이노우에 두 사람이 한발 늦게 교실에서 나왔다. 과학실은 건물 1층에 있었다. 계단을 내려가 이동하다가 과학실 옆 화장실 앞에 '점검중 사용 불가'라는 표시가 붙어 있는 것을 보았다. 남자 화장실도 여자 화장실도 다 쓸 수 없는지 다른 화장실을 이용하라는 글이 붙어 있었다.

　그날 실험 내용은 길쭉한 부적 같은 리트머스시험지에 다양한 수용액을 떨어뜨려 색깔 변화를 관찰하는 것이었다. 붉은 리트머스시험지는 알칼리성용액을 만나 파랗게 변하고, 파란 리트머스시험지는 산성용액을 만나 붉게 변한다. 조별로 나뉘어 실험을 시작했는데 얼마 지나지 않아 다카야마가 소리를 질렀다.
　"어라? 뭐야?! 뭐야?!"
　그는 필통을 뒤집어 내용물을 책상 위에 쏟았다.
　"왜 그러니?"
　고쿠분지 선생님이 이유를 물었다. 고쿠분지 선생님은 삼십대 여성이다.
　"제 만년필이 사라졌어요."
　그 만년필은 다카야마가 아버지에게 생일 선물로 받은 소중한 물건으로, 몇 만 엔이나 하는 외제였다. 나도 가까이서 본 적이 있다. 유선형 본체는 광택 있는 검은색 바탕에 군데군데 금색 고리가 박혀 있었다. 나사처럼 돌려서 뚜껑을 빼면 드러나는 금색 펜촉 뒤쪽에

홈이 있었다. 본체 안에 든 잉크가 바깥쪽에 드러나 있는 홈을 타고 펜촉으로 흘러가는 구조는 볼펜에 익숙한 우리에게 신비함 그 자체였다.

결국 실험이 다 끝나도록 만년필은 나오지 않았다. 그 외에 이상한 일이라고 하면 친구가 없어 반에서 고립되어 있는 무나카타가 실험에 사용하는 식염수와 레몬즙을 핥아 먹었다가 선생님에게 혼난 것 정도일까? 고쿠분지 선생님은 디지털카메라로 조별 사진을 마구 찍어댔다. 색이 변한 리트머스시험지를 조장에게 집어 들게 하고 셔터를 눌렀다. 나중에 이 실험 결과를 정리해 사진과 함께 교실 뒤에 붙일 예정이었다. 5교시와 6교시 이어서 실험을 했는데 중간에 십 분 휴식 시간이 있었다. 몇몇 아이들이 화장실에 갔지만 나는 같은 조 아이들과 수다를 떨었다.

6교시 종료를 알리는 종소리와 함께 하루 수업이 전부 끝났다. 우리는 과학실에서 나와 교실로 향했다. 귀가 집회라고 부르는 종례를 마치면 학교에서 풀려난다. 집에 돌아가면 전기밥솥을 켜고 퇴근하신 엄마가 반찬을 사서 돌아올 때까지 책이라도 읽을까? 참고로 우리 집은 이혼해서 아버지가 안 계신다. 창밖을 보니 비가 내릴 것처럼 검은 구름이 하늘을 덮고 있었다. 오전에는 맑았는데. 그런 생각을 하면서 두 친구와 복도를 걸었다.

교실에 들어가니 과학실에서 먼저 돌아와 있던 아이들이 내 얼굴을 보고 대화를 중단했다. 조용한 교실에 팽팽한 긴장감이 자욱했다. 사정을 모르는 나와 두 친구가 어리둥절해하자 스포츠머리에 활발한 성격의 에노모토가 나를 불렀다.

"야마모토, 네 가방 좀 보자." 나를 향한 적의 같은 감정을 느꼈다. "대답해. 안 그러면 그냥 본다? 안에 만년필 있지?"

나중에 알게 된 사실이지만 실험이 끝나고 교실로 돌아온 다카야마와 그의 친구들은 사라진 만년필을 찾아 여기저기 들쑤신 것 같았다. 책상 속, 바닥, 교탁 밑, 복도를 조사하다가 에노모토가 교실 뒤쪽 선반에 남아 있는 잉크 자국을 발견했다고 한다. 칠판 반대편 벽에 가방을 넣어두기 위한 선반이 설치되어 있다. 세로 삼단, 가로 열두 줄의 그 선반은 한 칸에 가방이 쏙 들어가는 크기다. 잉크 자국은 내 가방 옆에 남아 있었다. 만년필에 쓰는 검은색 잉크다. 그걸 본 아이들은 다음과 같이 생각했다.

만년필은 다카야마가 잃어버린 게 아니라 누가 훔쳐간 게 아닐까? 선반에 남아 있던 잉크 자국은 가방 속에 숨길 때 뚜껑이 열리면서 펜촉이 닿아서 묻은 게 아닐까?

"아, 아니야……. 난 안 그랬어……."

"가방 좀 보자니까. 맘대로 볼 수도 있었는데 네가 돌아올 때까지 기다려준 거야."

나는 고개를 끄덕이고 선반에서 빨간 가방을 끄집어냈다. 그때 처음 내 눈으로 선반의 잉크 자국을 확인했다. 선반 바닥 오른쪽 구석, 바깥쪽 끝자락에 묻어 있었다. 닦아내려 했지만 잉크가 미처 지워지지 않은 것처럼 보이는 얼룩이었다.

가방을 끌어안았을 때, 안에서 작은 물체가 굴러가는 소리가 나서 불길한 예감이 들었다. 가방을 열자 에노모토가 속을 들여다보았다. 그는 가방 속 내용물을 집어 다카야마에게 내밀었다.

"봐, 있어."

내 가방에서 튀어나온 것은, 검은색 본체에 군데군데 금색 장식이 박힌 만년필이었다.

귀가 집회를 하려고 교실에 들어온 고쿠분지 선생님이 술렁거리는 분위기를 보고 깜짝 놀랐다.

"다카야마가 부러웠어?"

선생님은 오해하고 계셨다. 우리 집은 아버지가 안 계신 한부모 가정이다. 그래서 아버지에게 비싼 선물을 받은 다카야마를 시샘해서 이런 짓을 했다고 믿는 눈치였다.

귀가 집회가 끝나고 교무실로 끌려갔다. 아무리 해도 내가 시인하지 않자 선생님은 안달이 나서 어머니 회사에 전화하겠다는 말을 꺼냈다. 자꾸 고개만 가로저었더니 체념한 표정으로 어머니 회사에 전화를 했다. 어머니는 세무사 사무소에서 일하는데 마침 하루 업무를 끝내고 퇴근 준비를 하던 참이었는지 바로 택시를 타고 창백한 얼굴로 교무실로 달려오셨다.

선생님이 설명을 마치자 어머니가 내 머리를 꾹꾹 누르며 야단쳤다.

"얘가, 마코토! 너도 잘못했다고 해!"

"나…… 난…… 안 그랬어……."

나는 눈물과 콧물이 뒤섞인 얼굴로 그렇게 말하는 게 고작이었다. 선생님은 "아직도 시치미를 뗄 거니?"라는 표정이었다. 나는 절망했다. 나를 믿어주는 사람은 분명 어디에도 없을 것이다. 하지만 어머니는 그런 내 말을 듣고 뭔가 이상한 걸 느꼈는지 조심스럽게 선생님에게 물었다.

"우리 아이가 하지 않았다는데……. 어떻게 된 걸까요……?"

"하지만 어머님, 만년필이 가방에 들어 있었다고요."

"하지만 우리 애가 그럴 리가…….."

교무실에서 나올 때 어머니를 바라보는 선생님들의 시선은 쌀쌀했다. 학교에서 나오는데 비가 내려 편의점에서 도시락과 비닐우산을 샀다. 달아나듯 집으로 돌아와 전자레인지로 도시락을 데워 둘이서 먹었다. 비에 젖은 머리카락이 굽이치고 있었다.

이튿날부터 왕따를 당하기 시작했다. 처음에는 험담 정도였지만 그러다 곧 소지품이 사라지기 시작했고, 책상이나 의자가 교실 밖에 치워져 있거나 칠판에 커다란 글씨로 '도둑 야마모토는 죽어라!'라는 낙서가 생기기 시작했다.

"한부모 가정이라 도둑으로 자란 거야, 틀림없어." "들었니? 다카야마네 집에 사과하러 가지도 않았대." 아이들의 목소리가 들려온다. 아니, 일부러 들리도록 큰 소리로 말하는 것이다.

고쿠분지 선생님까지 나를 눈엣가시로 여겼다. 수업 시간에 집중적으로 내게 문제를 풀게 하거나 질문에 답하라고 했다. 선생님 질문에 답하지 못해 얼굴이 새빨갛게 달아오르면 아이들이 키득거렸다. 단짝 친구도 나를 피하기 시작해서 나는 쉬는 시간이나 하교 시간에 혼자 지내야만 했다.

엄마도 기운이 없었다. 엄마는 친한 아주머니들에게 질타에 가까운 문자를 받은 듯했다. 내가 걱정하자 엄마는 나를 끌어안으며 "괜찮아"라고 했다. "그보다 다른 아이들하고 화해해서 다행이다"라는 말씀도 하셨다. 나는 학교에서 왕따를 당하고 있다는 사실을 엄마에게 숨기고 있었다.

만년필 도난미수사건으로부터 사흘이 지났을 때, 아침에 학교에 가려는데 도중에 속이 메슥거리고 발이 떨어지지 않았다. 교실이나 아이들, 선생님 생각을 하니 팔다리는 물론이고 손끝까지 떨리고 머릿속이 뒤죽박죽 엉켰다. 통학로 중간에서 웅크리고 있는데 학교 쪽에서 종소리가 들렸다. 아침 집회라고 부르는 조례가 시작되는 시간이다. 완전히 지각이었지만 도저히 다리가 움직이지 않았다. 아아, 등교 거부라는 게 이렇게 시작되는 거구나, 그런 생각을 하는데 누가 나를 불렀다.

"어라? 야마모토?"

뒤를 돌아보니 같은 반 남자애가 검은 가방을 등에 메고 서 있었다.

과학 실험 때 리트머스시험지에 떨어뜨릴 식염수와 레몬즙을 핥아 먹었다가 선생님께 야단을 맞은 무나카타였다.

2

무나카타는 초등학교 5학년 때 우리 학교로 전학을 왔는데 지금까지도 친구가 없다. 그가 미움을 받는 이유는 명확한데, 가까이 다가가면 악취가 나기 때문이다. 며칠씩 목욕을 안 하는지 머리카락은 기름으로 번들거리고 손톱 사이에는 새까만 때가 껴 있었다. 옷은 누레서 누가 봐도 며칠, 어쩌면 몇 주는 빨지 않은 것 같았다. 자리를 바꿀 때 그 옆에 앉게 된 여학생이 울음을 터뜨리는 바람에 무나카타가 쩔쩔 매기도 했다.

"너 냄새나! 좀 씻어!"

같은 반 남학생이 무나카타에게 그렇게 말한 적이 있다.

"우리 집 가난해서, 집에 욕실이 없어……."

그가 그렇게 말하며 머리를 벅벅 긁자 하얀 비듬이 떨어져 주위에 있던 아이들이 후다닥 달아났다.

내가 무나카타와 처음 이야기해본 것은 초등학교 5학년 때, 어느 겨울날이었다. 차가운 바람이 휘몰아치는 날, 편의점에 가는데 바닥에 엎드려 있는 그와 우연히 마주쳤던 것이다. 처음에는 쓰러진 줄 알았는데 자세히 보니 나뭇가지로 자판기 아래쪽 틈새를 쑤시고 있었다. 그는 나를 보더니 발딱 일어나 쑥스러운 기색으로 고개를 숙였다. 길게 자란 앞머리가 얼굴을 통째로 덮었다.

"뭐 하고 있었어?"

"도, 돈을, 찾고 있었어. 혹시 떨어져 있을까 싶어서."

그는 떨고 있었다. 겉옷이 필요할 만큼 추웠지만 늘 입고 다니는 구멍 난 운동복 차림이었다. 어쩌면 저 한 벌이 전부일지도 모른다. 소매가 닳아서 번들거렸다.

"저, 야마모토." 무나카타가 손가락을 꼬물거리며 말했다. "뜬금없이 이런 말 해서 미안한데, 십 엔만 빌려줄래……?"

"……그래."

"어?! 정말?!"

"응, 뭐, 겨우 십 엔 가지고……."

그 자리에서 지갑에서 십 엔짜리 동전을 꺼내 무나카타에게 건넸다.

"이 은혜는 절대 안 잊을게. 마침 딱 십 엔이 모자랐거든."

주머니에서 동전을 몇 개 꺼낸 무나카타는 까맣게 손때가 묻은 오 엔짜리, 십 엔짜리 동전을 세어보고는 함박웃음을 지었다. 그걸로 따뜻한 음료나 달콤한 과자라도 살 줄 알았다. 하지만 나와 나란히 편의점에 간 무나카타가 산 것은 한 장의 우표였다. 편의점 밖으로 나와 주머니에서 노란 봉투를 꺼내더니 우표에 침을 발라 붙였다.

"그건 뭐야?"

"편지. 누나한테 보내는 거야. 우리 부모님은 구두쇠라 우표 값도 안 주거든."

무나카타의 누나는 다른 마을에서 혼자 사는데 가끔 생활비를 부쳐준다고 했다. 답례로 편지를 보내고 싶었지만 좀처럼 우표 값을 마련하지 못했다고 한다. 슬쩍 보인 노란 봉투 뒷면에 그가 사는 집

주소가 적혀 있었다. 내가 거의 가본 적 없는 지역이었다. 무나카타는 누나에게 보내는 봉투를 두 손으로 소중히 편의점 앞 우체통에 넣었다.

"십 엔은 언젠가 반드시 갚을게."

무나카타는 고마워하며 돌아갔다.

그 후로 그애와 친해졌는가 하면 그런 일은 없었다. 무나카타가 "지난번엔 고마웠어"라고 교실에서 인사를 했지만 나는 단짝 친구와 수다를 떠느라 정신이 없었고, 교실에서 무나카타와 친하게 지내면 나까지 미움을 받을지도 모른다는 두려움 때문에 어색하게 흘려들은 것이다. 그 이상 무나카타와 이야기하는 일 없이 봄이 되고, 여름이 되고, 만년필 사건이 일어났다.

학교 가는 길에서 웅크리고 있는 내 얼굴을 무나카타가 들여다보았다.

"수업, 곧 시작할 거야."

무나카타도 내가 처한 상황을 모를 리 없다.

"그런 곳, 가기 싫어."

"그, 그래…… 알았어."

무나카타는 학교를 향해 걸어갔다.

하지만 가다가 방향을 바꾸더니 내 옆으로 돌아왔다.

"나도 땡땡이칠까봐. 급식 때만 맞춰 가면 되지 뭐."

무나카타는 언제나 게걸스럽게 급식을 먹었다. 그것도 모자라 허락하는 한 추가로 먹었다. 집에서는 밥을 제대로 먹지 못했기 때문이리라. 나중에 들은 이야기지만 급식비도 밀렸으면서 더 먹기까지 해서 고쿠분지 선생님에게 미움을 샀던 모양이다.

"여기서 웅크리고 있으면 차에 치여."

무나카타가 손짓으로 나를 강 쪽으로 이끌었다. 주택가 사이를 흐르는 좁은 강이다. 콘크리트 계단으로 강가까지 내려갈 수 있다. 한참 수면을 바라보고 난 무나카타가 물었다.

"계속 신경 쓰였는데, 다카야마 만년필 정말 네가 훔쳤어?"

"아냐."

"정말? 아무한테도 말 안 할게."

"안 훔쳤어! 난 절대 안 훔쳤어!"

"알았어, 믿을게. 십 엔을 아직도 못 갚았으니까 십 엔만큼 믿을게."

"겨우?!"

그렇게 말하면서 무나카타도 겨울에 있었던 일을 기억한다는 걸 알았다. 무나카타는 너덜너덜한 가방에서 몽당연필과 구겨진 공책을 꺼냈다.

"그날 있었던 일을 기록해두자. 기억이 선명할 때."

"왜?"

"누명을 벗기 위해서지. 야마모토가 훔치지 않았다는 걸 증명하면 문제가 해결되잖아."

"하지만 어떻게?"

"그건 말이야." 얼굴을 덮은 앞머리 사이로 무나카타의 눈이 보였다. 진지한 눈빛에 나는 침을 꼴깍 삼켰다. "이제부터 둘이서 생각해 보자."

한숨을 연발하는 나에게 무나카타는 사건이 있었던 날에 무슨 일이 있었는지 끈질기게 물었다. 생각나는 범위에서 다 말했다. 그러고 보니 과학 실험을 할 때 무나카타는 식염수와 레몬즙을 핥아 먹어서 혼났는데, 어째서 그런 짓을 했는지 물어봤더니 그는 쑥스러워하면서 "맛있어 보여서"라고 말했다.

- 12:15-13:00 급식(이때는 아직 있었다.)
- 13:00-13:45 점심시간
- 13:45-14:00 청소
- 14:00-15:50 실험(없는 걸 깨달음.)
- 15:50- 귀가 집회(발견!)

무나카타가 공책에 그날 오후 일정을 갈겨썼다. 괄호 안에 적은 한 줄 메모는 만년필의 상태를 나타낸 것이리라.

"히라가나뿐이네." 나는 감상을 말했다.

"메모 같은 거니까 속도를 중시했어."

"어째서 '급식'만 한자야?"

"내가 제일 좋아하는 단어거든."

"하지만 급식 때 만년필이 아직 있었다는 건 어떻게 알아?"

"그날 고쿠분지 선생님이 다카야마가 있는 조하고 함께 급식을 먹었거든."

우리 학교에서는 조별로 책상을 붙여 급식을 먹는다. 그때 담임선생님은 어느 한 조와 함께 식사를 한다. 선생님이 앉을 의자를 하나 가져오고 책상 위 식기를 조금씩 붙여서 선생님이 식사할 자리를 마련한다.

"밥을 먹을 때 선생님이 그 조 애들한테 물었어. '너희 보물은 뭐니?'라고. 마침 내 자리하고 가까워서 이야기 소리가 들렸어. 다카야마는 만년필을 꺼내서 선생님께 보여줬어. 그러니까 만년필은 급식 때까지는 다카야마 손 안에 있었어. 사라진 건 그 이후야."

"만년필은 어째서 사라진 걸까? 다카야마가 잃어버린 걸까? 아니면 누가 훔친 걸까?"

"단순히 다카야마가 잃어버린 거라면 어째서 야마모토 네 가방에 들어 있었을까?"

"떨어져 있는 걸 누가 주워서 내 가방에 넣은 게 아닐까?"

"악의 없이 그런 짓을 한 사람이 있었다면 네가 범인으로 몰렸을 때 말해주지 않았을까? 그러지 않았다는 건 악의가 있었던 거야. 하지만 나는 왠지 도둑맞았을 거란 생각이 들어. 다카야마는 만년필을 정말 소중하게 여겼으니까. 그런 걸 그리 쉽게 잃어버리겠어?"

만년필은 다카야마의 필통 속에 있었고, 그 필통은 그의 책상 속에 있었다. 만년필을 훔친다면 일단 그의 책상에 손을 집어넣어야 한다. 그런 짓을 하면 다른 사람들이 수상쩍게 여길 것이다. 나는 물어보았다.

"실험 시간에는 이미 없었으니까, 사라진 건 점심시간 아니면 청소시간이란 뜻일까? 청소시간은 절대 불가능해. 그렇잖아, 사람이 얼마나 많은데."

두 조가 교실 청소를 하기 때문에 교실 안에 적어도 열두 명은 있었을 것이다. 아무한테도 들키지 않고 만년필을 훔치는 건 불가능하다.

"맞아. 훔칠 수 있었던 건 점심시간뿐이야. 그날 점심때 넌 뭘 했어?"

"스즈이, 후쿠다랑 셋이서 수다를 떨었을 거야. 장소는 아마 건물 뒤쪽이었던 것 같아."

나는 단짝 친구들의 이름을 말했다.

"스즈이하고 후쿠이가 점심시간 내내 함께 있었다고 다른 아이들에게 말해주면 네 누명도 풀릴 텐데."

"하지만……."

그 사건 이후로 두 사람하고는 이야기한 적이 없다. 나를 돕겠다고 다른 아이들 앞에서 말을 해줄까? 내 친구로 찍혀서 함께 왕따를 당할 가능성도 있다. 정오가 다가오자 무나카타가 일어섰다.

"이제 곧 급식 시간이니까 난 학교에 갈게. 오늘은 손꼽아 기다린 삼색소보로덮밥이 나오는 날이거든."

"잘도 기억하네."

"한 달 치 식단이 머릿속에 들어 있어."

무나카타는 머리를 긁적여 비듬을 흩뿌리며 학교로 걸어갔다.

아무도 없는 조용한 한낮의 거리에 홀로 남았다. 갈 곳이 없어서 어쩔 수 없이 왔던 길을 되돌아 집으로 갔다. 저녁때 엄마가 돌아와서 "오늘 학교 땡땡이쳤니? 선생님이 회사로 전화했던데?"라고 내게 물었다. 학교 근처까지는 갔지만 몸이 안 좋아서 돌아왔다고 설명했다. 엄마는 조금 수척해졌다. 엄마에게 걱정을 끼치고 있다. 그 사실이 괴로웠다. "미안해." 그렇게 말하자 엄마는 어쩐지 서글픈 표정으로 고개를 저었다. 다음 날도, 그다음 날도, 나는 학교에 가지 않았다.

3

그다음 주 어느 날이었다. 현관 쪽에서 무슨 소리가 들려 밖에 나가보니 우편함에 잔뜩 구겨진 종이가 처박혀 있었다. 펼쳐 보니 학급신문과 숙제 프린트였다. 같은 반의 누군가가 가져다준 것 같았다. 아니, 가져다주었다기보다 심술에 가까웠다.

만년필을 훔쳐 내 가방에 숨긴 범인이 미웠다. 그 녀석 때문에 나는 오해를 사서 아이들에게 차가운 시선을 받고 있는 것이다. 하지만 범인은 어째서 그런 짓을 했을까? 만년필이 갖고 싶었다면 자기 가방에 숨겼을 텐데.

어쩌면 범인의 목적은 나를 반에서 고립시키는 것이었을지도 모른다. 나를 도둑으로 몰아 아이들에게 미움을 받도록 꾸민 것이다.

그렇다면 분명 나쓰카와가 범인이다. 두 단짝 친구가 이런 말을 한 적이 있었다.

"나쓰카와는 우미노를 좋아해."

"우미노는 야마모토를 좋아한다는 얘기가 있으니까 분명 질투하는 거야."

그런 소문이 퍼진 원인은 우미노가 가끔 내 쪽을 쳐다보기 때문이다. 우미노는 옷차림도 단정하고 청결한 인상의 남자아이다. 의식하지 않았다면 거짓말이다.

현관 앞에서 한숨을 쉬고 집 안으로 돌아가려는데 누가 부르는 소리가 들렸다.

"야마모토."

뒤를 돌아보니 가방을 멘 무나카타가 서 있었다.

우리 집은 오래된 단독주택으로, 어머니의 친정이기도 하다. 무나카타는 너덜너덜한 신발을 벗고 쭈뼛거리며 들어왔다. 그가 내 코앞을 지날 때 마치 들개 같은 구린내가 나면서 기름기로 번들거리는 머리카락이 시야에 들어왔다. 팔에 소름이 돋아 도저히 참을 수 없었다.

"무나카타! 부탁이 있어!"

나는 온수 단추를 누르고 무나카타를 욕실로 몰아넣었다.

"비누 같은 거 맘대로 써도 되니까 샤워 좀 할래?! 이야기는 그다음에 하자!"

당황하는 무나카타에게 샤워 사용법을 알려주고 욕실 문을 닫았다. 마음 같아서는 무나카타가 입고 있던 옷도 빨고 싶었지만 대신 빌려줄 만한 남자 옷이 없었다. 아빠 옷이 남아 있었으면 치수는 크겠지만 입힐 수 있었을 텐데. 하지만 아빠가 회사에서 젊은 여직원과 바람을 피워 이혼하고 달아나듯 먼 곳으로 이사 갔을 때 엄마가 옷을 전부 버렸는지 셔츠 한 장 남아 있지 않았다.

상쾌한 모습으로 욕실에서 나온 무나카타는 평소와 다름없이 구멍 난 셔츠와 지저분한 반바지 차림이었지만 온몸에서 감돌던 불결한 아우라는 사라졌다. 나는 그제야 무나카타를 환영하는 모드로 들어갔다.

"여기 앉아."

부엌 의자에 앉히고 과자를 내주었다. 편의점이나 슈퍼에서 파는, 흔해 빠진 봉지 과자나 초콜릿 과자였다.

"먹으면서 얘기해."

하지만 무나카타는 좀처럼 과자에 손을 뻗지 않았다. 눈치를 보는 모양이다. 내가 과자 봉지를 뜯어 한 입 먹는 걸 보고서야 겨우 조심스레 과자를 먹었다.

무나카타는 학교에서 조사한 내용을 알려주려고 하굣길에 우리 집을 찾은 것이었다. 우리 집 주소는 몰랐지만 프린트를 전달한 아이를 몰래 따라와서 여기까지 찾아온 모양이다. 그는 내가 받을 프린트를 구겨서 우편함에 쑤셔넣는 장면까지 목격했다. 누가 그랬는지 물어봤는데 집이 같은 방향이라 몇 번 함께 돌아오기도 했던 여학생이었다.

"저기, 그런데 이거……."

무나카타는 과자를 입 안 가득 물고 황홀한 표정을 지으며 너덜너덜한 공책을 너덜너덜한 가방에서 꺼냈다. 너덜너덜한 페이지를 펼치자 연필로 자잘한 글씨가 적혀 있었다.

"그날 있었던 일을 아이들에게 물어보았어. 몇 명은 제대로 대답 안 해주고 달아나버려서 전부 듣지는 못했지만……."

나는 무나카타의 공책을 읽어보았다.

급식 시간에 있었던 일

다카야마가 펜을 꺼내는 것을 모두가 보았다. 급식이 끝나자 의자를 책상 위에 거꾸로 얹어 교실 뒤쪽으로 밀어놓았다.

점심시간에 있었던 일

교실에는 거의 아무도 없었다. 다들 밖에서 놀았지만 몇 명은 잠시 교실로 돌아왔다? 누가 언제 돌아왔는지는 모른다(나는 도서실에서 책을 읽고 있었다). 야마모토는 건물 뒤편에서 스즈이, 후쿠다와 함께 있었다.

청소 시간에 있었던 일

교실에는 대강 열두 명이 있었다. 다카야마도 교실 청소 담당이었다. 남들 몰래 다카야마의 책상에서 펜을 훔칠 수는 없었을 것이다(다카야마가 범인인 경우 제외?).

나쓰카와가 야마모토의 수건을 걸레로 썼다. 나쓰카와는 "떨어져 있던 수건을 주웠다"고 했다. 하지만 교실 청소를 한 다케나카와 마키노는 야마모토의 사물함에서 수건을 빼내는 나쓰카와를 보았다.

과학 실험 시간에 있었던 일

5교시, 6교시, 과학실에서 실험. 시작하고 십 분 뒤, 다카야마는 펜이 보이지 않는다는 사실을 깨달았다. 나는 식염수와 레몬즙을 핥았다가 야단맞았다.

귀가 집회 직전에 생긴 일

과학실에서 돌아와 다카야마, 에노모토, 구루스, 사토가 펜을 찾기 시작했다. 에노모토가 사물함에 남아 있던 잉크 자국을 발견했다. 야마모토의 책가방 속에 들어 있는 게 아니냐는 말을 했다. 야마모토가 돌아와 가방 속을 보자 펜이 나왔다.

아이들이 꺼리는 무나카타가 이만한 정보를 얻어내다니, 보통 고생이 아니었을 것이다. 청소 시간 항목에 눈길이 갔다.

"역시 그럴 줄 알았어. 그 수건, 주웠다더니 순 거짓말이었구나. 나쓰카와가 내 사물함에서 빼간 거였어."

봉지 과자 다음으로 전병을 입에 물고 있는 무나카타에게 나쓰카와가 만년필을 훔쳤을지도 모른다고 말해보았다. 나쓰카와가 나를 싫어한다는 사실이나 그 이유, 전에도 몇 번 심술을 부렸다는 이야기를 털어놓았다. 그러고 보니 음료수를 내오지 않았다. 뒤늦게 보리차를 가져왔다. 무나카타는 자기 공책을 들여다보고 지금 막 깨달았다는 표정으로 물었다.

"걸레로 쓴 수건은 사물함에 있었어? 책가방을 두는 사물함에?"

"응. 책가방 밑에 깔아뒀어. 폭이 사물함 크기에 딱 맞았거든."

무나카타가 깜짝 놀란 표정을 지었다. 좀 더 자세히 알려달라고 해서 집으로 가지고 돌아온 수건을 꺼내서 실물을 보여주었다. "이런 식으로 접어서 사물함에 얹어놨어." 수건을 두 번 접었다. "이러면 폭이 사물함하고 똑같은 길이가 돼." 수건을 무나카타에게 건넸다.

무나카타는 생각에 잠긴 기색으로 입을 다물었다. 그러면서도 과자에는 꼬박꼬박 손을 뻗는다. 창밖이 저녁노을로 붉게 물들기 시작할 무렵, 드디어 무나카타가 입을 열었다.

"있지, 야마모토, 과학 실험 때 뭐 생각나는 거 없어? 예를 들면 누가 과학실 밖으로 나갔다거나."

"쉬는 시간에는 다들 자유롭게 들락거렸어."

오후 두 시간을 실험에 썼지만 중간에 십 분 쉬는 시간이 있었다.

"쉬는 시간 말고는 과학실을 들락거린 사람은 없었어?"

"화장실에 못 간 애들이 몇 명, 선생님한테 허락을 받고 나갔는데……."

무나카타의 말수가 줄어들었다. 내가 쌀을 씻어 전기밥솥 스위치를 켜자 무나카타는 벌떡 일어나 "그만 돌아갈게"라고 말했다.

그의 뒷모습을 배웅하고 얼마 지나지 않아 엄마가 반찬거리를 사서 집으로 돌아왔다. 함께 저녁밥을 먹는데 "과자 많이 먹으면 살쪄"라는 말을 들었다. 쓰레기통에 빈 과자 봉지가 잔뜩 처박혀 있었기 때문이다.

다음 날도 나는 학교에 가지 않고 하루 종일 집에 있었다. 저녁때 초인종이 울려 또 무나카타가 온 줄 알고 나가봤더니 우미노가 현관 앞에 서 있어서 깜짝 놀랐다.

"저기, 이거."

우미노는 곱게 접힌 프린트를 내밀었다. 결석한 학생에게 프린트를 배달하는 역할은 이웃에 사는 학생들이 교대로 맡는데, 오늘은 우미노 차례라고 했다. 우미노는 무나카타와 달리 깨끗한 옷을 입고 있었다. 머리를 긁어도 비듬이 떨어지지 않을 테고, 오히려 향긋한 샴푸 냄새가 나겠지.

"고마워."

프린트를 받아들고 왠지 민망해서 고개를 푹 숙였다.

"그럼 난 이만……. 이제 학원에 가야 하거든. 그러고 보니 무나카타가 애들한테 이것저것 묻고 다니던데 무슨 일 있었어?"

"고민거리가 있어서 얘기를 좀 했어."

"조심해. 무나카타 말인데, 전에 다니던 학교에서 도둑질하다 잡힌 적이 있대. 고쿠분지 선생님이 그랬어. 너무 가까이하지 않는 게 좋아."

우미노는 현관을 뒤로하고 집 앞 골목을 빠른 걸음으로 걸어갔다.

책을 읽어도 우미노가 한 말이 자꾸 신경 쓰여 싱숭생숭했다. 도둑질로 잡힌 적이 있다니 처음 듣는 얘기다. 가까이하지 않는 게 좋다는 말을 들으니 불안해졌다.

나는 옷을 갈아입고 밖으로 나갔다. 무나카타에게 따져야겠다. 그가 사는 동네로 걸어갔다. 작년 겨울, 무나카타에게 십 엔짜리 동전을 빌려준 날, 무나카타가 들고 있던 노란 봉투에 주소가 적혀 있었다. 번지까지는 기억하지 못하지만 사는 동네는 기억하고 있었다.

한참 걸어가자 한적한 풍경이 나왔다. 무나카타가 사는 동네에 들어가자 덤프트럭이 흙먼지를 날리며 지나다녔다. 공장 굴뚝에서 솟아오르는 연기가 하늘을 뒤덮고 있었다. 당장이라도 망가질 듯한 연립주택이 서쪽으로 기운 태양에 붉게 물들었다. 우편함에 붙은 명패를 확인하며 걸어가는데 아무리 봐도 조폭처럼 생긴 웃통을 훌렁 벗은 남자가 길가에 선 채 담배를 피우면서 나를 노려보았다. 무서워서 걸음이 빨라졌다.

"형아아아아아아! 내 공격을 받아랏!"

아이 목소리가 들려서 지저분하고 좁은 골목을 들여다보았다가 어린 소년 소녀들과 함께 노는 무나카타를 발견했다. 무나카타는 사방팔방에서 어린아이들의 공격을 받으며 "아파, 아파, 아파, 그만, 그만, 그만!" 하고 땅바닥에서 굴러다녔다. 괴롭힘을 당하는 건 아니고 그냥 장난을 치고 있는 것 같았다. 다가가서 말을 걸어보았다.

"무나카타?"

"어라? 야마모토? 여긴 어째서?"

의아한 표정을 짓는 무나카타는 진흙투성이였다. 그는 이웃집 아이들과 놀고 있었다. 내가 무나카타와 나란히 서서 이야기를 하기 시작하자 아이들은 자기들끼리 술래잡기를 하며 어딘가로 사라졌다.

"아까 우미노가 프린트를 갖다줬는데."

"우미노가?"

"너 도둑질했다며? 전에 다니던 학교에서 도둑질하다가 잡혔다던데. 정말이야? 점점 불안해지는데, 혹시 무나카타 네가 만년필을 훔친 건 아니지?"

무나카타가 고개를 떨구어 앞머리로 얼굴을 푹 가렸다.

"도둑질 얘기는 진짜야. 그때는 너무 배가 고파서. 상점가에서 가게 앞에 내놓은 과자가 나도 모르는 사이에 옷 안에 들어 있었어. 하지만 만년필을 훔친 건 내가 아니야."

"믿어도 되는 거지?"

"난 아니야."

"알았어, 무나카타가 나를 믿어준 것처럼 나도 무나카타 널 믿을게."

겨우 마음을 놓고 새삼스럽게 주변 건물을 보았다. 우리 집도 어지간히 낡았지만 이 동네 건물에 비하면 멀쩡한 편이다. 눈앞의 2층짜리 가건물에 녹슨 철제 계단이 붙어 있는데 무나카타네 집은 그 2층에 있다고 했다.

"지금은 아버지가 술에 취해서 자고 있으니까 집에 데려갈 수 없어. 깨우면 시끄럽거든."

"누나는 잘 지내?"

"응. 열심히 일하고 있대."

무나카타의 누나는 안마방이라는 곳에서 일하고 있다는데, 그게 어떤 곳인지 당시의 나는 몰랐다.

"불쑥 찾아와서 미안해."

"괜찮아, 마침 잘됐어. 얘기하고 싶은 게 있거든."

"뭔데?"

"스즈이하고 후쿠다는 나하고 얘기해주질 않았어. 왠지 네 얘길 꺼리는 눈치였어."

"그래, 어쩔 수 없지."

지금 나하고 얽히면 친구로 몰려 험한 꼴을 당할지도 모른다. 거리를 두고 싶은 마음은 이해할 수 있었다.

"그래도 야마모토, 내일 학교에 좀 와줄래?"

"학교?!"

"결백을 증명할 수 있을 것 같아. 하지만 그것도 네가 있어야 가능한 일이야."

무나카타의 발밑에는 책가방이 떨어져 있었다. 집에 돌아가지 않고 동네 아이들과 놀고 있었던 모양이다. 책가방에서 공책을 꺼내 한 페이지를 찢어내더니 내게 내밀었다.

"이거, 오늘 알아낸 사실을 적어놨어."

나는 종이를 받아 붉은 저녁노을 속에서 재빨리 훑어보았다.

과학 실험 시간에 있었던 일, 추가 메모

선생님께 허락을 받아 화장실에 간 아이가 다섯 명 있었다.

에노모토(A), 다카야마(C), 우미노(B), 나쓰카와(A), 이노우에(A).

우미노는 화장실에 간 김에 양호실에 들렀다(숨기고 있었던 모양이지만 조사로 알아냈다). 양호 선생님께 반창고를 받았다. 손가락을 다쳤으니 반창고를 달라고 했다는데 선생님은 손가락의 상처를 보지 못했다고 한다.

나는 고개를 갸웃거렸다. 이게 뭐지? 실험 도중에 화장실에 간 아이들의 정보가 그렇게 중요한가?

"얘, 이 알파벳은 뭐야? 이름 뒤에 붙어 있는 (A) (B) (C) 말이야."

"아, 설명을 쓴다는 게 깜빡했네. 그건 그 애들이 쓴 화장실 위치를 말하는 거야. (A)는 2층 계단 옆 화장실, (B)는 1층 과학실 옆 화장실, (C)는 1층 교무실 옆 화장실."

"흐음. 그럼 우미노가 양호실에 간 건? 왜 여기에 써놨어?"

"중요한 사실이니까."

"어째서?"

"그야 우미노가 범인이니까 그렇지."

술래잡기를 하던 아이들이 웃음소리인지 비명인지 모를 소리를 질러대며 우리 앞을 지나갔다. 잘못 들었나 싶어 몇 번이나 다시 물었다. 저녁노을이 가라앉아 하늘이 어두워지자 주위가 어둠에 감싸였다.

4

엄마하고 아침밥을 먹고 책가방과 보조 가방을 들고 집을 나서는데 무나카타가 현관 앞에 서 있어서 깜짝 놀랐다.

"용감해지는 마법을 걸어줄게."

무나카타는 주머니에서 검은색 물감을 꺼내더니 내 등 뒤로 돌아가 책가방을 만지작거렸다. 마법은 기껏해야 십여 초밖에 안 걸렸다.

"이상한 짓 한 건 아니지?"

"안 했어, 안 했어. 수건은?"

"여기 들어 있어."

보조 가방을 보여주었다. 어제 헤어질 때 무나카타가 부탁한 것이었다. 학교에 올 때 걸레로 사용한 수건을 들고 오라고 했다.

"좋아. 난 먼저 가 있을게."

무나카타는 학교로 달려갔다.

나도 무거운 발걸음을 질질 끌며 출발했다. 몇 번이나 무너질 것 같았지만 조금씩 학교로 다가갔다. 중간에 강가에 앉기도 하고, 웅크리기도 하고, 집 앞까지 돌아가기도 하는 사이 몇 시간이나 걸리고 말았다. 마법이 정말 효과가 있었는지 없었는지 잘 모르겠다.

이렇게까지 해가며 학교에 가려고 결심한 것은 어제 무나카타가 한 말이 마음에 걸렸기 때문이다. 무나카타는 우미노가 범인이라고 주장했다. 하지만 그 이유까지는 가르쳐주지 않았다. 내일 학교에 오면 다 알려주겠다는 말을 끝으로 입을 다물어버렸다.

이윽고 눈앞에 하얀 건물이 보였다. 숨을 가쁘게 쉬며 교문을 빠져나갔을 때 시간은 이미 오전 11시가 넘어 있었다. 복도를 지나 계단을 올라, 구역질과 싸우며 교실 문을 열었다.

교실에서는 4교시 수업이 한창이었다. 아이들의 시선이 한꺼번에 쏠렸다. 칠판에 산수 계산식을 쓰고 있던 고쿠분지 선생님이 손을 멈추고 "어머, 왔니?"라고 했다. 다리가 움츠러들 것 같았지만 내 자리로 향했다. 다들 나를 힐끗힐끗 쳐다보며 뭐라 속닥거렸다. 단짝이었던 스즈이와 후쿠다가 보였다. 만년필 주인 다카야마는 깜짝 놀라는 눈치였다. 나쓰카와, 에노모토, 그 밖의 일부 아이들은 눈썹을 찌푸리고 노려보고 있었다. 무나카타와 시선이 마주쳤다. 책가방을 책상 옆에 걸고 자리에 앉았다.

우미노가 다른 아이들처럼 내 쪽을 돌아보고 내 행동을 하나하나 관찰이라도 하듯 쳐다보고 있었다.

"야마모토, 용기를 내서 학교에 와주다니 고맙구나. 다들, 수업을 다시 시작하자."

고쿠분지 선생님이 생글거리며 말했다.

내 책상에 연필 낙서 자국이 남아 있었다. 누가 이미 지웠는지 지우개 찌꺼기가 조금 남아 있었다. 찌꺼기는 핑크색과 하늘색, 두 가지 색이었다. 두 단짝 친구가 각각 그런 색의 지우개를 쓰지 않았던가?

교실을 둘러보다가 뒷벽 게시물이 바뀌었다는 사실을 깨달았다. 사건 당일 과학 실험을 정리한 종이가 조별로 붙어 있었다. 선생님이 촬영한 사진도 포함되어 있었다. 리트머스시험지를 든 각 조 조장의 손이 찍혀 있었다. 그러고 보니 우미노도 조장이었으니 그 조사진에 찍힌 것은 분명 우미노의 손이겠지.

교과서를 꺼내려고 책가방을 열려는데 머리에 뭐가 날아왔다. 구겨진 종이가 바닥에 떨어졌다. 종이를 주워 펼쳐 봤더니 '도둑은 죽어라'라고 적혀 있었다.

"저, 선생님……."

누가 선생님을 부르기에 고개를 들어보니 무나카타가 서 있었다. 모두 무나카타를 쳐다보았다.

"선생님, 하고 싶은 이야기가 있는데요."

"뭐니?"

"만년필을 도둑맞았던 날에 대한 이야기예요. 저, 조금 조사를 해 봤거든요."

위가 바짝 오그라드는 기분이었다. 역시 그냥, 하지 마. 파란을 일으키지 마, 하고 애원하고 싶어졌다. 하지만 무나카타는 말을 이었다.

"야마모토가 범인이라는 건 역시 오해라고 생각합니다."

고쿠분지 선생님의 눈썹이 비죽 올라갔다.

"수업과 상관없는 이야기구나, 앉아."

"하지만……."

"앉아!"

고쿠분지 선생님의 목소리가 거칠어졌다. 무나카타는 곤혹스러운 듯이 머리를 긁적였다. 근처에 앉은 아이들이 책상을 살짝 움직여 무나카타에게서 떨어졌다. 떨어지는 비듬을 피하려는 걸까?

"앉으라고 했지, 무나카타!"

고쿠분지 선생님이 교사용 교과서를 교탁에 내리치자 요란한 소리가 났다. 몇몇 아이들이 소리에 놀라 어깨를 떨었다. 하지만 무나카타는 꼼짝도 하지 않았다. 똑바로 선생님 눈을 쳐다보더니 갑자기 의자를 딛고 책상 위로 올라갔다. 모두 넋 나간 표정으로 무나카타를 올려다보았다. 무나카타는 두 발로 책상 위에 올라서서 높은 곳에서 우리를 내려다보았다.

"야마모토는 훔치지 않았어! 나는 그걸 설명할 수 있어! 그러니 내 얘기를 들어줘!"

고쿠분지 선생님이 무나카타의 자리로 다가가 힘으로 책상 위에서 끌어내리려 했다. 무나카타가 선생님에게 저항하다가 너덜너덜한 실내화로 선생님 옷에 발자국을 내는 바람에 괜히 선생님 화를 더 돋우었다. 가까이 있던 여학생들이 비명을 지르며 달아나 난투에서 벗어났다. 멀리 떨어진 자리에 있던 아이들은 일어나서 상황이 잘 보이는 자리로 이동했다. 난리법석이 옆 교실까지 들렸는지, 고쿠분지 선생님이 무나카타를 붙들어 바닥에 끌어내렸을 때 "괜찮으세요?" 하고 걱정스러운 표정으로 옆 반 선생님이 상황을 보러 왔다. "예, 괜찮아요. 별일 아니에요." 고쿠분지 선생님은 그런 대답으로 옆 반 선생님을 쫓아냈다.

"모두 자리에 앉아."

대부분의 아이들은 자리에 앉았지만 무나카타는 꿋꿋하게 서 있었다.

　교실 시계는 오전 11시 45분을 가리키고 있었다. 삼십 분만 지나면 급식 시간이다. 고쿠분지 선생님이 마지못해 무나카타의 발언을 허락해준 것은 이대로는 수업을 계속할 수 없다고 판단했기 때문일까? 선생님은 반쯤 포기한 사람처럼 교실 앞 창가에 있는 의자에 앉았다.

　무나카타는 교단으로 올라가 사건 당일 오후 스케줄을 칠판에 적었다. 무나카타는 다카야마에게 질문해서 급식 시간에 선생님하고 무슨 이야기를 나누었는지, 그때는 아직 만년필을 가지고 있었는지 확인했다. 그때까지는 다들 불결하고, 비듬을 날리고, 고약한 냄새가 나는 무나카타를 피해 다녔다. 어떤 성격인지, 어떤 식으로 생각하는 사람인지, 아무도 몰랐다. 무나카타의 말에 귀를 기울이는 건 다들 이번이 처음일 것이다.

　"청소 시간에는 교실에 아이들이 많이 있었어. 그러니 범인이 다카야마의 책상 필통에서 만년필을 훔친 건 점심시간, 교실에 아무도 없었던 순간일 거야. 하지만 야마모토는 점심시간에 교실 근처에 가지 않았어."

　"증거는 있니?"

　고쿠분지 선생님이 묻자 무나카타는 시선을 떨어뜨렸다.

　"야마모토가 교실에 들어가지 않았다고 했어요."

　"본인이 하는 말만으로는 증거가 되지 않아."

무나카타가 난처한 기색으로 머리를 긁적였다. 나는 불안해졌다.

"점심시간이 무슨 상관이야." 그렇게 말한 것은 내 책가방에서 만년필을 꺼낸 에노모토였다. "중요한 건 만년필이 야마모토의 책가방에 들어 있었다는 사실이야."

"그러고 보니 야마모토의 선반에 묻어 있던 잉크 자국을 발견한 게 에노모토였지?"

무나카타가 물었다.

"내가 발견했어. 그게 어쨌다는 거야?"

"야마모토의 선반에 잉크가 묻어 있었다. 바로 그 점이 이상해. 왜냐면 점심시간에는 야마모토의 선반에 수건이 깔려 있었거든. 그렇지, 나쓰카와?"

모두가 나쓰카와를 돌아보았다.

"어? 뭐? 왜 나한테 물어?"

나쓰카와는 깜짝 놀란 얼굴로 물었다.

"청소 시간에 야마모토의 수건을 선반에서 꺼냈잖아? 그걸 걸레로 썼지?"

무나카타는 내가 늘 책가방 밑에 수건을 깔아둔다는 사실, 청소 시간에 나쓰카와가 그 수건을 걸레로 쓴 일을 반 아이들에게 설명했다. 나쓰카와는 아이들을 둘러보며 변명하려 했다.

"그, 그건 교실에 떨어져 있었던 걸 주운 거야……!"

"하지만 야마모토의 선반에서 집어간 걸 본 사람이 있어."

"누군데!"

나쓰카와가 교실에 있는 아이들 얼굴을 노려보았다. 다케나카와 마키노, 두 여학생이 쭈뼛쭈뼛 손을 들었다. 나쓰카와가 그 두 사람에게 따지고 들었지만 교실의 모든 아이들이 싸늘한 눈으로 나쓰카와를 쳐다보고 있었다. 더는 변명이 통하지 않는다는 것을 깨달았는지 나쓰카와가 무나카타와 나를 노려보더니 "수건이랑 이게 무슨 상관인데!" 하고 따지고 들었다.

"야마모토가 그 수건을 가져왔으니까 재현해보자."

무나카타의 지시에 따라 나는 보조 가방에서 수건을 꺼냈다. 아이들의 시선이 두려웠지만 자리에서 일어나 두 번 접어서 책가방을 넣어두는 선반에 깔았다. 가로 폭이 딱 맞기 때문에 바닥 선반에 수건이 쏙 들어갔다. 책상에 걸어두었던 책가방을 가져와 평소대로 선반 안에 넣었다. 책가방 덮개의 곡면이 앞으로 향하게 두었다. 범인은 덮개와 옆면 틈새로 만년필을 집어넣은 게 아닐까 상상해보았다.

무나카타가 내 곁으로 다가와 선반을 들여다보았다. 교실에 있던 대부분의 아이들이 의자에서 일어나 우리 쪽을 살펴보았다.

"그날도 이런 상태였어?" 무나카타가 나쓰카와에게 물었다.

"몰라!" 나쓰카와가 잔뜩 토라진 기색으로 대꾸했다.

"똑바로 대답해!" 에노모토가 싸울 기세로 말했다.

"알았어! 뭐야, 정말! ……맞아, 그랬어. 책가방 밑에서 빼내서 가져갔어! 이제 됐지!"

"너, 진짜 못됐다……."

"야마모토가 결백하다는 이유는 바로 이거예요."

무나카타가 고쿠분지 선생님을 돌아보았다.

"무슨 소리니?"

"잉크 자국은 여기에 묻어 있었습니다."

무나카타가 가리킨 곳은 책가방을 올려놓은 선반 바닥의 오른편 구석 바깥쪽이었다. 하지만 지금 무나카타가 가리키고 있는 곳은 수건에 덮여 있었다.

"이 상태에서 펜촉이 닿거나 잉크가 새어나와도 수건이 더러워질 뿐이지 바닥 선반에 잉크가 묻지는 않았을 거예요. 때문에 잉크 자국이 난 건 수건이 깔려 있었던 청소 시간 이후라는 뜻이 됩니다."

무나카타는 교실 앞으로 돌아가 칠판에 적은 스케줄을 짚어가며 설명했다.

"다시 말해 범인이 만년필을 책가방에 숨긴 건 청소 시간 이후. 그런데 야마모토는 청소가 끝나고 교실로 돌아가려다가 나쓰카와, 이노우에를 만났어요. 자기 수건을 걸레로 쓴 걸 그때 알았습니다."

무나카타는 누구를 찾으려는 것처럼 두리번거리다가 이노우에의 얼굴에서 눈길을 멈추고 물었다.

"이노우에는 그때 야마모토랑 나쓰카와하고 같이 있었지?"

이노우에가 어리둥절한 기색으로 고개를 끄덕였다.

"으, 응. 교실로 돌아가서 교과서를 준비했는데, 야마모토가 먼저 과학실로 갔어."

"그때 야마모토가 책가방에 만년필을 숨길 만한 시간이 있었어? 숨기기 전에 만년필 뚜껑을 열고 선반에 잉크 얼룩을 남겨야 하는

데. 참고로 그 뚜껑은 나사식이라 여닫는 데 오 초씩은 걸렸을 테고, 잉크 얼룩을 닦아낸 시간도 감안해주면 좋겠어."

"그럴 시간은 없었을 거야. 책상에서 교과서를 꺼내서 바로 나갔으니까. 나하고 나쓰카와도 그 뒤를 따라 바로 교실을 나갔어."

무나카타는 고개를 끄덕이고 아이들을 둘러보았다.

"야마모토는 실험 시간 내내 한 번도 과학실 밖으로 나가지 않았어. 그건 같은 조 아이들이 여러 명 증언해주었어. 쉬는 시간에도 계속 아이들하고 떠들었대. 하지만 실험이 끝나고 교실로 돌아가봤더니 야마모토의 책가방 안에 어째선지 만년필이 들어 있었어. 선반에 잉크 얼룩도 묻어 있었고. 야마모토는 그런 짓을 할 시간적 여유가 없었을 텐데."

무나카타의 말이 힘차게 교실에 퍼졌다. 다들 놀란 한편 무나카타의 추리를 받아들였다고 생각했다. 하지만 교실의 정적이 깨졌다.

"……누군가, 다른 사람이 도와줬을지도 몰라."

목소리가 난 쪽을 돌아보았다. 우미노였다. 그는 자기 자리에서 턱을 괴고 교단에 선 무나카타를 뚫어져라 쳐다보고 있었다. 그때까지 다른 아이들과 마찬가지로 말없이 이야기를 듣고 있던 우미노가 마침내 입을 열고 말한 것이다.

"훔친 사람하고 숨긴 사람이 다른 것 아닐까?"

"공범이 있었다는 뜻이야?"

"숨기는 걸 도와줄 사람이 있었다면 야마모토가 훔치지 않았다고 잘라 말할 순 없는 것 아니야?"

"한패인데 그 친구는 야마모토가 혼자 비난받고 있을 때 왜 도와주지 않았을까? 만약 내가 야마모토였다면 도와주지 않는 친구에게 화가 날 테고, 혼자만 비난을 받다니 억울할 거야."

"전부 네 상상이잖아? 그보다 한마디 더 하고 싶은 말이 있어. 잉크 얼룩 말인데. 선반에 잉크가 묻은 건 청소 시간 이후라고 그랬지만, 정말 그럴까? 가령 이런 건 어때? 점심시간에 야마모토가 만년필을 훔쳐서 책가방에 숨기려고 했어. 숨길 때 책가방을 선반에서 꺼내다가 수건이 끌려서 떨어진 거야. 잉크 얼룩은 그때 묻은 거고. 야마모토는 그걸 알아차리고 닦아냈지만 깨끗이 지워지지는 않아서, 다시 원래대로 그 위에 수건을 덮어두고 책가방을 올려둔 거지. 그렇다면 점심시간에 잉크 얼룩이 묻을 수도 있고, 상황하고 모순되지도 않잖아?"

교실 안 여기저기서 탄성이 흘러나왔다. 고쿠분지 선생님도 고개를 끄덕였다. 확실히 그렇다. 그런 일이 벌어졌다고 가정한다면 '점심시간에 내가 만년필을 숨기지 않았다'는 주장은 성립되지 않는다.

"만년필을 넣는 것뿐이라면 가방 옆면의 덮개 틈새로 넣었을 거야. 일부러 책가방을 선반에서 꺼낼 필요는 없잖아……."

발버둥 치듯 중얼거리는 무나카타의 말을 듣고 우미노가 고개를 저었다.

"나야 모를 일이지. 네 이야기에 결점이 있다는 걸 말하고 싶었을 뿐이야."

무나카타가 입을 꾹 다물어버렸다. 가슴이 답답했다. 지금까지 무나카타는 열심히 결백을 향해 나를 이끌어주었다. 결정적인 증거가 없는 상황에서 조금씩, 조금씩 교실에 있는 사람들이 이해하게 하려고 했다. 하지만 우미노의 발상으로 모든 게 처음으로 돌아가고 말았다.

무나카타가 나를 쳐다보았다. 힘없는 눈이었다. 어쩔 수 없어, 나는 가슴속으로 중얼거렸다. 넌 최선을 다해줬어. 그때, 의자가 끌리는 소리가 교실에 울렸다.

"……제가, 점심시간에, 야마모토하고, 쭉 함께 있었어요."

스즈이가 일어나서 고쿠분지 선생님을 향해 말했다. 의자 소리가 또 하나 들렸다. 후쿠다였다.

"저도, 같이 있었어요. 점심시간에 그러니까 야마모토는, 훔치지 않았어요……."

겁먹은 것처럼 떨리는 목소리로 후쿠다가 말했다.

스즈이와 후쿠다가 다른 사람들에게 나의 결백을 호소했다.

"점심시간에 셋이서 본관 뒤에 있었어……."

"교실에 가까이 가지도 않았고……. 그러니까 야마모토는 만년필을 훔칠 수 없었어!"

그녀들의 주장이 받아들여지면 무나카타의 추측이나 우미노의 발상과 상관없이 내 결백을 인정해줄 것이다. 하지만…….

"증거는 있어?" 우미노가 두 사람에게 물었다. "친구를 감싸느라 거짓말을 하는 걸 수도 있잖아?"

"어째서 그런 말을 해?!"

스즈이가 비명처럼 외쳤다. 우리가 셋이서 본관 뒤에 있었다는 사실을 증명할 방법은 없다. 그런 증거가 있으면 무나카타가 벌써 이야기했을 것이다.

소란스러워진 교실에서 고쿠분지 선생님이 손뼉을 쳤다.

"알겠다, 이제 됐어. 이제 그만하자. 다들 조용히 해. 스즈이하고 후쿠다도 그만 앉아."

"하지만! 저희는 그날 점심시간 내내 셋이서 있었어요! 그러니까 야마모토가 훔쳤을 리 없어요!"

스즈이가 말했다.

"그래, 알았다. 그렇다고 치자. 너희는 셋이서 있었어. 이제 그만 됐어. 그러니 다들 진정하자꾸나. 이런 건 이제 그만해."

"선생님! 선생님은 아무것도 몰라요!" 후쿠다가 외쳤다. 찬물을 끼얹은 것처럼 교실이 조용해졌다. "정말로, 셋이서 같이 있었단 말이에요…… 무서워서, 지금까지, 아무 말도 못 했어요……. 선생님, 정말이에요…… 그러니까, 믿어주세요……." 후쿠다가 눈물을 뚝뚝 흘리며 말했다.

하지만 고쿠분지 선생님은 귀찮다는 듯이 얼굴을 찌푸릴 뿐이었다.

"그러니까 믿는다고 하잖니. 야마모토는 만년필을 훔친 범인이 아니다, 그렇다는 거지? 선생님은 그걸 인정할게. 그러니 이 이야기는 이제 그만 끝내자. 조금 이르지만 수업을 마치겠어요."

선생님이 이야기를 끊었다. 교실이 술렁거렸다.

나는 정말 혐의를 벗은 걸까? 아니, 선생님은 이 자리를 무마하기 위해 그렇게 말했을 뿐이다. 태반의 아이들이 깨나 흥분한 상태였다. 가까이 앉은 친구들과 떠드는 소리가 좀처럼 수그러들 줄을 몰랐다. 스즈이와 후쿠다가 천천히 의자에 앉았다. 우리는 셋 다 눈물을 글썽거리고 있었다. 시선이 마주쳤지만 다들 불안한 표정이었다. 그때 아이들의 목소리가 차츰 잦아들더니 이윽고 모두 입을 다물었다. 다들 눈치챈 것이다. 무나카타가, 아직 교단에서 내려오지 않았다.

"무나카타도 자리로 돌아가."

고쿠분지 선생님이 눈썹을 찌푸렸다.

"선생님, 방금 전 야마모토가 범인이 아니라고 말씀하셨는데, 그건 진심인가요?"

"그래."

우미노는 인정 못 하겠다는 표정이었지만 항의하지는 않았다.

무나카타가 선생님에게 말했다.

"시간을 조금만 더 주세요. 선생님은 야마모토가 범인이 아니라는 걸 이해해주셨어요. 하지만 그렇다면 진짜 범인이 어딘가에 있다는 뜻이에요. 범인이 누군지 알면 아이들 마음속에 맺혀 있는 야마모토에 대한 의심도 깨끗하게 지울 수 있겠죠?"

시곗바늘이 정오를 지났다. 결국 무나카타는 교단에서 꼼짝도 하지 않았다.

"야마모토가 범인이 아니라면 범인은 어째서 자기 책가방이 아니라 야마모토의 책가방에 만년필을 숨겼을까? 아마도 목적은 훔치는 게 아니었을 거야. 그래서 일부러 잉크 얼룩을 선반에 남겼던 거야."

교실은 쥐죽은 듯 고요했다. 긴장 때문에 빨라진 내 심장 소리가 주위에 있는 아이들에게 들리지 않을까 걱정되었다. 고쿠분지 선생님은 창가 의자에 앉아 있었다. 수업 시간이 끝날 때까지라는 조건부로 무나카타가 이야기를 계속하도록 허락해준 것이다. 무나카타의 말을 끝까지 들어주지 않으면 또 책상에 올라가 난동을 부리지 않을까 걱정한 것이리라.

"아마 그 잉크 얼룩은 누구든 만년필을 발견하도록 '여기에 있어요!'라는 표시였을 거야. 그렇게 하지 않으면 아무도 알아차리지 못한 채로, 그저 다카야마가 만년필을 잃어버린 사고로 끝날 가능성이 있었어. 그러니까 범인의 의도는 야마모토의 책가방에서 만년필이 나와서 야마모토가 도둑으로 몰리도록 만드는 거였어."

"……잠깐만." 우미노가 끼어들었다. "야마모토가 범인이 아니라고 해도 잉크 얼룩은 우연히 묻은 걸지도 모르잖아."

"다카야마의 만년필은 뚜껑이 나사식이었어. 어디에 걸린다고 뚜껑이 벗겨질 리 없어. 범인이 덜렁거렸다고 선반에 펜촉이 닿거나 잉크가 떨어질 리는 없지 않을까? 그러니까 잉크 얼룩은 범인이 의도적으로 묻힌 거라고 생각해."

"우연은 아닐지 몰라도, 아까 내가 말한 것처럼 책가방을 꺼낼 때 수건이 떨어지는 경우도 생각해볼 수 있어. 잉크 얼룩은 점심시간에 묻은 걸지도 몰라."

"알았어. 하지만 지금은 일단 그런 일은 없었다고 가정하고 얘기 좀 할게."

우미노는 고쿠분지 선생님과 다른 아이들의 얼굴을 둘러보고 고개를 끄덕였다.

"알았어……."

"애초에 범인은 어째서 책가방 안에 만년필을 넣었을까? 나는 덮개와 옆면 틈새로 집어넣었을 거라고 생각해. 야마모토가 평소 덮개가 앞쪽으로 오도록 가방을 넣어두었기 때문에 그런 일이 가능했을 거야. 책가방을 꺼내는 것보다 그편이 간단하기도 하고. 그 경우 수건이 떨어질 일은 없었을 테니까 잉크 얼룩은 청소 시간 이후에 묻은 셈이 돼. 지금부터 내가 하려는 건 그런 경우의 이야기야."

무나카타는 우미노 쪽을 힐끗 쳐다보았다. 반론이 없는지 확인한 것이다.

"……그 경우, 범인이 점심시간에 야마모토의 책가방에 만년필을 숨기지 않은 이유는 뭘까? 혹시 누가 교실에 들어왔던 게 아닐까? 그런 짓을 했다는 걸 들키면 안 되니까. 만년필은 일단 들고 다녔거나 어디에 보관해두었다가 교실에 혼자 남을 기회를 기다렸던 게 아닐까? 그리고 마침내 그 기회는 청소 시간 이후에 찾아왔어."

무나카타는 칠판에 적은 그날의 시간표를 가리켰다. '청소 시간' 다음에 적혀 있는 항목은 '과학 실험'이었다.

"범인은 바로 다카야마가 만년필을 잃어버린 걸 깨달은 실험 시간에 야마모토의 책가방에 만년필을 숨겼어. 따져보면 그렇게 돼. 실험은 두 시간 연속으로 했는데, 중간에 십 분 쉬는 시간이 있었지. 하지만 그때는 많은 아이들이 과학실을 들락거렸고 교실로 돌아간 아이도 몇 명 있었어. 아무에게도 들키지 않고 남의 책가방이 놓인 선반에 잉크 자국을 묻히는 작업을 할 수 있을 리 없어. 그러니 범인은 쉬는 시간에는 움직이지 않았을 거야. 그렇다면 그 이외의 시간에 그랬다는 뜻이 돼."

무나카타는 아이들을 둘러보며 말을 이었다.

"십 분 쉬는 시간 이외에, 실험 도중에 과학실을 빠져나갈 방법이 있었어. 실은 그날, 선생님께 허락을 받고 실험 도중에 화장실에 다녀온 사람이 몇 명 있었어. 쉬는 시간에 화장실에 다녀오지 못한 아이들이 말이야. 난 그중에 범인이 있을 거라 생각해. 모두 과학실에서 실험을 하고 있을 때, 그 인물은 화장실에 가는 척하면서 교실로 가서 아무도 보지 않는 곳에서 느긋하게 일을 저질렀을 거야. 그렇지, 우미노?"

이야기를 듣고 있던 아이들 모두가 어리둥절한 표정을 지었다.

"우미노, 네가 만년필을 훔쳐서 야마모토의 책가방에 넣은 것 아니야?"

무나카타가 하는 말을 교실 안 그 누구도 이해하지 못하는 눈치였다. 무슨 말을 하는 거야 저 녀석, 이런 눈으로 무나카타를 쳐다보고 있다. 머리카락도 복장도 깔끔한 우미노는 공부도 잘하고 아이들의 추천으로 학급위원을 맡기도 했다. 반편 무나카타는 지저분하고 고약한 냄새를 풍긴다. 두 사람은 정반대의 타입이다. 나는 무나카타를 믿지만 그와 교류가 없는 반 아이들이 과연 어느 쪽을 믿을까?

당연하지만 우미노는 깜짝 놀란 눈치였다. 자리에서 벌떡 일어나 고쿠분지 선생님에게 호소했다.

"서, 선생님! 전 그런 짓 하지 않았어요!"

선생님은 무나카타를 노려보았다.

"더는 못 봐주겠구나! 무슨 근거로 그런 소릴 하는 거니!"

고쿠분지 선생님도 우미노를 신뢰하고 있다. 우미노를 편드는 것은 당연했다. 하지만 무나카타는 선생님의 말을 무시했다.

"아이들에게 물어보고 알아낸 범위에서 과학 실험 시간에 선생님 허락을 받고 화장실에 간 사람은 다섯 명이었어. 모두 잊고 있을 뿐이지 어쩌면 더 있었을지도 몰라. 하지만 그 다섯 명 가운데 수상한 행동을 한 사람이 있어. 바로 너야."

우미노는 자리에서 일어선 채로 교단에 있는 무나카타와 마주하고 있었다.

"확실히 그 시간에 화장실에 가긴 했어. 하지만 그래서 뭐?"

"어제, 내가 너한테 물었지? '어느 화장실에 갔어?' 네가 뭐라고 대답했는지 기억해?"

"과학실 옆 화장실이야. 당연하잖아."

그렇다. 과학실 실험 도중에 화장실에 갔다면 그곳을 이용하는 게 당연하다. 굳이 멀리 떨어진 화장실에 갈까?

"그래, 당연하지. 하지만 다른 네 사람은 그렇게 대답하지 않았거든?"

"어?"

우미노는 허를 찔린 표정을 지었다.

"다섯 명 가운데 세 사람은 2층 계단 옆 화장실에 갔고, 나머지 한 명은 1층 교무실 옆 화장실에 갔어. 둘 다 과학실에서는 떨어진 곳이야. 하지만 십 분 쉬는 시간에 화장실에 다녀온 아이들도 아마 똑같은 대답을 할걸. 그날, 과학실 옆 화장실을 사용한 사람은 아마 전교에서 너뿐일 거야."

우미노가 곤혹스러운 표정을 지었다. 몇몇 아이들이 무나카타가 무슨 말을 하고 싶은지 눈치챈 듯, 여기저기서 숨을 삼키는 기척이 났다. 나도 겨우 그날 상황을 기억해냈다.

"그날, 과학실 옆 화장실은 쓸 수 없었어. 그런데 너는 그곳을 썼다고 했어. 입구에 붙어 있던 '점검중 사용 불가'라는 종이를 네가 읽지 않았던 건 화장실에 가지 않고 교실로 갔기 때문 아니야?"

"……착각한 거야." 우미노가 얼어붙은 얼굴로 입을 열었다. "그래, 나도 다른 화장실을 썼어. 네가 물었을 때 얼렁뚱땅 그렇게 대답한 거야. 하지만 곰곰이 되짚어보니 거긴 점검중이었어."

"수상해서 너에 대해 조사해봤어. 그래, 예를 들면 저거."

무나카타는 교실 뒤편 게시물을 가리켰다. 그날 실험을 조별로 정리한 자료였다. 실험 과정과 결과를 색색의 매직과 사진으로 정리했다.

"너희 조 사진에서 리트머스시험지를 들고 있는 건 너지? 손밖에 나오지 않았지만 대표로 조장이 들고 있는 사진을 찍었으니까 저건 네 손이 맞겠지. 손가락에 반창고가 붙어 있네?"

모두 사진에 주목했다. 딱히 이상한 점은 없다. 알칼리성용액을 떨어뜨린 파란색 리트머스시험지가 살짝 붉은색으로 바뀌어 있는데, 혹시 실험을 망쳤나? 마음에 걸리는 점은 그것뿐이다.

"양호실 선생님께 여쭤보았어. 너, 과학실에서 빠져나갈 때 양호실에 들러서 저 반창고를 받았다면서? 양호선생님께 손가락을 다쳤다고 말씀드렸다면서?"

우미노는 순간 입술을 깨물었다.

"……화장실에 갈 때 손가락을 다쳤어. 부끄러운 얘기지만 넘어져서 베였어. 그래서 화장실에 가는 김에 반창고를 받아온 거야."

"그때 상처, 흉터는 남아 있어? 좀 보여줄래?"

"싹 나은 지 오래야."

"정말 다쳤던 거 맞아? 난 아닐 거라고 보는데. 넌 손가락을 가려야 했어. 저런 식으로 사진을 찍히면 손가락이 똑똑히 기록되어 다른 사람들이 보게 될 테니까. 그렇게 되면 네가 범인이라는 걸 들킬 만한 증거가 손가락에 남아 있었던 거야. 씻어내려 했지만 완벽히 지워지진 않았나 보지? 네 의도대로 잉크 자국이 제 역할을 했네. '여기에 범인이 있어요!'"

무나카타가 덥수룩한 앞머리를 갈랐다. 그 눈이 심술궂게 웃고 있었다. 그 표정에 나는 위화감을 느꼈다. 저런 표정을 짓는 무나카타는 처음 보았다. 어쩐지 우미노를 비웃는 것 같았다.

"그만 자백하지? 넌 실험 도중에 빠져나가 혼자서 교실로 갔어. 야마모토의 책가방에 만년필을 숨기기 전에 선반에 잉크 자국을 남겼지. 하지만 그때 예상치 못한 사고가 벌어졌어. 집게손가락 끝에 잉크가 묻고 만 거야. 씻어내려 했지만 잉크는 좀처럼 지워지지 않았어. 손톱 사이에도 스며들었을지 몰라. 그대로 실험에 들어가면 사진에 손이 찍힐 가능성이 있어. 그러면 네가 만년필을 훔친 범인이라고 주장하는 꼴이야. 그래서 너는 반창고를 받아서 숨기기로 한 거야."

"거짓말이야!"

우미노가 소리를 지르며 무나카타를 노려보았다.

"흐음, 어디가 거짓말인데?"

"다들 속으면 안 돼! 저 녀석이 하는 말은 전부 추측이잖아! 증거가 하나도 없어! 그때 난 정말 손가락을 다쳤어!"

"금방 나을 상처인데 굳이 반창고를 붙였구나? 우미노, 너무 예민한 것 아니야?"

"시끄러워! 닥쳐! 닥쳐, 이 거지야!"

우미노의 목소리가 교실에 울려 퍼졌다. 모두 당혹스러운 기분을 감출 수 없었다. 우미노가 저런 말을 하는 모습은 처음 본다. 고쿠분지 선생님도 놀란 기색이었다.

"그게 네 본모습이야?"

우미노는 무나카타에게 삿대질을 하며 아이들을 돌아보았다.

"저 녀석은 자기 죄를 나한테 뒤집어씌우려는 거야! 확실해! 범인은 저 녀석이야! 그렇잖아, 저 녀석, 전에 다니던 학교에서도 도둑질을 했다고! 만년필을 훔치려고 했던 것도 분명 저 녀석이야! 팔아치워서 용돈을 벌 작정이었겠지! 선생님, 절 믿어주실 거죠?"

고쿠분지 선생님은 뭐라 대답해야 할지 모르겠다는 듯이 얼어붙어 있었다.

그때 우미노가 뭔가 깨달았다는 표정을 지었다. "그, 그래! 다들 잊었어? 잉크 자국이 점심시간에 묻었을 가능성이 남아 있어! 책가방을 잡아당겨서 수건이 떨어진 거야! 범인은 점심시간에 감췄어! 내가 실험 시간에 감췄다니, 저 녀석이 엉뚱한 소릴 하는 거야! 나쓰카와, 그걸 증명해줘!" 우미노가 나쓰카와를 쳐다보았지만 그녀는 어깨를 바르르 떨었다. "너, 야마모토의 수건을 걸레로 썼을 때 선반에 묻은 잉크 자국을 봤지? 엉? 그렇지? 네가 그렇다고 말해주면 범인이 만년필을 점심시간에 숨겼다는 뜻이 돼! 내가 이렇게 범인 취급 받을 이유도 사라져! 부탁이야, 그렇다고 말해줘!" 하지만 나쓰카와는 겁먹은 눈으로 우미노를 쳐다보기만 할 뿐이었다.

"다른 아이들을 끌어들이려고 해도 소용없어. 네 상대는 나야. 게다가 네가 했다는 증거는 그것 말고도 더 있어. 결정적인 증거가."

무나카타의 얼굴에 드러난 남을 얕보는 듯한 미소가 신경에 거슬렸는지 우미노가 한층 더 화를 냈다.

"증거?! 뭔데! 보여줘!"

"미리 말하겠는데 날조가 아니야. 이번 일로 야마모토의 책가방을 자세히 조사했는데, 그때 발견한 거지." 무나카타가 교실 뒤쪽 선반으로 걸어가 방금 전에 넣어둔 내 책가방을 꺼냈다. "야마모토, 이것 좀 빌릴게."

우미노도 자기 자리를 떠나 무나카타에게 다가갔다. 내 책가방을 품에 안은 무나카타와 우미노가 교실 뒤에서 마주섰다.

"넌 조금 더 떨어져 있어. 증거를 인멸할 우려가 있으니까."

"증거라는 게 뭔데?"

"넌 몰랐나보구나? 잉크가 묻은 집게손가락으로 책가방의 어느 부분을 만졌던데? 그래, 잉크가 묻은 손가락 자국이 남아 있었어. 지문도 알아볼 수 있을 만큼 선명한 자국이. 네 집게손가락 지문하고 대조해보면 더 이상 변명하지 못할 거야."

"거짓말!"

"정말이야. 너 은근히 얼빠진 구석이 있으니까……."

우미노가 무나카타에게 달려들었다. 교실이 소란스러워졌다. 몸싸움 끝에 우미노가 무나카타의 손에서 책가방을 낚아채 눈을 부릅뜨고 바깥쪽을 살폈다. 증거가 될 만한 흔적이 보이지 않았는지, 이번에는 안쪽을 확인하려고 단추를 풀었다. 거꾸로 들고 있었던 탓에 내 교과서와 필통이 우미노의 발밑에 떨어졌다.

"어디야?!"

"봐, 거기야. 잉크 자국이 있지?"

무나카타가 가리킨 자리는 책가방 덮개 안쪽이었다. 가장자리에 검은색 얼룩이 있었다. 확실히 그것은 잉크가 묻은 손가락으로 만진 듯한 흔적이었다. 저런 자국이 있었다니 지금까지 몰랐다. 아니, 아무리 그래도 내가 몰랐을 리 없다.

아침에 무나카타가 현관 앞에서 내 책가방에 무슨 짓을 했던 게 떠올랐다. 무나카타는 마법이라고 했지만 분명 그때 무나카타는 검은색 그림 물감을 들고 있었다.

무나카타가 무슨 짓을 했는지 눈치챘다. 증거를 날조한 것이다.

"하, 하하……." 우미노가 내 책가방을 끌어안은 채 메마른 목소리로 웃기 시작했다. "하하하하……." 우습다는 듯이 어깨를 들썩거렸다. 아이들이 꺼림칙한 것을 보는 듯한 눈으로 우미노에게 시선을 던졌다. "이거, 아니잖아, 하하하하, 하하하하, 이거, 하하, 잉크도 아니고, 하하, 하하하하하, 그림 물감이잖아……." 무나카타의 얼굴이 창백하게 질렸다. "어, 아, 아니야, 그건, 잉크 자국이잖아……." "하하하, 나를 떠보려고 했어? 하하하하, 이 자국, 하하하, 내가 낸 게 아니야……." "거, 거짓말, 네가 만진 자국이잖아! 넌 그때 거길 만졌어!" "하하하, 그때 난 이런 곳 만지지도 않았어, 유치한 거짓말이네, 하하, 하하하하……."

무나카타가 안도한 표정을 지었다. 남을 얕보는 듯한 표정도 쏙 사라졌다. 무나카타가 반 아이들을 돌아보았다.

"우미노가 말한 거 들었지? '그때 난 이런 곳 만지지도 않았어.'"

우미노는 웃음을 그칠 줄 몰랐다. 자기가 무슨 소리를 했는지 모르는 눈치였다. 무나카타가 한 말의 의미가 서서히 교실에 스며들었다. 우미노의 목소리가 차츰 작아지더니 마침내 완전히 사라졌다. 우미노도 자기가 한 말의 의미를 깨달은 듯했다.

"자, 잠깐. 지금 그건 이 녀석이…… 유치한 함정이야!"

무나카타는 교실 뒤쪽의 벽을 가리켰다. 과학 실험 결과가 붙어 있는 게시물이다. 우미노가 속한 조의 사진을 노려보았다.

"네가 들고 있는 파란색 리트머스시험지, 손가락이 닿은 부분이 붉게 변했지? 손가락에 묻은 잉크를 씻어내려고 한 다음 바로 반창고를 붙여서 그렇게 된 것 아닐까? 잉크 성분이 녹아 있는 물을 반창고가 흡수한 거야. 만년필에 들어 있던 잉크 브랜드도 조사해봤어. 강력한 산성을 띤 외제 잉크더라. 그러니까 넌 그날, 잉크를 손에 묻혔다는 뜻이야. 리트머스시험지의 색깔 변화가 그걸 말해주고 있어."

종소리가 울리고 4교시 수업이 끝났다. 오후 12시 15분. 복도를 오가는 아이들이 재잘거리는 소리가 들려왔다. 하지만 교실 안은 고요했다. 고쿠분지 선생님도 말씀이 없었다. 그 가운데 단 한 사람, 무나카타만이 뻣뻣이 굳어 있는 우미노의 발밑에서 내 교과서를 주워주었다. 무나카타는 이미 평소와 다름없는 표정이었다. 남을 비웃는 듯한 표정을 지은 것은 우미노를 자극하기 위한 연기였으리라. 무나카타가 책가방을 대충 정리해 내 자리로 가져다주었다. 그때 내 시야에 들어온 그의 팔, 손가락, 어깨, 다리는 온통 바들거리고 있었다. 아아, 우미노가 말실수를 하지 않았더라면 지금쯤 무나카타는 어찌 되었을까, 생각해보았다. 증거를 날조했으니 너는 나보다 더 비난받았을지도 모르는데.

"이제, 끝났어……."

나는 그렇게 말했다. 무나카타의 눈에 눈물이 맺혀 있었다. 그도 불안했으리라. 긴장과 중압감과 싸우고 있었던 것이다. 다른 사람들이 눈치채지 못하게 참고 있었지만, 아마 무나카타도 무서웠을 것이다.

5

결국 우미노의 동기는 무엇이었을까? 어째서 나를 미워했던 걸까? 애초에 우미노는 나를 좋아했던 것 아닌가? 하지만 그런 소문이 퍼진 것은 우미노가 이따금 나를 쳐다본다는 목격 정보 때문이었다. 아이들은 그것을 호의로 해석했지만 사실은 아니었던 걸까? 우미노는 나를 증오했고, 기회가 있으면 덫에 빠뜨리려고 때를 노리고 있었던 게 아닐까? 진상은 알 길이 없다. 우미노는 모든 이유를 설명하기 전에 전학을 가버렸다. 나를 미워한 이유는 여전히 알 길이 없었지만 지금 생각해보니 어쩌면 우리 아버지가 얽혀 있었던 게 아닐까 싶다.

우미노가 전학 간 뒤에 드러난 사실이 있다. 아버지가 바람을 피운 젊은 사무직 아가씨가 아무래도 우미노의 사촌 누나였던 모양이다. 아버지는 어머니와 헤어지고 그 사람을 데리고 멀리 이사를 가버렸다. 아직 함께 사는 모양이지만 어머니에게 주는 위자료와 내 양육비 때문에 생활은 빠듯하다고 들었다. 우미노가 사촌 누나에게 어떤 감정을 품고 있었는지는 모르지만, 어쩌면 그에게 소중한 사람이었던 게 아닐까? 그렇다면 그 사람을 빼앗은 우리 아버지나 그 딸인 나에게 좋은 감정은 없었을 것이다.

무나카타가 결백을 증명해준 덕에 괴롭히는 아이들도 없어졌고 단짝 친구들과도 함께 웃을 수 있게 되었다. 몇몇 아이들은 사과를 했고, 예전과 같은 일상을 되찾았다. 어머니도 친한 아주머니에게 사과 문자를 받은 듯했고, 나도 예전처럼 솔직하게 학교 이야기를 할 수 있게 되었다.

하지만 가끔, 아이들에게 비난받는 꿈을 꾸고 한밤중에 깰 때가 있다. 그건 이미 끝난 일이라고 스스로 타이르며 침대 위에서 숨을 가다듬는다. 그리고 무나카타에 대해서 생각하곤 했다.

마지막으로 무나카타와 이야기를 나눈 것은 어느 겨울날 밤이었다. 저녁밥을 먹고 어머니와 텔레비전을 보며 도란거리고 있는데 현관 초인종이 울렸다. 어머니가 나갔는데 곧바로 나를 부르기에 가보았더니 무나카타가 언제나 그렇듯 어디서 주운 듯한 운동복만 달랑 걸치고 추위에 떨며 현관 밖에 서 있었다. 어머니는 무나카타를 집 안에 들이려고 했다. 그가 우리의 은인이라는 사실은 어머니도 알고 있었고, 저녁식사에도 몇 번이나 초대했다. 하지만 그날의 무나카타는 분위기가 이상했다.

"금방 돌아가야 해서요."

무나카타는 어머니에게 그렇게 말하고 나를 쳐다보았다. 할 말을 고르는지 입을 다물고 있었다. 추워서 떠는 것도 있겠지만 진정하지 못하는 기색이었다. 무나카타가 겨우 입을 떼어 말했다.

"안녕이라는 말을 하려고 왔어. 실은 이사를 가게 되어서……."

어머니를 집 안에 남겨두고 나는 신발을 신고 밖으로 나갔다. 무나카타와 둘이서 집 앞에서 이야기를 나누었다. 토해내는 숨이 하얗게 변해 차가운 바람 속으로 사라졌다. 겉옷을 입지 않고 나오는 바람에 나도 무나카타처럼 추위에 떨고 있었다.

무나카타는 이사를 가게 되었다고 했지만 실제로는 야반도주였다. 그의 아버지가 빚을 졌는데 도저히 갚을 수가 없어서 달아나게 되었다는 것이다.

"오늘 밤 안에 이 동네를 떠나야 해. 그래서 마지막으로 야마모토 네게 인사를 하려고."

이야기를 들으면서도 가슴이 아파서 발밑만 바라보고 있었다. 무나카타는 머리카락도 덥수룩하고, 목욕도 하지 않아 냄새도 고약하고, 꼬질꼬질했지만 나의 영웅이었다. 나락 같은 궁지에서 구해주었다. 그런 그가 사라진다는 사실이 슬펐다.

"너무 갑작스럽다."

"나도 방금 전에 아버지한테 들었어."

그 사건 이후로 무나카타에게 말을 거는 아이들이 늘었다. 친구도 생겼고, 매일 즐거워 보였는데 안타까웠다.

"그보다 이거."

무나카타가 주머니에서 뭔가를 꺼냈다.

"자판기 밑을 뒤지니까 나왔어."

무나카타가 손에 쥐고 있던 것은 지저분한 십 엔짜리 동전이었다.

그걸 받아들고 쳐다보고 있노라니 눈물이 샘솟았다.

"고마워, 무나카타, 정말로, 고마워……."

나는 눈물과 콧물이 뒤범벅된 얼굴로 그런 말을 되풀이했다.

무나카타가 학교를 떠나고 몇 개월이 지났지만 아이들은 그를 잊지 않았다. 초등학교를 졸업하고, 중학생이 되고, 고등학생이 되어서도 당시 같은 반이었던 아이들을 만나면 무나카타가 교단에 서서 사건을 해결했던 날을 떠올리며 이야기꽃을 피웠다. 모두 함께 무나카타에 대해 이야기하고 나면 나는 언제나 조금 쓸쓸해졌다. 어른이 된 지금도 무나카타가 준 십 엔짜리 동전을 간직하고 있다. 마음이 약해질 때면 그 동전을 가만히 바라보며 무나카타를 떠올렸다. 지금은 어디서 무엇을 하고 있을까.

메리 수 죽이기

나카타 에이이치

| 해설 |

메리 수라는 표현은 실존하는 모양이지만
일상생활에서 들어본 적이 없다 보니 나카
타 에이이치도 메리 수의 실존성에는 여전
히 반신반의하는 눈치다.

〈다빈치〉(2013년 4월호) 게재

가도카와 문고 《책을 둘러싼 이야기: 한 권의 문》 수록

I

    메리 수를 죽이기에 이른 동기와 그 후의 몇 년에 대해 써보려 한다.

    나라는 인간은 좋아하는 작품이 생기면 한없이 몰입하는 버릇이 있었다. 작품의 장르는 애니메이션, 만화, 게임, 라이트노블 등이다. 지루한 수업 시간, 내가 사랑하는 캐릭터를 머릿속에 떠올리며 공책 구석에 일러스트를 그렸다. 용돈으로 관련 상품들을 사들이고, 자료집을 닥치는 대로 읽고, 벽에 포스터를 붙이고 일러스트 소년을 마주 보며 밤을 보냈다. 이미 완결된 작품의 후일담을 상상하거나, 캐릭터들의 사이드스토리를 이래저래 몽상하거나, 작품 속 대사를 낭독하며 그것을 녹음해 끝없이 들었다.

    나는 초라한 인생을 보내고 있었다. 먹는 걸 워낙 좋아해서 그런 지 체형은 호빵 같았고, 소극적인 사고방식에 말재주도 없고, 굼뜨고, 뭘 해도 자신감이 없으며, 누가 말을 걸면 얼굴을 붉히고, 웃음소리는 흉하고, 촌스러운 안경을 쓰고 있어 이성은 물론 동성에게도 무시당했으며 반에서는 음침하고 기분 나쁜 여자로 인식되고 있었다. 살아봤자 좋은 일은 하나도 없어, 내가 왜 살고 있는지 스스로 의아할 정도였다. 그런 나도 창작물의 세계에 푹 빠져 있을 때만큼은 자유로울 수 있었다.

내가 중학생 때 좋아했던 캐릭터는 소위 말하는 드래곤퀘스트 같은 타입의 판타지 세계를 여행하는 RPG의 주인공이었다. 말할 줄 하는 대검과 함께 모험을 하는 금발 소년이다. 제작사가 발매한 그 아이의 공식 포스터를 바라보며 나는 밤이면 밤마다 말을 걸었다. 그러자 신기하게도 어느새 소년의 목소리가 들리기 시작했다. 물론 포스터가 떠들 리 없으니 내가 머릿속으로 소년의 말을 보완하고 있었던 것이다.

"어머, 그렇구나……. 후후후, 그래, 그래……."

한밤중에 내 방 앞에서 귀를 기울여보면 음산한 혼잣말이 들렸을 것이다. 나는 소년과 나눈 대화를 나중에 마음껏 떠올릴 수 있도록 한 글자도 빠짐없이 공책에 적기 시작했다. 망상 대화 노트는 차곡차곡 늘어났지만 내 뜨거운 마음은 그걸로 끝나지 않고 중학교 2학년 때 마침내 2차창작소설을 쓰기 시작했다.

2차창작이란 원작이 되는 작품의 스토리, 세계관, 거기에 등장하는 캐릭터 등 각종 설정을 바탕으로 부차적으로 작품을 창작하는 일이다. 내가 쓴 2차창작소설은 물론 내가 좋아하는 소년 캐릭터가 대

활약하는 이야기였다. 또한 원작에 나오지 않는 오리지널 캐릭터도 등장시켰다. 이름은 루카. 열네 살짜리 소녀다. 나는 그녀에게 감정이입을 하면서 글을 썼다. 소년 캐릭터와 루카가 서로 도와가며 모험하는 모습을 상상하면 황홀했다. 집필할 때 나는 루카에게 빙의하고 있었다.

고등학교 1학년 봄. 굼뜨고 호빵 같은 나는 어느 동아리에 입부할 결심을 했다. 애니메이션·만화·게임 연구부. 영문으로 머리글자를 따서 통칭 ACG부라 불리는 곳이다. 동아리방을 처음 찾아갔을 때는 긴장했다. 문 앞까지 갔다가 되돌아오기를 반복하는데 나처럼 신입생으로 보이는 여학생이 말을 걸어왔다.

"가입하고 싶어?"

키가 작고 동그란 안경을 쓴 여학생이었다. 덥수룩한 머리카락은 새집이 떠올랐다.

"나도 그런데, 함께 들어가지 않을래?"

"아, 응……."

"잘됐다! 혼자 들어가기 겁났는데!"

"아, 나도…… 그래……."

학교에서는 아무 말도 하지 않을 때가 많아서 목소리가 제대로 나오지 않았다. 나는 그녀에게 등을 떠밀리다시피 해서 동아리방의 문턱을 넘어섰다.

동아리방은 헌책방 같은 냄새가 났다. 책장이 벽 한 면을 통째로 점거하고 있었고, SF소설과 라이트노블, 그리고 선배들이 필독서로 후배들에게 보여주기 위해 엄선한 만화책이 꽂혀 있었다. 새집 머리 소녀와 함께 나는 가입신청서에 이름을 썼다.

"부탁이야, 다음 〈천 개의 문〉에 글 좀 써줘."

반년 후, 선배에게 그런 의뢰를 받았다. 〈천 개의 문〉이란 매달 ACG부가 발행하는 소책자의 이름이다. ACG부에는 동인 활동을 하는 사람들이 많아서 그들의 만화나 소설을 싣곤 했다. 함께 가입한 새집 머리 소녀는 사이토 로빈슨이라는 필명으로 게임비평에세이를 정기적으로 실어서 만성적 원고 가뭄에 고민하던 선배들을 구원했다.

"어때, 해봐. 너 글 잘 쓰잖아."

사이토 로빈슨도 그렇게 말하기에 나는 2차창작소설의 원고를 선배에게 건넸다. 처음에는 딱 한 번만 실을 셈이었는데 그 후 자신감이 붙어 연재를 하게 되었다. 기사라기 루카라는 필명으로 작품을 발표해서 그런지 부원들은 나를 루카라고 부르기 시작했다.

말이 좋아 소책자지, 인쇄한 종이 열 장 남짓을 한데 엮은 것이었다. 학교 게시판 구석에 종이로 간이 주머니를 만들어 단 뒤 몇 권을 꽂아두었다. 내가 쓴 소설이 사이토 로빈슨의 게임 비평이나 사이온지 마루코 선배의 만화, 신도 신노스케 선배의 SF고증에세이와 함께 소책자를 구성하고 있다는 사실이 자랑스러웠다.

"'천 개의 문'은 어느 분이 어떤 뜻으로 붙인 이름인가요?"

최신호를 스테이플러로 찍으면서 사이토 로빈슨이 사이온지 선배에게 물었다.

"누구였더라. 신도가《끝없는 이야기》라는 소설집에 그런 이름의 건물이 나온다고 했는데."

사이온지 마루코 선배의 만화는 그림도 미숙하고 이야기도 지리 멸렬했지만 부원들은 따뜻하게 받아들였다. 내 소설도 엉망이었지만 고등학교 1학년 3학기 때까지는 한 번도 그 점을 지적받지 않았다.

눈이 흩날리는 추운 날이었다. 서로 마주보게 놓은 여섯 개의 책상 위에 막 완성된 책자 〈천 개의 문〉 최신호가 쌓여 있었다. 우리는 석유스토브를 에워싸고 막 완성된 책자를 바라보고 있었다.

문을 두드리는 소리가 나더니 신경질적으로 생긴 남학생이 들어 왔다. 미스터리소설 연구회 3학년이다.

"부장 있어?"

"아직 안 왔는데, 아마 금방 올 거예요."

신도 신노스케 선배가 그렇게 말하자 그는 책상 위에 놓인 소책 자를 쳐다보았다.

"최신호야? 가져가도 돼?"

"물론이죠, 기꺼이."

그는 페이지를 들추기 시작했다. 그가 말하길 자기는 〈천 개의 문〉의 독자로, 매번 기대하고 있다고 했다. 우리가 쑥스러워하자 그 는 게재 작품 하나하나에 감상을 늘어놓기 시작했다. 사이토 로빈슨 의 게임 비평은 자기만족이다. 사이온지 마루코의 만화는 그림이 지 저분하다. 신도 신노스케의 SF고증에세이는 문장이 읽기 불편하다. 그의 말은 가슴에 비수처럼 꽂혔고, 우리는 완전히 울상이 되었다.

그리고 마침내 그가 나의 2차창작소설이 게재된 페이지를 가리켰다.

"이걸 쓴 기사라키 루카는 누구야?"

"……전데요."

"흠, 그렇군, 흐음. 너란 말이지. 매번 챙겨 읽고 있어. 문장은 괜찮은데."

쓴소리를 들을 게 뻔하다고 각오하고 있었다. 하지만 그는 예상치 못한 소리를 했다.

"네 소설, 메리 수가 나오지? 그 녀석 좀 어떻게 해봐, 솔직히 말해서 찝찝해."

모두 눈짓을 주고받으며 당혹스러워했다. 아무도 메리 수라는 이름을 몰랐다. 내 작품에 그런 캐릭터는 나오지 않는데.

때마침 그때, 부장이 동아리방에 나타났다. 미스터리소설 연구회의 선배가 일어나 소책자를 가방에 넣고 부장과 담소를 나누며 함께 어디론가 가버리는 바람에 진의를 물어보지는 못했다.

2

메리 수.

나는 집에 돌아와 그 이름을 인터넷으로 검색해보았다. 홈페이지가 여러 개 나왔다. 알고 보니 꽤 오래 전부터 존재하는 표현이었다. 메리 수는 2차창작 관련 용어 중 하나로, 작가의 소망이 불쾌할 정도로 투영된 오리지널 캐릭터를 가리킨다고 한다.

그 용어의 기원은 해외 고전SF텔레비전드라마 〈스타 트렉〉과 깊은 관계가 있는 듯했다. 〈스타 트렉〉은 제목 정도는 나도 알고 있다. 열광적인 팬들이 많다는 사실도.

〈스타 트렉〉 방영 당시, 그 세계를 동경한 사람들이 무수한 2차창작소설을 썼다. 그때 그들은 자기 소망을 투영한 오리지널 캐릭터를 작중에 등장시켰다고 한다. 예를 들면 함대 안에서 가장 어리고 무척 우수하며 특별한 능력을 지녔다거나, 원작에 등장하는 캐릭터들로부터 존경과 사랑을 받고, 위기에 빠졌을 때는 크게 활약하여 사람들을 구하는 인물이다. 그렇지만 하나같이 비현실적이고 사춘기 소년 소녀의 소망을 구현한 듯한 자기애로 똘똘 뭉친 오리지널 캐릭터들은 비판의 대상이 되었다. 그러던 어느 날, 그들을 야유하는 히로인이 탄생한다.

1973년, 동인잡지 〈Menagerie〉 2호에 〈스타 트렉〉의 2차창작소설 〈A Trekkie's Tale〉이 실렸다. 그 소설에 등장하는 오리지널 캐릭터 여주인공이 함대에서 최연소 대위로, 나이는 고작 열다섯 살 반이라는 메리 수 대위였다. 이 소녀는 당시 팬들이 쓰던 2차창작소설의 오리지널 캐릭터에게 흔한 설정이 의도적으로 가득 차 있었다고 한다. 그 이후로 필자가 자기를 투영해 이상화한 캐릭터를 '메리 수'라고 부르게 되었다.

확실히 내 소설에는 항상 메리 수가 있었다. 가령 루카라는 소녀에게는 나를 투영해서 마음에 드는 소년 캐릭터와 함께 모험을 시키고 있다는 걸 자각하고 있었다. 현실의 나는 굼뜬 호빵이지만 루카는 흠 잡을 데 없는 미소녀라는 설정이었다. 윤기 넘치는 검고 긴 머리에 맑은 피부. 모두가 무조건 좋아하고, 사랑하는 생김새. 오른쪽 눈동자는 검은색이지만 왼쪽 눈동자는 붉은색, 소위 오드아이라 불리는 속성. 그런가. 흔히 말하는 중2병이다. 메리 수라는 용어가 낯설었던 이유는 일본에 이미 중2병이라는 표현이 있어 해외의 용어를 쓸 필요가 없었기 때문인지도 모른다.

집필하던 원고를 다시 훑어보았다. 거기에도 메리 수가 있었다. 다음 호 〈천 개의 문〉에는 어느 학원SF만화의 2차창작소설을 실을 생각이었는데, 거기에 오리지널 캐릭터로 등장시킨 소녀가 바로 그랬다.

그 소녀는 초능력이 있고, 천재적인 두뇌와 천진난만한 성격으로 모두에게 사랑받고, 원작에 등장하는 주인공 소년과 전생에 연인이었다는 설정이다. 게다가 오드아이. 진짜 이 속성에 사족을 못 쓰나 보다. 나는 그녀에게 나를 투영하면서 글을 썼다. 소년과 부부 만담처럼 나누는 대화를 쓸 때는 행복했다. 내가 작품 속에 들어가 소년과 친하게 지내는 기분이 들었기 때문이다. 그 대화들이 스토리에 아무 영향이 없는 것은 확실히 문제가 있지만…….

지금까지는 작품의 완성도를 신경 쓰지 않았다. 하지만 메리 수의 존재를 알고 나니 이대로 둬도 괜찮을지 불안해졌다. 내게 취미라곤 2차창작소설을 쓰는 것밖에 없다. 그 유일한 취미를 부정당한 기분이었다. 내 문장은 소설이 아니라 소망으로 똘똘 뭉친 단순한 망상의 홍수일 뿐이었다고.

싫어! 멋진 소설을 쓰고 싶어!

2차창작소설은 내게 인간관계 그 자체였다. 사이토 로빈슨이나 사이온지 선배, 신도 선배처럼 〈천 개의 문〉 필자들과 화제를 공유하고, 난생처음으로 내가 속해도 될 장소를 찾을 수 있었다. 그러니까 메리 수를 쫓아내야만 한다. 내 문장에서. 내 소설에서. 메리 수라 불리는 소녀, 그 개념적 존재를 죽여서 지워내지 않는 한, 나는 성장할 수 없다.

첫걸음으로 절반쯤 쓴 2차창작소설에서 오리지널 캐릭터를 삭제했다. 소녀의 이름이나 그녀에 관한 에피소드를 삭제 단추로 지웠다. 수정 때문에 생긴 어색함이나 모순을 하나씩 보정했다. 작중에서 소년과 부부 만담 같은 대화를 나누었던 것은 내가 만든 캐릭터가 아니라 원작에도 등장하는 소녀로 설정해 새로 썼다. 하지만 문제는 해결되지 않았다.

원작에도 등장하는 소녀가 역할을 물려받자 이번에는 거기에 메리 수가 깃들기 시작한 것이다. 그 아이가 소년과 대화를 나눌 때, 나 자신을 투영하고 있다는 사실을 깨달았다. 내가 주인공 소년에게 이야기하고 싶은 내용을 이번에는 그녀의 입을 빌려서 떠들고 있다. 소녀의 캐릭터 뼈대가 점점 흔들리더니 원작에서는 절대 하지 않을 대사가 튀어나오기도 했다. 위키피디아를 보니 이건 '원작 변경 메리'라 불리는 타입의 메리 수였다. 이대로는 안 된다.

시간을 두고 다른 작품을 쓰기 시작했다. 하지만 나도 모르는 사이에 역시 메리 수가 작중에 숨어들었다. 처음에는 멀쩡했던 원작 캐릭터의 언동이나 행동이 붕괴되기 시작했고, 내가 하고 싶은 말, 듣고 싶은 말이 그들의 입에서 튀어나왔다. 이야기는 자의적으로 진행되었고 내가 좋아하는 캐릭터만 부자연스럽게 활약하기 시작했다. 원작 등장인물들의 내면을 어느새 메리 수가 앗아가고 말았다. 그녀가 소설 집필의 고삐를 낚아채 내 소망을 충족시키는 쪽으로 이야기를 끌고 갔다.

아무래도 스스로를 엄격하게 제어하지 못하면 메리 수에게 작품을 빼앗기는 것 같았다. 특히 까다로운 점은 글을 쓰는 나 자신이 그녀가 고삐를 낚아채는 것을 편안하게 느낀다는 사실이었다. 내 소망이 이끄는 대로 집필하기란 즐거운 일이다. 창작의 고통은 존재하지 않고, 쾌락만 있기 때문이다.

커피를 마시며 나는 과거의 작품을 되읽고 대책을 고민했다. 애초에 메리 수는 어째서 내 소설에 고개를 내미는 걸까? 틀림없이 내가 굼뜬 호빵 같은 사람이기 때문이다. 뱃살은 두둑하게 잡히고 얼굴도 퉁퉁 부어 있다. 머리카락도 덥수룩하고 안경도 옷차림도 촌스러운 여자다. 매사에 자신감이 없고 언제나 주눅이 들어 있는 나 같은 사람에게 말을 걸어주는 사람은 ACG부 친구들밖에 없었다. 사이토 로빈슨하고는 반도 달라서 나는 교실에서 언제나 외톨이였다. 현실 세계의 고독으로부터 달아나기 위해 하다못해 소설 안에서만큼은 좋아하는 등장인물들과 망상의 대화를 즐기고 싶었던 것이다. 나는 현실 생활에서 부족한 부분을 채우기 위해 2차창작소설을 썼다. 그러다 보니 아무래도 쾌락이 이끄는 대로 이야기의 방향타를 틀어버리는 것이다. 나의 볼품없는 인생이 소설 안에 메리 수를 탄생시켰다.

그렇다면 어떻게 해야 할까? 메리 수로 변한 캐릭터를 삭제 단추로 지우는 것만으로는 근본적인 해결이 되지 않는다. 또 다른 캐릭터가 메리 수로 변할 뿐이다. 그녀를 죽이려면 나라는 인간의 내면을 어떻게든 해야 했다. 한 달쯤 고민하다가 한 가지 해결책이 떠올랐다.

고등학교 2학년 봄, 나는 그 결심을 실행에 옮겼다. 알람시계 소리에 일어나 날이 밝기 전에 침대에서 빠져나온다. 운동복으로 갈아입고 현관에서 스니커를 신고 있는데 어머니가 하품을 하며 나왔다.

"어디 가니? 편의점? 고기호빵은 냉장고에 있는데? 데워줄까?"

"아니야, 오늘은 안 먹어. 달리고 올 거야."

"달려?"

"응. 다녀올게요."

현관문을 열고 밖으로 나가니 서늘한 아침 공기가 온몸을 감쌌다. 봄이라고 해도 아직 쌀쌀해서 가로등 불빛에 반사되는 숨이 하얬다. 배웅하는 어머니를 뒤로하고 나는 달리기 시작했다. 땅을 밟을 때마다 배에 붙은 지방이 출렁거리는 것을 느꼈다.

메리 수는 소망을 충족시키기 위해 작품 세계에 나타난다. 그러니까 내가 더 바라지 않으면 된다. 현실 세계에서 부족하다고 느끼는 부분을 집필로 채우는 게 아니라, 현실 세계에서 똑같이 채운다. 성공하면 나는 보다 순수하게 글을 쓸 수 있을 것이다. 메리 수를 뿌리 뽑고 죽이기 위한 방법. 그것은 굼뜨고 호빵 같은 나라는 인간을 지우는 일이었다.

3

내 작품에는 한 가지 유형이 있었다. 이야기 해결에 메리 수의 초인적인 능력을 곧잘 이용했던 것이다. 가령 루카의 경우 어떤 위기가 닥쳐도 결국 루카가 잠재 능력을 발휘해 적을 일망타진하고 해피엔딩으로 끝난다. 루카는 전설적인 마법사의 피가 섞여 있다는 설정이었다. 하지만 그것은 자의적인 전개다. 메리 수와 결별하려면 그 방법은 이제 쓸 수 없다.

고등학교 2학년 여름, 나는 소년만화잡지에 연재되는 열혈 요리만화에 푹 빠져 있었다. 주인공 소년들이 토너먼트 형식의 요리 경연대회에 참가하는 내용으로, 요리 만화지만 뜨거운 스포츠 작품 같은 요소도 있었다. 작가에게 팬레터를 보내고, 출판사에 애니메이션으로 만들어달라는 투서를 보내고, 당연한 흐름으로 2차창작소설을 쓰기로 했다.

내가 가장 먼저 한 일은 요리학원에 다니는 것이었다. 내 나름의 메리 수 대책이었다. 소설 세계의 현실성을 높이면 자연히 캐릭터도 현실적인 존재감을 보이지 않을까? 내 개인적인 소망이 파고들 여지가 사라지고 결과적으로 메리 수가 쫓겨나는 것이다. 그래서 당시의 나는 2차창작소설을 쓸 때 치밀한 취재를 하기 시작했다.

전에는 요리를 해본 적이 거의 없었다. 현실성 있는 묘사를 위해 식칼로 채소를 써는 감촉을 느끼고, 기본적인 밑준비나, 각종 양념의 이름과 사용법을 완벽하게 익혔다. 요리학원 선생님에게 직접 여쭤보고 소설 줄거리를 상담했다. 선생님 말씀 속에는 메리 수의 초인적 능력 없이도 이야기를 마무리 짓는 방법에 대한 힌트가 가득 숨어 있었다.

낯을 가리는 내가 적극적으로 행동하게 된 것은 원작 만화에 대한 뜨거운 사랑과 메리 수가 작품 속에 숨어드는 데 대한 공포 때문이었으리라. 남과 대화하는 재활 연습도 되었고, 가족에게 풀코스 요리를 만들어줄 만큼 요리 솜씨도 향상되었다. 2차창작소설을 무사히 완성한 후에도 모처럼 익힌 기술을 까먹지 않게 요리학원에는 나가갔다.

"대단해! 진짜 좋다! 감동했어!"

인쇄한 원고를 사이토 로빈슨에게 보여주었다. 흥분 섞인 반응을 어디까지 믿어도 될지 모르겠다. 어쩌면 친하니까 칭찬해주는 걸지도 모른다.

"하지만 읽다 보니 허기가 지네. 돌아가는 길에 뭐 좀 먹으러 갈까?"

"음, 지금 다이어트중이라."

"아직도 하고 있어? 왜? 이제 충분하지 않아?"

"천만에, 아직 멀었어."

보다 훌륭한 2차창작소설을 쓰기 위해서라면 뭐든지 했다. 원작이 게임이라면 몇 번씩 공략하고 설정집을 읽었다. 배경이 되는 나라의 문화나 역사, 건축, 패션과 풍습도 공부했다. 적 몬스터의 이름이나 외형을 신화의 세계에서 따온 경우에는 신화부터 공부하고 갑옷이나 무기 소재와 강도, 구조도 조사했다. 그런 지식을 전부 작품에 반영하는 것은 아니었다. 사용하는 것은 극히 일부였지만 작품은 현실성을 더해갔다. 자의적인 메리 수가 침입하려고 해도 주위의 견고한 세계관과 외따로 노는 게 보이니 바로 삭제 단추로 무찌를 수 있었다.

주인공 소녀가 이유도 없이 주위 사람들에게 사랑받는 묘사도 그만두었다. 전형적인 내 개인의 소망이다. 그렇다고 작품에서 연애 요소를 배제하지도 않았다. 누군가가 누군가를 좋아하게 되는 전개에 합당한 이유를 부여하도록 신경 썼다. 외모와 내면, 양쪽 다 충실하게 묘사해 연애 발생 이벤트에 설득력을 주었다. 외모를 묘사할 때는 독자의 마음속에 캐릭터의 모습이 떠오르도록 노력했다. 복장이나 헤어스타일, 몸에 두른 장신구 디자인 등, 세세하게 떠올려가며 집필했다. 때문에 복장이나 장신구도 공부해야 했다. 캐릭터가 입고 있는 옷이나 가지고 있는 가방에 가까운 물건을 구해 실제로 걸쳐보고 소재의 감촉을 확인했다. 원작자가 좋아하는 브랜드를 조사하다 보니 패션에도 박식해졌다. 뱃살이 쏙 빠지자 그때까지 입었던 옷이 너무 커서 옷을 새로 사야 했던 터라 마침 좋은 기회였다. 그간 얻은 패션 지식을 총동원해 내가 입을 옷을 고르고 코디네이션을 고민했다.

평상복을 살 때는 부모님이 돈을 주셨지만 2차창작소설 자료로 구입한 마법사 가운이나 장신구는 용돈으로 사야 했다. 지갑이 텅텅 비어서 어쩔 수 없이 아르바이트를 하기로 했다.

소설 등장인물이 콘택트렌즈를 끼는 장면이 있었기 때문에 그 조사도 할 겸 나도 콘택트렌즈로 바꿔보았다. 작중 인물들이 윤기 흐르는 머리카락을 가지고 있으니 그렇게 되기 위해 손질법을 공부하고 직접 시험해보았다. 언제부터인가 외모 콤플렉스가 줄어들고 일상의 여러 가지 일들이 충실해지기 시작했다. 소설을 쓸 때, 소망이 폭주하는 일은 이제 거의 없었고 이야기를 능숙하게 다룰 수 있게 되었다.

고등학교 3학년이 되자 입시 공부에 시간을 빼앗겨 2차창작소설을 좀처럼 쓸 수가 없었다. ACG부 부장이 된 사이토 로빈슨은 소책자 〈천 개의 문〉의 원고를 1학년이나 2학년들에게 부탁하게 되었고, 나는 동아리방에 고개를 내미는 빈도가 줄었다. 그 무렵부터 이상하게 교실에서도 아이들이 말을 걸기 시작했다. 취재를 하다 보니 남들과 이야기할 때 느끼던 거북함이 많이 사라져 이제는 상대의 얼굴도 볼 수 있었고, 상큼하게 웃으며 대답할 수도 있었다. 친하게 지내는 상대가 늘자 반이 다른 사이토 로빈슨과는 소원해지고 말았다.

역 앞 패스트푸드 가게에서 일하면서 돌아가는 길에 도서관에 들러 잘 못하는 수학 문제를 풀거나, 2차창작소설에 쓸 자료를 보는 사이 여름이 지나갔다. 아르바이트 가게에서는 많은 사람들을 만났지만 애니메이션이나 만화, 게임 이야기는 누구하고도 통하지 않았다. 점장 아저씨가 취미를 물었을 때 그런 이야기를 하자 "허, 의외네"라는 표정을 지었다.

"무슨 뜻인가요?"

"너 같은 아이가 오타쿠라니 이미지가 너무 달라서. 아니, 뭐, 나도 오타쿠에게 편견이 있었다는 걸 깨달았어."

"그렇게 다른가요?"

애니메이션이나 만화, 게임 이야기가 통하지 않으면 예전에는 대화가 이어지지 않아 거북해졌을 것이다. 하지만 그 무렵에는 다양한 장르의 화제를 따라갈 수 있었다. 요리나 패션 이야기, 서양의 거리와 건축물, 역사, 신화에 대한 일화 등 집필을 위해 얻은 지식이 도움이 되었다. 아르바이트 가게에서 만난 다른 고등학교 여학생과 문자를 주고받게 되었고 휴일에 함께 놀기도 했다.

"나하고 사귀자."

아르바이트 가게의 대학생 선배에게 그런 말을 들었을 때는 영문을 알 수가 없었다. 일을 마치고 가게에서 나와, 돌아가는 길이 같아서 나란히 걸어가고 있을 때였다. 겨울의 어느 날이었다. 얼음장처럼 차가운 바람에 손가락이 꽁꽁 얼어 발그스름했다.

대답은 미루고 그날은 집으로 돌아와 욕조 물에 몸을 담그고 고민했다. 내가 욕실에서 너무 오랫동안 나오지 않자 어머니가 걱정한 나머지 살았는지 죽었는지 확인하러 왔다. 욕조에서 나와 탈의실 거울을 들여다보며 내 모습이 지금 어떤지 관찰했다. 달아오른 뺨이 새빨갰다.

남들에게 사랑받는 데 필요한 이유. 자의적으로 남들이 호의를 베푸는 전개가 되지 않도록, 사랑받을 이유를 확실하게 설정해 묘사할 것. 나라는 사람은 그렇게 마련한 이유를 저도 모르는 사이에 현실 세계에서 클리어했다는 말일까? 선배와는 휴식 시간에 자주 이야기를 나누었고, 서로 음악 CD를 빌려주기도 했고, 문자도 주고받았다. 선배 시점으로 인물을 묘사한다면 그런 소소한 일상의 장면들이 연애 감정이 싹트는 동기로 즉 연애 발생 이벤트로 비쳤을지도 모른다.

나는 선배와 교제를 시작했다. 선배에게 입시 과외를 받고, 크리스마스 선물을 교환하고, 고등학교를 졸업하고 대학에 갔다. 자취를 시작하면서 아르바이트를 그만두었지만 선배와의 관계는 순조로웠다. 인생의 시간이 충실하게 흘러갔다. 어느새 사이토 로빈슨과는 연락을 하지 않게 되었다.

성인이 되어 술을 마실 수 있는 나이가 되었다. 더는 좋아하는 캐릭터의 포스터를 향해 말을 걸고 머릿속으로 대화를 즐길 수 없었다. 그토록 심각하게, 절실하게, 영혼을 다 바쳐서 좋아하는 애니메이션과 만화, 게임의 세계에 들어가고 싶었던 것은 아무도 거들떠보지 않는 현실의 내 인생이 싫었기 때문이다. 가혹한 현실을 외면하고 마음을 지키기 위해, 좋아하는 작품 세계에 몰입했던 것이다. 메리 수를 죽여가면서까지 2차창작소설을 계속 집필했던 것도 좋아하는 작품에 보다 깊이 빠져 있고 싶었기 때문이다.

하지만 이미 작품 세계로 달아나고 싶다는 욕구는 쏙 사라졌다. 현실 세계에서 행복해질수록 2차창작소설을 집필할 의욕을 잃었다. 내게는 현실의 영역이 있고 거기서 생활하고 살아가며 행복해질 수 있다는 확신만 남았다. 어쩌면 그것이 어른이 되었다는 증거일지도 모른다.

대학교에서 만난 친구들과는 마니악한 애니메이션이나 만화 이야기를 나누지 않는다. 이제는 최신 게임 정보도 잘 모르고, 좋아하는 브랜드의 최신작을 체크하지도 않는다. 요리학원에는 가지만 그것은 신부 수업 성격이 강해, 그토록 좋아했던 열혈 요리 만화의 연재가 어느새 중단되었다는 사실도 몰랐다. 굼뜨고 호빵 같던 나는 과거의 존재가 되었다. 남들에게 사랑받는 것이 일상이 되었고, 친구도 지인도 많다. 행복해질수록 내가 2차창작소설을 썼다는 기억을 잊어갔다.

대학교 3학년 가을, 어느 맑은 날이었다. 좋아하는 카페에서 여자들끼리 모여 차를 마시는데 "첫사랑은 어떤 사람이었어?"라는 이야기가 나왔다. 별세계 판타지 RPG에 등장한 소년 캐릭터가 떠올랐다. 하지만 나는 거짓말로 무난한 대답을 했다. 친구들은 애인하고 헤어진 이야기나, 크리스마스 전에 애인을 사귀고 싶다는 이야기를 하기 시작했다.

한참을 웃고 떠들다 가게에서 나왔다. 그 목소리가 들려온 것은 친구들과 헤어져 흥겨운 기분으로 집에 돌아가는 길에 횡단보도 앞에서 신호를 기다릴 때였다.

"루카! 기사라기 루카! 이런 우연이 다 있네!"

그 이름을 떠올리는 데 몇 초가 필요했다. 목소리가 들린 쪽에서 동그란 안경을 쓴 키 작은 여자가 다가왔다. 새집 같은 더벅머리.

사이토 로빈슨.

4

우리는 가까운 카페로 자리를 옮겨 마주 앉았다. 그녀는 고등학교 때와 하나도 변한 게 없었다. 대학교에 다니면서 출판사에서 편집 아르바이트를 하며 기고가로도 활동하고 있다고 했다. 그녀는 직접 디자인했다는 명함을 내밀며 신변 이야기를 잠깐 하다가 이렇게 말했다.

"그러고 보니 들었어? 사이온지 선배 소식."

"선배가 왜?"

"데뷔했어. 장려상을 받아서, 잡지에 만화가 실렸어. 그림 실력이 엄청 늘어서 보고 깜짝 놀랐다니까. 완전히 프로 그림이야."

"프로?! 굉장하다! 사이온지 선배, 재능이 있었구나!"

"재능만 있었던 게 아니야. 노력도 한 거지. 기사라기 루카에게 질 수 없다는 생각으로."

나는 사이토 로빈슨의 얼굴을 보았다.

"네 소설, 어느 순간부터 쭉쭉 성장했잖아? 사이온지 선배는 졸업한 후에도 날 찾아와서 〈천 개의 문〉에 실린 네 원고를 체크했어. 우리는 널 보고 깨달았어. 사람은 노력으로 향상될 수 있다는 걸. 넌 요새 어떤 글을 써?"

입을 꾹 다물고 있자 사이토 로빈슨이 한숨을 쉬었다.

"설마하긴 했지만, 아깝다……"

"글을 쓸 수가 없어. 쓸 필요가 없으니까. 2차창작은 그만뒀어. 이제는 가상 세계를 사랑할 수 없어. 현실 세계에서 행복해졌으니까."

"난 그런 걸 용납할 수 없어. 네게는 소설을 쓸 능력이 있잖아. 어때, 제안 하나 할게. 이번에 내가 아르바이트하는 편집부에서 라이트노블 라인을 만들 거야. 그런데 원고가 부족해. 하나 써보지 않을래?"

"쓰다니, 뭘?"

사이토 로빈슨이 단호한 표정으로 말했다.

"네 오리지널 작품 말이야. 당연한 소릴 하네. 2차창작을 그만뒀으면 마침 잘됐네. 나는 네 오리지널 소설을 읽고 싶어!"

카페에서 나왔을 때, 하늘은 붉게 물들어 있었다.

"날 발견한 건 우연이야?"

"글쎄, 어떻게 생각해?"

그녀는 그렇게 말하고 등을 돌렸다. 멀어져가는 더벅머리를 한참이나 바라보고 있었다.

사이토 로빈슨의 의뢰를 받아들일지 말지 당장은 결정할 수가 없어 뒤로 미뤘다. 오리지널 소설을 쓰라고 해도 방법을 모른다. 이미 있는 작품 세계를 사랑하고, 거기에 몰입해 소설을 써본 경험밖에 없기 때문이다. 게다가 몇 년이라는 공백 기간도 있다. 아직 문장을 쓸 수 있을지 자신이 없었다.

사이토 로빈슨은 제멋대로다. 나는 작가를 꿈꾸는 게 아닌데. 십대 시절에 잠깐 2차창작을 했을 뿐인 평범하고 시시한 인간이다. 분명 보다 멋진 2차창작소설을 쓰려고 노력했다. 살을 뺀 것도 그 일환이다.

굼뜨고 호빵 같은 나는 매사에 자신감이 없었고, 아무도 그런 나를 거들떠봐주지 않았다. 그렇기 때문에 이유가 없어도 사랑받는 캐릭터를 창조해냈고 작품의 균형을 망가뜨렸다.

메리 수.

그 이름을 오랜만에 떠올렸다. 작가의 소망이 담긴 소녀. 빼어난 용모와 초인적인 능력을 가지고, 모두에게 사랑받고, 항상 웃으며 궁지에 빠졌을 때는 내 입맛에 맞게 동료들을 구하고, 존경과 애정을 한 몸에 받는 존재.

사이토 로빈슨에게 거절하겠다는 내용의 문자를 쓰고 있는데 때마침 전화가 왔다.

"여보세요? 그거 생각해봤어? 대답은 천천히 해도 돼. 그보다 다음에 함께 동아리방에 가보지 않을래? 후배들이 널 만나게 해달라고 난리야."

"후배라니? ACG부?"

"당연하잖아! 코빼기도 비추지 않으니 넌 모르겠지만 기사라기 루카의 작품, 후배들한테 인기가 많아! 다들 〈천 개의 문〉 과월호를 뒤져서 시간 가는 줄도 모르고 읽는다니까!"

역 앞에서 사이토 로빈슨과 합류해 예전의 통학로를 나란히 걸었다. 교문이 다가오자 그리움이 복받쳤다. 토요일이라 학교 안은 인기척이 없었다. 고작 몇 년밖에 지나지 않았는데 신발장 주변의 냄새나 복도에 울리는 목소리가 자아내는 분위기에 일일이 감동했다. 나와 사이토 로빈슨은 손님용 슬리퍼를 신고 동아리방으로 향했다.

"여기서 널 처음 만났지."

사이토 로빈슨이 동아리방 문 앞에 멈춰 서서 말했다. 나는 고개를 끄덕였다. 그날, 안에 들어가기가 무서워 몇 번이나 발길을 돌렸다. 그녀가 말을 걸어주지 않았다면 가입하지 않은 채로 인생이 지나가버렸을지도 모른다.

사이토 로빈슨은 문을 두드리고 곧바로 동아리방으로 들어갔다.

"안녕!"

하지만 동아리방에는 아무도 없었다. 나를 만나고 싶다는 후배들 몇 명이, 휴일인데도 등교해서 동아리방에서 기다리고 있는 것 아니었나?

동아리방은 옛날 그대로였다. 마주 보게 놓은 여섯 개의 책상 위에는 스크린톤 조각이 붙어 있었다. 지금도 이곳에서 누군가가 만화

원고를 그리고 있는 것이다.

"미안, 시간을 착각했나봐……."

사이토 로빈슨이 휴대전화로 문자를 확인했는데 한 시간이나 일찍 동아리방에 도착한 것 같았다.

"어쩔래? 어디서 커피라도 마시고 올래?"

"여기 있을게. 금방 누가 오겠지."

의자에 걸터앉아 멍하니 안을 바라보았다.

"그렇다."

"넌 그렇겠지. 나는 자주 오니까 그렇지만도 않아."

사이토 로빈슨에게 아는 선배나 후배들의 근황을 들었다. 최근 ACG부 활동이나, 고문 선생님에 대한 이야기도. 이윽고 사이토 로빈슨의 휴대전화가 울렸지만 그녀는 액정화면을 들여다보며 혀를 찼다.

"편집부야. 잠깐만 기다려."

업무 전화를 받기 위해 복도로 나갔다. 나는 동아리방에 혼자 남았다. 책장에 꽂힌 〈천 개의 문〉을 바라보며 시간을 때우기로 했다. 최신호 표지 일러스트를 봐도 지금의 나는 거기에 그려진 캐릭터의 이름조차 모른다. 과월 호를 찾아 몇 권 꺼내서 읽어 보았다. 기사라기 루카의 문장이 실려 있었다.

사이토 로빈슨은 좀처럼 돌아올 기미가 없었다. 의자에 앉아 〈천 개의 문〉을 보는 사이 잠이 쏟아져 하품을 했다. 밖에서 새들이 지저귀는 소리가 들려왔다. 슬슬 겨울로 들어가는 계절이었지만 오늘은 따뜻한 햇살이 쏟아지고 있었다. 책상에 엎드려 잠깐만 자기로 했다. 그리고 나는, 꿈을 꾸었다.

페이지를 팔락팔락 넘기자 수많은 문자열이 시야를 가로지르며 사라졌다. 마치 회전목마 같았다. 아니면 오래된 영화 필름처럼. 꿈 속에서 내가 보고 있는 것은 〈천 개의 문〉이었다.

어느 틈에 한 여학생이 내 맞은편에 앉아 있었다. 눈이 휘둥그레 질 만한 미소녀였다. 검고 긴 머리카락과 티 한 점 없는 피부. 몇 년 전까지 나도 입었던 교복 차림이었다. 미소녀는 나를 보더니 샐쭉 실눈을 떴다.

"야, 오랜만이야."

그녀는 뺨에 내려온 머리카락을 가녀린 집게손가락으로 쓸어올 려 귀에 걸더니 사랑스러운 보물을 만지듯 책상 위의 〈천 개의 문〉 을 들었다.

"어디서 만났던가요?"

나는 물었다. 그리고 알아차렸다. 소녀의 눈은 양쪽의 색이 달랐 다. 오른쪽 눈동자는 검은색이지만 왼쪽 눈동자는 붉은색. 오드아이.

"벌써 잊었어? 네가 나를 죽였잖아."

소녀가 미소를 머금었다. 입술 사이로 하얀 치아가 보였다. 사람 들이 무조건 좋아할 수밖에 없는 매력적인 표정이다. 하지만 나는 그 놀라운 고백을 듣고 동요하지 않았다. 마치 자연스러운 일처럼 흐웅, 그렇구나, 하고 받아들였다. 우리는 마주 앉은 채로 〈천 개의 문)을 펼쳤다.

"지금도 글을 써?"

그녀가 물었다. 음악처럼 편안한 목소리. 십대 시절의 내 소망. 꿈. 아이 같은 망상. 누구에게나 사랑받는 만능의 존재. 그리고 미움 받으며, 작품 세계를 붕괴시키는 존재. 그것이 그녀다.

"안 써."

소녀는 〈천 개의 문〉을 내려놓더니 팔짱을 끼고 나를 쳐다보았다. 어딘가 오만한 태도.

"넌 어른이 되어서 세상과 잘 타협했구나."

"이제 글 쓸 필요가 없어."

"너 자신을 위해서는 그럴지도 모르지."

"무슨 뜻이야?"

"너 말고도 네 글을 기다리는 사람이 있다는 뜻이야. 그건 행복한 일이야. 게다가 사실은 너도 그러길 바라고 있어. 다만 두려울 뿐이지. 아니야?"

미소녀는 자리에서 일어나 동아리방을 나가려 했다. 우아한 동작. 가냘픈 팔다리. 마치 발레라도 하는 것처럼. 나는 그 뒷모습을 불러 세웠다.

"잠깐만, 메리 수. 또 만날 수 있어?"

"그렇게나 거부해놓고?"

"하긴."

하지만 이 소녀를 잊어서는 안 될 것 같았다. 십대 시절의 가련한 기억과 함께. 외롭고 불안해 무너질 것만 같았던 기억과 함께. 살아 있어도 무엇 하나 좋은 일이 없어, 내가 왜 사는지 이해가 가지 않았던 날들을. 그것을 잊으면 나라는 사람도 사라질 듯한, 그런 불안에 사로잡혔다.

"언제든지 만날 수 있어. 어른이 되어도. 불러주면 또 옛날처럼 작품을 망가뜨려줄게."

소녀는 그렇게 말하고 동아리방에서 나갔다.

그 순간 나는 잠에서 깨어났다.

꿈의 여운에 젖어 있는데 사이토 로빈슨이 돌아왔다. 그리고 바로 후배들도 도착했다. 후배들은 열광적으로 나를 환영해주었다. 내 작품을 몇 번이나 읽었다는 아이나, 그걸 계기로 원작 게임이나 만화에 관심을 가졌다는 아이도 있었다. 프로 작가도 아닌데, 왠지 미안한 마음이 들었다. 눈 깜짝할 사이에 시간이 흘러 배웅을 받으며 학교를 뒤로했다. 사이토 로빈슨이 교문 밖으로 나와 조금 걷다가 멈춰 서더니 "자, 어때!" 하는 표정으로 나를 보았다.

"널 만난 저 아이들의 빛나는 얼굴 봤어? 다들 네 글을 좋아해."

새집 같은 머리를 긁적이며 사이토 로빈슨이 멋쩍게 말했다.

"그리고 누구보다 네 소설을 읽고 싶은 사람이, 바로 나야. 네 책을 만들고 싶어."

꿈속에서 메리 수가 했던 말이 떠올랐다.

내 글을 기다리는 사람이라는 건, 그녀일까?

후배들일까?

아니면 십대 시절의 나처럼 창조된 작품 세계에 매달려 살아가는 아이들일까?

내가 오리지널 소설을 쓴다?

"방법을 모르겠어. 완전한 창작으로 나만의 이야기를 쓰다니."

내가 그렇게 말하자 사이토 로빈슨이 눈을 반짝였다.

"나한테 맡겨! 내가 함께 고민해줄게! 몇 시간이라도! 좋아, 신나는데!"

그 후로 바쁜 나날이 흘러갔다.

대학교 친구들이 밥을 먹으러 가자고 해도 거절하는 일이 늘었다. 애인에게는 기사라기 루카라는 펜네임이나 내가 과거에 소설을 썼다는 이야기를 털어놓았다.

강의 시간에도 노트에 잔뜩 메모를 해서 구상을 짰다. 패밀리레스토랑에서 사이토 로빈슨과 만나 드링크바를 주문하고 몇 시간씩 토론해 이야기의 설정을 짜냈다. 처음에는 추상적인 비주얼이 단편적으로 존재할 뿐이었다. 그것을 언어적, 논리적으로 이어간다. 도서관에서 자료를 모으고, 작품의 현실성을 만들어내기 위한 공부에 시간을 썼다. 마치 어미 새가 소중하게 알을 품어 온기를 바치듯, 나는 이야기를 품었다. 그것이 스스로 살아 숨 쉬고, 안에서 껍질을 깨고 밖으로 나오기를 기다렸다.

글을 쓰기 시작해도 되겠다고 판단한 날, 결심을 굳히고 컴퓨터

앞에 앉았다.

하지만 손가락이 움직이지 않았다.

2차창작이 아닌, 내 세계의 여행이 시작된다. 무엇이든 쓸 수 있다는 자유가 두려웠던 것이다. 나는 마음속으로 그녀의 이름을 불렀다.

메리 수! 도와줘!

누군가의 세계를 빌려 소설을 썼을 때는 그런 생각을 하지 않았다. 하지만 그날만큼은 그녀에게 도움을 청하지 않으면 첫걸음을 뗄 수가 없었다. 자부심이 필요했다. 글을 쓴다는 두려움도 모르고, 무아지경으로 전진했던 옛날의 열정이.

나는 앞으로 자아낼 나의 세계, 아직 보지 못한 이야기가 풍요로운 결실을 맺도록 기도했다. 도중에 포기하는 일 없이 주인공들의 모험이 계속되기를. 그리고 이 집필이, 즐거운 작업이 되기를.

천천히 심호흡을 하고, 마음을 가다듬었다.

그리고 나는 타이핑을 시작했다.

트랜스시버

야마시로 아사코

| 해설 |

야마시로 아사코는 괴담 전문지 《유幽》에서 집필하는 작가다. 호러 장르의 흔한 패턴 중 하나로 죽은 자와 전화가 연결되는 설정이 있다. 이 단편 작품은 그 변형 버전이라 할 수 있을 것이다. 2011년 3월 11일에 발생한 도호쿠 지방 태평양 해역 지진과 후쿠시마 제1원자력발전소 사고의 비극이 이 단편을 집필한 동기로 보인다.

〈명冥〉 vol.4(2014년 4월) 게재

일본음악저작권협회(출판) 허가 제1515713-501

1

2010년, 퇴근길에 지나친 장난감 가게 앞에 나와 있는 가판대에 트랜스시버가 남아 있었다. 산악구조대가 사용하는 본격적인 제품이 아니라 아이들 놀이용으로 만든 싸구려 장난감이었다. 파란색 플라스틱 본체에 노란색 단추가 달려 있었는데 두 개 세트로 팔고 있었다. 실제로 오십 미터까지는 통신이 가능하다고 한다. 크리스마스는 아직 멀었지만 아들 선물로 사기로 했다.

세 살배기 히카루는 자동차를 좋아해서 구급차나 소방차를 보면 꼭 손을 흔든다. 특히나 좋아하는 차는 순찰차다. 텔레비전 뉴스 프로그램에서 사건이나 사고 영상이 나오면 침통한 표정을 짓는 어른들은 아랑곳없이 히카루 혼자 난리법석이다. 화면 구석에 순찰차가 나오기 때문이다.

"우와아! 순찰차다! 찌찌! 찌찌!"

어째서 찌찌라는 단어를 붙이는 걸까. 저 나이 때는 원래 그렇다는 말밖에 할 수가 없다. 아이들이란 서너 살 때 쉬야, 똥, 찌찌, 고추, 이런 단어를 유난히 좋아한다. 전철을 타도, 레스토랑에서 식사를 해도, 찌찌, 고추, 찌찌, 고추, 그런 말밖에 할 줄 모른다.

그런 어느 날이었다. 거실 텔레비전에서 경찰 활동을 기록한 다큐멘터리 프로그램이 나오는데 경찰이 순찰차의 무전기로 연락하는 장면이 나왔다. 그 장면을 본 이후로 히카루는 무전기 놀이에 푹 빠져 있었다. 나나 나쓰미의 휴대전화를 얼굴에 대고 경찰 흉내를 내는 것이다.

"아빠! 찌찌야, 고추, 쉬야!"

"경찰은 그런 말 안 해!"

무전기 놀이에 빠져 있는 히카루는 트랜스시버 장난감을 받고 몹시 기뻐했다. 상자에서 꺼내 건전지를 넣고 전원을 켰다. 지직거리는 화이트노이즈가 스피커로 흘러나오며 수신 가능한 상태가 되었다. 목소리를 송신할 때는 노란색 단추를 누르고 말한다. 시험해보니 나머지 단말기에서 목소리가 나왔다. 지직거리는 소음은 목소리를 수신할 때만 줄어드는 구조인 듯했다. 히카루는 트랜스시버 사용법을 금방 익혔다. 한시도 손에서 떼지 않고 들고 다니면서 무전기 놀이를 하자고 졸랐다.

"아빠! 엉덩이! 이거 하자, 이거!"

엉뚱한 단어를 아주 자연스럽게 섞어가며 트랜스시버를 들고 내게 다가온다. 나는 함께 놀아주었다. 나머지 트랜스시버를 들고 어느 때는 벽장에 숨어서, 또 어느 때는 커튼 뒤에 숨어서 목소리를 보 냈다.

"아빠는 지금 어디에 있게?"

숨바꼭질을 하면서 대화를 즐겼다. 물론 히카루가 하는 말은 대부 분 알아들을 수 없었다. 우물우물 명확하지 못한 단어의 나열에 나 는 대충 대답했다. 히카루가 자신 있게 발음할 수 있는 단어는 한정 되어 있었다. 좋아하는 자동차 이름이나, 찌찌, 고추 이런 단어들이 다. 그래도 나와 나쓰미는 만족스러웠다. 히카루는 또래 아이들에 비해 말이 느린 편이라 어떤 말이든 해주면 그저 기뻤다.

트랜스시버에 끈을 달 수 있는 구멍이 있어 목에 걸 수 있도록 해 주었다. 어느새 히카루는 마음에 드는 캐릭터 스티커를 덕지덕지 붙 여 트랜스시버를 장식했다. 그런 히카루가 세상을 떠난 것은 2011년 3월 11일이었다. 그 빌어먹을 지진이, 빌어먹을 쓰나미를 일으켜 아 내와 아들을 어디론가 데려간 것이다. 집은 몇백 미터 떨어진 장소 에서 발견되었다. 1층은 찾을 수도 없었고 2층만 산비탈에 걸려 있 었다. 회사에 있던 나만 무사했다. 영안실이 된 체육관을 몇 군데나 찾아다녔지만 결국 히카루와 나쓰미의 시신은 찾을 수 없었다.

그 후로 일 년이 지난 지금도 친척이나 친구들이 번갈아가며 찾 아온다. 내가 자살하지나 않을까 살피려는 의도도 있었을 것이다.

"너희 아이는 올해 몇 살이지?"

"네 살이야."

"이제 기저귀는 뗐나?"

"응. 이제 화장실에서 볼일을 봐."

찾아온 친구와 그런 대화를 나누면 감정을 주체할 수가 없어 결국 쫓아내고 만다.

회사 근처에 아파트를 빌렸다. 요리를 하지 않는 나는 편의점에서 도시락과 술을 사 집으로 돌아간다. 텔레비전을 보며 저녁식사를 했다. 아파트는 방이 두 개뿐이지만 충분하고도 남을 정도로 넓었다. 예전 같으면 히카루의 장난감으로 발 디딜 틈도 없을 만큼 난장판이었을 것이다. 다다미 가장자리를 따라 미니카를 몇 대씩 나란히 세워두고 놀았겠지. 겨우 찾아낸 히카루와 나쓰미의 유품은 상자 몇 개 분량밖에 되지 않았다. 진흙을 씻어내고 말려서 벽장 속에 넣어두었다.

평소에는 생각하지 않으려 애쓰며 산다. 회사에서 녹초가 될 때까지 일하고, 동료에게 인사를 하고 아파트로 돌아온다. 술자리에 끼는 일은 없다. 내가 있으면 흥만 깨질 테니까. 그래서 집에서 술을 퍼마셨다. 맥주, 소주, 일본주, 와인, 필름이 끊길 때까지 위에 집어넣는다.

한밤중에 그 소리를 들은 것은 지진 피해로부터 이 년이 지났을 무렵이었다. 나는 원자력발전에 반대하는 정치가의 연설을 텔레비전으로 보면서 그날도 술에 취해 있었다. 레드와인 덕분에 기분 좋게 졸고 있는데 어디선가 지직거리는 소리가 들려왔다. 소리는 벽장 속에서 나고 있었다. 졸음과 현기증을 느끼며 상자를 뒤집었다.

박살나버린 집에서 건져낸 장난감 트랜스시버의 LED 램프가 붉은색으로 반짝거리고 있었다. 지직거리는 소리는 그 스피커에서 나오고 있었다. 어쩌다 멋대로 전원이 켜진 거겠지. 히카루가 늘 목에 걸고 다니던 단말기가 아니다. 끈과 스티커가 붙은 트랜스시버는 히카루와 함께 여전히 행방불명이다. 지금도 목에 건 채로 어느 바다를 넘실거리고 있을지 모른다.

지지직…….

트랜스시버를 보면서 나는 술을 마셨다. 나는 술에 취해 다른 가능성에 대해 생각했다. 그날, 어쩌다 내가 변덕을 부려 회사를 쉬고 다함께 어디로 놀러갔다면? 가령 이웃 현에 있는 고향 집에 묵었다면? 우리는 쓰나미 피해를 모면하고, 히카루는 침통한 어른들 옆에서 사촌들과 떠들고 있었겠지. 그리고 지금도 내 주변을 뛰어다니며 나쓰미에게 야단을 맞을 것이다. 그때, 그랬으면 좋았을걸, 이랬으면 좋았을걸, 그런 후회로 가슴이 찢어질 것 같았다. 그러다 잠에 빠졌다. 의식이 깊고 편안한 어둠의 세계로 파고들었다.

지지직…….

하지만 나는 그날, 잠들기 직전에 들었다. 화이트노이즈가 뚝뚝 끊기더니 느닷없이 그리운 목소리가 들려온 것이다.

……아빠……지직……찌찌……고……지직…….

2

휴대전화 기상 알람 소리에 진창에서 기어나오듯 일어나 샤워를 했다. 커피만 마시고 회사에 갔다. 일을 하고 편의점에 들렀다가 귀가. 그다음은 술을 마시고 자는 일뿐이다. 내 생활은 단조로워졌다. 쓰나미가 모든 것을 앗아가버린 탓이다. 더는 아이 때문에 예정을 바꿀 일도 없고, 먹다 만 잼샌드위치가 나도 모르는 사이에 서랍에 들어가 있는 일도 없다. 아이 엉덩이를 닦아줄 때 그만 실수로 손끝에 배설물을 묻히는 일도 없고, 겨울에 건조해서 거칠어진 손가락이 종이 기저귀에 쓸릴 일도 없다.

감정이 흘러넘치지 않도록 텔레비전을 켜고 예능 프로그램이라도 봐야겠다. 의식을 그쪽으로 돌리는 것이다. 그때, 리모컨 건전지가 다 됐다는 것을 깨달았다. 이걸 어쩐다. 방을 둘러보니 트랜스시버가 바닥에 굴러다니고 있었다.

어젯밤 일은 희미하게 기억하고 있었다. 트랜스시버와 리모컨은 둘 다 AAA 건전지를 사용한다. 그렇다면 건전지를 리모컨에 바꿔 끼울까? 트랜스시버 안에 들어 있어봤자 어차피 쓸 일도 없으니까. 그렇게 생각한 나는 트랜스시버 건전지 덮개를 열었다. 그제야 떠오르는 기억이 있었다.

그걸 회수했을 때, 트랜스시버는 온통 진흙투성이였다. 보관을 위해 건전지를 빼고 구석구석 깨끗이 닦았다. 이제 쓸 일이 없다는 걸 알고 있었으니 오래된 건전지는 버렸던 것이다. 즉 트랜스시버 안에 건전지는 없었다. 그렇다면 어젯밤 화이트노이즈는 무엇이었을까? 붉은색으로 빛났던 LED 램프는 무엇이었을까?

깊이 고민하지는 않았다. 모든 건 취기가 보여주는 환각이나 환청일 뿐이다.

두 번째로 트랜스시버가 울린 것은 그로부터 며칠 후였다. 그날 회사 차로 외근을 돌고 있던 나는 신호 대기중에 아이를 데리고 있는 여성을 발견했다. 뒷모습이 어찌나 나쓰미와 히카루와 똑같던지, 어쩌면 쓰나미에 휩쓸리지 않고 살아남은 게 아닐까 하는 생각을 했다.

교차로에 차를 내팽개치고 운전석에서 뛰쳐나가 그 모자를 쫓아갔다. 내 목소리에 뒤를 돌아본 두 사람의 얼굴은 나쓰미도, 히카루도 아니었다. 경적 소리가 몇 차례나 쏟아졌다. 교차로에 내팽개친 내 차 때문에 뒤따르던 차가 오도 가도 못한 것이다.

그날 밤, 곤죽이 되도록 마셨다. 손도 가누지 못해 방에 소주를 쏟았다. 닦을 기력도 없어, 마음을 가다듬으려고 맥주 캔을 땄다. 집이 흔들려서 여진인가 하고 텔레비전을 켰다. 아무리 기다려도 지진 보도가 나오지 않았다. 내가 흔들거리고 있다는 사실을 깨달았다.

시야가 물컹하게 휘어 울렁거리자 머리가 지끈거렸다. 귀에 막이라도 쳐진 것처럼 어느 틈에 지직거리는 잡음까지 들려왔다. 방구석을 보니 며칠 전부터 굴러다니는 트랜스시버의 LED가 빛나고 있었다.

"어디서 작동하는 흉내를 내, 이 자식!" 버럭 화를 냈다.

화이트노이즈가 잦아드나 싶더니 어린아이 목소리가 들렸다. 그
것은 분명 귀에 익은 목소리였다.

지직⋯⋯아빠⋯⋯지직⋯⋯.

히카루는 죽었으니 내가 멋대로 머릿속에서 만들어내 재생하는
목소리이리라. 하지만 나는 그 환청을 싫어할 수 없었다.

아빠⋯⋯어디야⋯⋯없어⋯⋯지직⋯⋯.

트랜스시버를 움켜쥐고 노란색 송신 단추를 누른 채 외쳤다.

"히카루, 들리니? 아빠 여기 있다!"

설령 실제로는 존재하지 않는다 해도 그 목소리는 내 마음을 행
복하게 해주었다. 얼마간 화이트노이즈가 또 흐르다가 대답이 들려
왔다.

⋯⋯아빠다⋯⋯지직⋯⋯배꼽⋯⋯.

말이 통했다는 사실에 환희가 치밀었다. 나는 거듭 말을 걸었다.

"배꼽? 배꼽이 왜?"

지직⋯⋯배꼽이 간지러워⋯⋯지직⋯⋯.

"너무 긁으면 안 돼! 엄마는? 엄마는 거기 있니?"

⋯⋯엄마? ⋯⋯있어⋯⋯.

"엄마 좀 바꿔줄래?"

안 돼⋯⋯찌찌⋯⋯.

나는 환청이라고 믿고 대화를 즐겼다. 히카루의 이야기는 맥락이
없었지만 무슨 상관이랴. 술이 술술 들어가 혀가 꼬이고 마침내 기
절하듯 잠들었다. 그런 일이 일주일에 몇 번씩 있었고, 다음 날은 언

제나 기분이 좋았다.

　내가 자살하지나 않을지, 혹은 그런 징조가 있는지 확인하려고 여동생이 살피러 왔다. 현관 밖에서 내 얼굴을 보자마자 여동생이 안도한 표정을 지었다.

　"다행이네, 안색이 좋아 보여."

　"요새 컨디션이 좋아."

　하지만 집에 들어온 여동생은 잔뜩 쌓인 술병을 발견하고는 얼굴을 찌푸렸다.

　"너무 과음하는 것 아니야?"

　주량이 늘었다는 자각은 있었다. 그런 반면, 정신적으로는 안정되어 있었다. 요즘에는 집도 청소하고, 요리도 한다. 밥솥을 사고, 씻어 나온 쌀로 밥을 지어 따끈따끈한 저녁밥을 먹었다. 하지만 아침에는 여전히 커피 한 잔 마실 시간밖에 없다. 밤늦도록 히카루와 트랜스시버로 이야기를 나누기 때문이다.

　"하지만 다행이야, 오빠가 건강해 보여서."

　"이젠 괜찮을 거야. 걱정 끼쳐서 미안."

　여동생은 선반에 놓인 트랜스시버에 시선을 돌렸다.

　"그렇네, 히카루하고 자주 놀았지."

　손에 들고 전원 스위치를 켜봤지만 LED 램프에 불도 들어오지 않고, 화이트노이즈도 들리지 않았다.

　"건전지가 없어. 술에 취하면 히카루 목소리가 들려오는데."

내 말이 농담인 줄 알았는지 여동생은 웃기만 했다.

그 후, 나는 회사 건강진단 결과에서 과음하지 말라고 주의를 받았지만 무시하기로 했다. 내가 해야 할 일은 슈퍼에서 일본주와 소주, 와인, 위스키를 잔뜩 사들이는 일이었다. 트랜스시버로 히카루의 환청과 대화를 나누려면 곤죽이 되도록 마셔야 했다. 눈앞이 일그러지고, 기둥이 생물의 내장처럼 꿈틀거리고, 부드러운 바닥 위에서 기우뚱한 기세로 알코올을 퍼부었다. 그리고 정신이 들면 트랜스시버의 LED가 붉어져 있는 것이다.

아빠……있어?……지직……똥 쌌다!…….

지진 피해로부터 이 년이 지났지만 어른이 얼굴을 찌푸릴 만한 말만 골라서 한다. 나는 송신 단추를 누르고 말했다.

"그래, 그래. 엄마한테 기저귀 갈아달라고 해."

지직……아빠가 해줘!……지직…….

"아빠는 멀리 있어서 못 해."

……여기로 와!……같이 놀자!……지직…….

그 순간, 죽은 자의 말이 감미롭게 느껴졌다.

술에 취한 나는 평소 같으면 생각도 하지 않을 행동을 했다.

"별 수 없네. 그럼 잠깐만 기다려."

나는 트랜스시버를 내려놓고 벽장을 열었다. 포장용 비닐끈을 꺼내, 목을 매달았다.

3

거래처 회사 응접실에서 명함을 주고받았다. 가죽 소파에 걸터앉아 회의를 시작했다. 젊은 사무직 여성이 다가와 내 앞에 찻잔을 내려놓았다.

"다케미야, 왜 그래?"

회의 상대인 남자가 차를 내온 여사원에게 물었다. 평소 같으면 찻잔을 내려놓고 바로 물러났을 텐데, 다케미야라는 여성은 꼼짝도 하지 않았다. 시선이 내 목덜미에 꽂혀 있었다. 눈이 마주치자 화들짝 놀라 고개를 숙이고 밖으로 나갔다.

목에 든 멍을 본 모양이다. 일반적으로 사람을 대할 때는 양복 옷깃에 가려지기 때문에 전혀 신경 쓰지 않았다. 하지만 내가 소파에 앉아 있었던 탓에 서 있던 그녀의 눈에 띄고 말았으리라.

자살은 미수로 그쳤다. 목을 매달려고 끈을 건 자리가 의외로 약했다. 매달린 지 몇 초 만에 벽의 석고보드에 꽂혀 있던 고리가 빠져버린 것이다. 그 결과 목숨은 건졌지만 며칠이 지나도 사라지지 않는 끈 자국이 목에 멍처럼 남아 있었다.

회의를 마치고 거래처 밖으로 나오자 주차장에서 누가 나를 불러세웠다. 찻잔을 내준 젊은 여사원이 추운지 바들바들 떨면서 서 있었다.

"저……."

그녀는 편의점 봉투를 들고 있었다. 초콜릿 상자를 내게 내밀었다. 아무 데서나 파는 제품이었다.

"이거, 맛있어요. 드셔보세요."

"아아, 이거."

"알고 계세요?"

"아들이 좋아했습니다."

그렇게 대답하면서 그녀가 나에 대해 어디까지 알고 있을지 생각해보았다. 목에 든 멍이 불러 세운 이유와 관계가 있을까? 자살미수 때문이라는 것을 알고 걱정해준 건지도 모른다. 초콜릿에 대한 감사를 전하고 회사 차에 올라타 시동을 걸었다. 차가 출발할 때까지 그녀는 주차장에 서 있었다.

그 후 몇 번인가 대면했을 때 명함을 교환하고 연락을 주고받게 되었다. 이름은 다케미야 아키. 쑥스러운 미소가 인상적이었다. 처음으로 함께 술을 마셨을 때, 그녀가 진지한 얼굴로 말했다.

"죽지 마세요, 부탁이에요."

그녀는 부모님을 그 지진으로 잃었던 것이다.

지직……

아파트의 내 방에 화이트노이즈가 흘러나왔다.

"엄마 거기에 있니? 바꿔줄 수 있어?"

술에 취한 나는 장난감 트랜스시버를 움켜쥐고 송신 단추를 누른 채 말했다. 트랜스시버 이야기는 누구에게도 털어놓지 않았다. 아들 목소리를 환청으로 들으며 정신 상태를 유지하고 있다는 걸 들키면 기이한 시선으로 볼 게 틀림없었다. 카운슬러를 소개해주겠지. 하지만 나는 설사 실제로 존재하지 않더라도 죽은 자의 목소리가 필요했다. 거기서 얻는 위안으로 나만 살아남았다는 죄책감을 누그러뜨릴 수 있었다.

화이트노이즈가 뚝뚝 끊기고 목소리가 들려왔다.

아빠……엄마 있어……지직……찌찌 공주…….

히카루의 황당한 소리를 듣고 있으면 그 순간만큼은 지진 전 평화롭던 시절로 돌아간 듯한 기분이 들었다. 참고로 찌찌 공주라는 야릇한 말도 생전에 히카루가 즐겨 쓰던 말이다. 어디서 그런 말을 배워왔는지 모를 일이다. 나는 결코 히카루 앞에서 그런 말을 쓴 적이 없는데.

"엄마 좀 바꿔줘."

안 돼……히카루가 얘기할 거야……지직…….

"엄마는 잘 지내? 울지는 않아?"

엄마……으앙……안 해……찌찌 찌찌 공주! ……지직…….

'으앙'은 우는 모습을 나타내는 유아어다.

"다른 사람도 있어?"

있어……모두 있어…….

"거기는 어둡니? 밝아? 어떤 곳이야?"

몰라……히카루 뿌웅 했어……지직…….

'뿌웅'은 방귀를 말한다. 히카루는 방귀를 뀔 때마다 "히카루 뿌웅 했어! 한 번 더 할래!" 하고 몇 번이나 방귀를 뀌겠다고 졸랐다. 그

때마다 참 난감했다.

"히카루는 거기서 평소에 뭘 해?"

춤……엄마하고 춤을 춰…….

언제나 이건 내 환청이라는 믿음이 있었다. 픽션이고 창작된 이야기다. 하지만 정말로 죽은 자의 나라가 있고, 거기서 나쓰미와 히카루가 다른 수많은 죽은 자들과 행복하게 살고 있다면 얼마나 좋을까? 사람들이 종교를 만들고 사후 세계를 논하는 것은 소멸에 대한 공포 때문이라고만 생각했다. 하지만 어쩌면 종교를 만들어낸 사람들의 원동력은 죽은 자들에 대한 위안과 자애였을지도 모른다.

다케미야 아키와 알고 지낸 지 일 년쯤 되자 친밀한 분위기가 생겨났다. 하지만 우리의 관계는 어디까지나 친구 사이에 그쳤다. 내가 망설였다. 새로운 연인을 만들면 나쓰미와 히카루를 잊어버릴 것만 같았다. 지진 전의 가족을 과거로 묻어버리고 싶지 않았다. 두 사람이 살아있었다는 사실을, 그 환했던 웃음을, 나만이라도 기억해야 했다. 애인을 사귀고 나 혼자만 행복해지는 게 두 사람에 대한 배신처럼 느껴졌다. 다케미야 아키는 나의 그런 고민을 아마 눈치챘을 것이다. 그 문제를 추궁하는 일은 없었지만.

"저희 어머니는 후쿠시마 출신이었어요."

어느 날, 레스토랑에서 식사를 하는데 다케미야 아키가 말했다. 그 어머니의 친정이 원자력발전소 사고로 귀환금지구역으로 지정된 동네라고 했다. 물론 지금은 아무도 살지 않는다. 연간 적산 방사선량이 50밀리시버트를 넘어, 거기서 일정 기간 머물면 인체에 치명적인 손상을 입을 가능성이 있다.

"그 마을에 가고 싶어도 도중에 검문을 해서 그 너머로 가지를 못해요. 거기서 차를 세우고 고향을 바라본 적도 있어요. 평범한 산길이 있을 뿐이에요. 방사성 물질이 실제로 있는지 없는지, 물론 육안에는 보이지 않죠."

어렸을 때 갔던 추억의 장소가 봉쇄되고 만 것이다. 앞으로도 들어가지는 못하리라. 어머니가 태어난 집이나 뛰어놀던 고향 땅은 두 번 다시 느낄 수 없다.

"방사능은 참 유령 같아요."

"유령?"

"방사능이 두려워 멀리 달아나는 사람이 있는가 하면 전혀 개의치 않는 사람도 있어요. 인체에 주는 피해도 명확하지 않고, 영향이 있다는 사람도 있고 없다는 사람도 있고. 그래도 막연한 불안이 사람들 마음속에 있는데, 허세를 부려 그걸 모른 척하는 사람도 있죠. '유령은 없어'라는 노래 가사가 생각나요."

그녀는 그렇게 말하더니 가사 한 소절을 흥얼거렸다.

유령은 없어요
유령은 거짓말
잠이 덜 깬 사람들이
잘못 본 거랍니다
하지만 조금 그래도 조금

나도 무서운데

유령은 없어요

유령은 거짓말

    지진과 쓰나미의 영향으로 노심이 융해된 후쿠시마의 원자력발전소에서 다량의 방사성 물질이 쏟아져 나왔다. 눈에도 보이지 않고, 인체에 어떤 영향을 미치는지 명확하게 정의를 내리지 못한 채로 우리는 지금까지 살아왔다. 막연하고 어렴풋한 불안을 끌어안은 채로, 뭐 괜찮겠지, 하고 암시를 걸며 공기를 마시고 있었다.

    "경계란 항상 모호해요. 각자 자기만의 현실 인식에 따라 믿는 것을 스스로 정의해갈 수밖에 없죠."

    그리고 다케미야 아키는 이렇게 말을 이었다.

    "친구와 연인의 경계 역시 모호해도 되지 않을까요?"

    더는 도망칠 수 없었다. 나는 결심을 굳히고 트랜스시버 이야기를 털어놓았다. 환청에 대한 이야기, 히카루의 목소리가 들려온다는 것, 죽은 자들을 잊고 싶지 않다는 이야기를 쭉 털어놓았다. 그녀는 웃지 않고 끝까지 들어주었다.

4

    내 마음속에는 죽은 자가 뿌리를 내리고 있다. 지진 전의 그리운 목소리로 찌찌, 고추, 그런 말을 연발하는 죽은 자다. 알코올을 섭취함으로써 나는 죽은 자와 의사소통을 할 수 있다. 물론 그 죽은 자는 내 마음이 멋대로 만들어낸 픽션이자 이 세상에 더는 머물지 않는 존재다. 하지만 그 정의에 어떤 의미가 있단 말인가. 경계란 항상 모호한 법이다.

아파트로 들어와 함께 살게 된 다케미야 아키는 내 엄청난 주량에 새삼 놀랐다.

"술 좀 줄여요! 죽고 싶은 거예요?!"

그녀는 나와 죽은 자의 시간을 존중해 생활 속에 그 영역을 마련해주었다. 일주일에 몇 번, 정해진 요일에만 술에 취해 트랜스시버로 히카루와 대화한다. 그러지 않는 날에는 술을 끊고 주량을 줄이려고 노력했다.

트랜스시버로 환청 속 목소리와 대화를 나누는 모습을 보여주고 싶지는 않았다. 술에 잔뜩 취해 장난감에 대고 말을 거는 남자의 모습이라니 그런 꼴불견이 어디 있으랴. 나는 그 점을 자각하고 있었다. 다케미야 아키에게 부탁해서 그 시간에는 아파트를 비워달라고 했다. 친구와 술을 마시거나 패밀리레스토랑에서 책을 읽어도 된다. 나는 언제나 죽은 자와 대화를 나누다가 잠이 들었다. 정신을 차리고 보면 날이 밝아 있는데, 몸에는 담요가 덮여 있었다.

이 년의 동거를 거쳐 결혼을 결심했다. 시청에 혼인신고서를 제출했고, 다케미야라는 그녀의 이름은 결혼 전 성이 되었다. 식은 올리지 않았지만 친척들과 회사 동료들에게 축복을 받았다. 모두 한숨

돌린 기색으로 나를 바라보았다. 그 무렵에는 히카루와 나누는 대화도 일주일에 한 번으로 줄었다. 그만큼 눈앞에 있는 아키와 나누는 대화가 늘었다. 그녀와의 역사가 차곡차곡 쌓여 어느새 히카루와 보낸 세월을 넘어섰다.

"하고 싶은 얘기가 있어. 아빠, 결혼했다. 상대는 히카루가 모르는 사람이야."

술에 취한 나는 트랜스시버에 대고 말했다. 그날, 아키는 나를 혼자 두기 위해 밤샘 상영 영화를 보러 갔다. 환청의 화이트노이즈가 뚝뚝 끊기다가 평소와 다름없는 목소리가 들려왔다.

지직……아빠……찌찌!…….

몇 년이 지나도 히카루의 언동은 성장하지 않는다. 또래 아이들은 책가방을 메고 초등학교에 들어가는데.

"알겠니? 아빠는 말이야, 엄마하고 다른 사람하고 결혼했어. 하지만 들어줘. 아빠는 너희를 절대 잊지 않을 거야. 매일 기억할 거야. 그러니까 용서해주겠니?"

좋아……또 놀자…….

"알았어. 옛날처럼 숨바꼭질 할까?"

할래!……똥꼬 냄새 나!……까르륵!……지직…….

나는 트랜스시버를 쥐고 실내를 걸었다. 알코올 때문에 집 안의 벽이 자꾸 들쭉날쭉 움직이는 것처럼 보였다. 나는 벽장에 숨어 미닫이문을 닫았다. 깜깜한 상태에서 목소리를 보냈다.

"자, 숨바꼭질이야. 아빠는 어디에 숨었게?"

어……어디?……안 보이는데?……지직…….

어둠 속에서 트랜스시버의 목소리에 귀를 기울였다. 지진 전, 우리는 흔히 이런 놀이를 했다. 대화를 하면서, 조금씩 힌트를 줘서 숨어 있는 쪽을 찾는 것이다. 하지만 그날, 아무리 기다려도 히카루는 나를 찾아내지 못했다. 환청이니 당연한 일이지만.

아빠 안 보여!……지직……엄마가 불러…….

"엄마가? 뭐라는데?"

앙대……지직……그쪽은 앙댄대…….

'앙대'는 유아어로 '안 된다'는 뜻이다. 아이를 야단칠 때 혼내는 의미로 "안 돼!"라는 말이 부드럽게 변한 말투로 주의를 줄 때 쓰곤 했다.

지직……아빠!……거기로 가고 싶어!…….

어둠 속에서 나는 트랜스시버를 움켜쥐었다. 하지만 이렇게 말할 수밖에 없다.

"……여기는 앙대. 엄마가 안 된다고 하면 그런 거야. 히카루, 엄마 말 잘 들어야지? 으앙 하면 안 돼."

알았어……으앙 안 해…….

"그럼, 히카루."

안녕……찌찌 공주……또 만나…….

몇 년이 흘러도 후쿠시마 일부 지역은 봉쇄가 풀리지 않았다. 원자력발전을 둘러싼 발언은 정치가를 고르는 중요한 지침이 되었다.

하지만 후쿠시마가 있는 도호쿠 지방은 차차 부흥해갔고, 아내는 임신했다.

가족도 늘었고 맨션을 구입할까 의논할 때, 아파트에 불이 났다. 둘이서 산부인과에 갔다가 아파트로 돌아오는 길에 소방차가 나와 아키를 앞질러갔다. 설마 하면서도 걸음을 서둘렀다.

아파트 앞에 사람들이 모여 있었다. 하늘에는 검은 연기가 치솟고 있었다. 소방차 호스에서 나오는 물살이 아파트 창문 밖으로 솟구치는 불길을 눌렀다. 화재 발생 장소는 우리 집이 아니었다. 피해 상황으로 그 사실을 알고 우리는 한숨 돌렸다. 하지만 불씨는 그때 이미 아파트 전체로 퍼져나갔다. 같은 아파트 주민 몇 사람이 아연한 얼굴로 불길을 올려다보고 있었다. 실내복 차림으로 밖으로 뛰쳐나온 사람도 있었다.

아키가 앞으로 나가더니 아파트 쪽으로 다가가려 했다. 소방대원 한 명이 아키를 보고 막으려 했다. 하지만 그 전에 내가 그녀의 팔을 붙잡았다.

"아키!"

이름을 부르자 그녀는 나를 돌아보며 창백한 얼굴로 말했다.

"집이……. 트랜스시버가……."

"안 돼. 포기해."

"하지만."

"괜찮아. 이제 됐어."

나는 아키의 손을 붙잡고 놓아주지 않았다. 트랜스시버가 불타버리면 두 번 다시 히카루의 환청을 들을 수 없다. 하지만 나는 좀 더 일찍 이별을 고했어야 했다.

"이제 됐어. 고마워."

결심을 하자 눈물이 치밀었다. 그날, 가령 내가 아내와 아들 곁에 있었다면. 파도에 휩쓸려가는 두 사람의 손을 지금처럼 붙잡을 수 있었을까? 가지 말라고 외치며, 이 세상에 붙잡아둘 수 있었을까? 불길이 아키의 얼굴을 붉게 물들였다. 나는 코를 훌쩍이면서 그녀를 불안하게 하지 않으려고 고개를 높이 들었다. 나는 아직 살아있다. 살아있는 쪽의 사람이니까. 흩날린 불씨가 차갑게 식어 재가 되었다. 그리고 눈처럼, 우리 머리 위에 내려앉았다.

아이가 태어났다. 이번에는 딸이었다. 아이가 태어나고 한동안 잠 못 드는 나날이 이어졌다. 몇 시간마다 배가 고프다고 우는 데다 기저귀도 갈아줘야 한다. 잠이 부족한 아키가 젖을 물리고, 나도 분유를 타서 젖병으로 먹였다. 딸이 아들보다 성장이 더 빠른지 아이는 어느새 일어서서 걸음마를 뗐고, 이윽고 그 시기가 찾아왔다.

"아빠! 놀자! 찌찌!"

그 이후의 육아는 나도 경험해보지 못한 일이었다. 딸은 기억 속 히카루의 키를 넘어섰다. 어른들이 얼굴을 찌푸릴 말도 이윽고 하지 않게 되었고, 갑자기 얌전해졌다. 딸이 중학생이 되자 나는 온전한 아저씨가 되었다. 아내와 딸은 생김새가 똑같아 자매처럼 보일 때도 있었다.

어느 일요일이었다. 몇 년 전부터 키우던 개를 돌봐주고 집 안으로 들어오니 딸이 벽장을 열고 박스에서 옛날 앨범을 꺼내 바라보고 있었다. 지진 때 잃은 전처와 아들의 사진이었다. 화재 현장에서 추억의 물건을 몇 개는 회수할 수 있었다. 모두 멀쩡한 건 아니었지만 앨범이 거의 타지 않았던 건 행운이었다.

함께 쭉 살펴본 뒤에, 딸이 박스에 돌려놓으려 했다.

"아, 이거……."

딸은 그렇게 말하며 박스 안에 넣어두었던 트랜스시버를 들었다. 열 때문에 찌그러져 파란색 플라스틱은 녹아내렸고 내부 기판도 그을었다. 아파트 화재 후에 앨범과 함께 발견해 챙겨놓았던 것이다. 하지만 그 이후로 나는 히카루의 목소리를 듣지 못했다.

"있지, 아빠, 이거 망가진 거지?"

"보면 알잖니. 완전히 망가져서 못 써."

딸은 이상하다는 듯이 트랜스시버를 요리조리 돌려보았다. 송신 단추를 눌러보았지만 열 때문에 플라스틱이 찌그러져 제대로 눌리지 않았다.

"하지만 어렸을 때 여기서 소리가 났던 것 같아. 망가진 라디오처럼. 이상한 전파를 수신했던 걸까?"

상자에 트랜스시버를 넣고 일어난 딸이 쓴웃음을 지으며 말했다.

"찌찌 공주라고 그러던걸?"

어느 인쇄물의 행방

야마시로 아사코

| 해설 |

야마시로 아사코가 이 단편소설을 발표한
2014년은 STAP 세포에 관한 일련의 보도로
세상이 들썩거렸다. 한편으로 3D 프린터가
저렴한 가격에 판매되기 시작한 것도 이 무
렵이다. 이 소설은 집필에 지독히 난항을
겪었다고 한다. 마지막에 밝혀지는 인쇄물
의 묘사에 자신이 없다는 이유였다.

〈독락読楽〉(2014년 8월호) 게재

I

고향 집에서 차로 이십 분 떨어진 곳에 도서관이 있다. 그곳이 지금 내 직장이다. 바다 바로 옆이라 창문을 열면 갈매기 울음소리가 들린다.

반납된 책을 카트에 싣고 책장 사이를 이동했다. 단말기로 책에 붙은 태그를 찍으면 책장 위치를 검색해준다. 거기까지 찾아가는 길도 표시된다. 지구자기를 이용한 매핑으로 건물 내에서 내가 지금 어디 있는지 정확하게 알 수 있는 것이다.

소설 책장 부근에서 한 남자가 말을 걸어왔다.

"죄송하지만 타르코프스키에 관한 책을 찾고 있는데요."

양복을 입은 남자였다. 어디서 본 듯하기도 하고 아닌 듯도 한 생김새다.

"영화감독 말인가요?"

"맞습니다."

남자를 안내하면서 타르코프스키의 영화 몇 편을 떠올렸다. 예전에 누가 추천해서 본 적이 있다. 그 사람 말로는 타르코프스키 영화에 등장하는 인물들은 인류 그 자체를 상징하고 있으며, 등장인물이 아버지나 어머니에 대해 말할 때 그것은 곧 신을 뜻한다고 했다.

남자는 책을 손에 들고 잠시 표지를 바라보다가 바로 책장에 돌려놓았다.

시선을 느꼈다.

남자가 나를 보고 있다.

"오노데라 씨 맞지요?"

"그렇긴 한데……."

"겨우 찾았군요, 다행입니다."

남자는 처음부터 내게 말을 거는 게 목적이었던 모양이다.

"전 야나기하라의 친구입니다. 그를 알고 계시죠?"

남자의 입에서 그 이름이 튀어나왔다는 사실에 나는 겁을 먹었다. 이 남자는 혹시 그 인쇄물 때문에 찾아온 걸까?

야나기하라 소지. 그와 사귀었던 시간은 짧았다. 상황이 달랐다면 양호한 관계를 이어나갈 수 있었으리라. 나는 달아나듯, 고향 집이 있는 이 땅으로 돌아왔다. 내가 한 행동, 내가 본 것을 잊고 싶어서.

"죽었습니다."

"네?"

"야나기하라는 죽었습니다. 소식을 전해야 할 것 같아서 이렇게."

자살이었다고 한다. 동기는 설명해주지 않았지만 그 연구가 원인이리라. 정신을 차리고 보니 남자가 나를 부축해주고 있었다. 그의 손을 뿌리치고 책등이 가지런한 책장에 기댔다. 눈을 감자 파도 소리가 들려왔다.

⋮

어느 연구소 사무원으로 일하는 대학교 선배의 연줄로 일을 소개받았다. 무슨 일을 하는지 선배도 잘 몰랐지만 일단 면접이나 보기로 했다.

그 연구소는 당시 내가 혼자 살던 맨션에서 버스로 이십 분 떨어진 곳에 있었다. 높고 불그스름한 벽돌담이 광대한 부지를 빙 둘러싸고 있었다. 정면 게이트에 서 있는 수위에게 찾아온 이유를 설명했다. 신분증을 보여달라고 하더니 사무실에 확인한 다음에야 들여보내주었다.

벽돌을 간 포장길을 걸어가자 앞쪽에 새하얀 건물이 보였다. 장식성을 배제한 외관은 마치 예술 작품 같았다. 연구소 본관이었다. 실내로 들어가자 어딘지 모르게 소독약 비슷한 냄새가 풍겼다. 접수로비에서 선배와 합류했다.

"일이라는 게 설마 인체 실험은 아니겠죠?"

"아니라고는 생각하는데 단언하진 못하겠어."

"여기서는 어떤 연구를 해요?"

"바이오 관련. 재생의료 같은 거."

"재생의료?"

"등에 인간의 귀가 돋아 있는 쥐 사진 본 적 없어? 그런 연구를 하는 것 같아. 나는 일개 사무원이라 자세한 건 모르지만."

연구소에서는 여러 프로젝트가 동시에 진행되고 있었다. 하지만 대부분이 극비라고 했다.

면접 시간이 다가오자 다른 층으로 안내받았다. 복도에서 흰 가운을 입은 연구자들이 스쳐 지나갔다. 회의실처럼 생긴 휑한 방으로 들어갔다.

창가에 초로의 남자가 서 있었다. 머리카락은 백발이었지만 눈매는 맹금류처럼 날카로웠다. 그도 흰 가운을 입고 있었다. 선배는 사무실로 돌아가고 남자와 나, 단둘만 남았다. 먼저 무난하게 세상 돌아가는 이야기를 했다. 날씨 이야기나 가족 구성, 키우는 개에 대한 이야기였다. 그리고 업무 이야기로 들어갔다.

"자네에게 부탁할 일은 실험 과정에서 나온 폐기물의 소각 처분이야. 지금까지 소각로를 담당했던 직원이 집안 사정으로 여기를 떠나게 되어서 말이네."

소각로 담당? 기계치인 내가 할 수 있을까? 내 불안을 감지했는지 남자가 말했다.

"순서만 익히면 간단한 일이야."

몇 가지 의문이 생겼다. 어떤 실험을 하는 걸까? 쉽게 조작할 수 있다면 연구자가 직접 소각로를 돌리면 그만 아닌가? 하지만 남자가 제시한 시급은 눈이 휘둥그레질 만한 금액이었다. 나는 일을 맡기로 했다.

면접이 끝나고 사무실에서 선배에게 알렸다. 업무 내용에 대해 말하자 예상치 못한 반응을 보였다.

"어머, 소각로?"

선배의 표정이 어두워졌다. 주위를 살피더니 사무실에서 일하는 동료들의 눈길을 피하듯 책상 뒤에 숨어 말했다.

"그럴 줄 알았으면 너한테 말 안 하는 건데."

"왜요?"

"좀 그런 장소에 있거든. 외진 곳에. 그 주변에서 몇 사람 자살했어."

"네?!"

"유령이 나올지도 몰라. 소각로 옆에 연구동이라고 불리는 낡은 건물이 있어. 거기서 일하는 연구원들만 목을 매달거든. 내가 여기서 일한 뒤로 지금까지 세 명이나. 아니, 더 있을지도 몰라. 요전까지 소각로에서 일했던 사람도 갑자기 달아나듯 그만뒀고."

"집안 사정 때문이었다고 들었는데요."

"글쎄. 얘, 지금이라도 거절할 수 없을까? 왠지 불길한 예감이 들어."

선배는 나를 걱정했다. 하지만 그만둘 생각은 없었다. 돈이 필요했기 때문이다.

당시 나는 아파트에서 혼자 살고 있었다. 대학교를 졸업해도 고향으로 돌아가지 않고 아르바이트를 몇 개 병행하며 소설을 쓰고 있었다. 소설이라고 하면 듣기엔 좋지만 신인상에 응모해도 1차 심사도 통과할까 말까 한 수준이었다. 다시 말해 나는 아르바이트로 먹고사는 작가 지망생이었다.

수입이 불안정해서 식비를 절약해야 했다. 집에서 혼자 파스타를 삶아 먹는 날이 이어졌다. 돈이 있으면 일할 시간에 소설을 집필할 수 있다. 돈이 있으면 탐났던 자료를 살 수 있다. 취재 여행도 갈 수 있다. 나는 유럽을 무대로 한 역사소설을 벌써 몇 년째 구상하고 있었다. 그걸 완성하는 게 소원이라고 할 만큼 정성을 쏟고 있다. 하지만 나는 유럽에 실제로 가본 적이 없었다. 수중에 목돈이 있으면 동경했던 곳에 가서 실컷 취재할 수 있을 텐데.

아르바이트 첫날, 나는 가방에 삼각김밥을 넣고 집을 나섰다. 유모차를 미는 젊은 어머니가 지나갔다. 아기는 온순한 표정으로 자고 있었다. 아기를 낳는다는 것은 어떤 기분일까? 나와는 인연이 없는 이야기다. 내 몸과는, 이라고 해야 할까.

연구소 앞 버스정류장에서 내려 수위에게 찾아온 이유를 알렸다. 본관에 들어가 선배와 인사를 나누었다. 얼마 지나지 않아 내 앞에 낯선 여성이 나타났다. 화장기는 없었지만 이목구비가 아름다웠다.

"오노데라 씨 맞죠? 잘 부탁해요, 전 나스카와예요. 작업 순서를 가르쳐주려고 왔어요. 그럼 당장 가봅시다."

"예."

어디로 가는지 잘 몰랐지만 일단 대답했다. 좋은 인상을 주려고 억지로 웃었다.

나스카와를 따라 밖으로 나갔다. 연구소 부지 안의 경관을 보니 큼직한 병원이나 이공계 대학이 떠올랐다. 인기척이 별로 없는 것은 건물 안에서 연구에 힘쓰고 있기 때문이리라. 본관 뒤에 게이트가 있었는데 안쪽은 울창한 숲이었다. 굴뚝처럼 보이는 기둥 끝이 수풀 너머로 살짝 보였다.

"아, 그렇구나. 절 소각로로 안내해주시는 거군요?"

나스카와가 이제 와서 무슨 소리냐는 표정으로 나를 쳐다보았다. 게이트의 수위는 목례 한 번으로 나스카와를 통과시켜주었다. 그 안쪽의 벽돌 포장길은 폭이 좁았다. 양쪽의 수풀에서 뻗어나온 가지와 잎 때문에 터널 같았다. 나는 깊숙한 곳으로 끌려갔다. 계모에게 버림받은 헨젤과 그레텔처럼.

이윽고 포장길이 둘로 갈라졌다. 오른쪽으로 가는 길 끝에는 오래된 시설이 있었다. 외벽에 넝쿨이 얽혀 있어 반쯤 숲과 동화되어 있었다. 음울한 그림 같았다.

"우리 프로젝트 팀의 실험동이에요."

저게 그곳이구나. 나는 그렇게 생각했다. 저기서 연구하던 사람들이 여럿 자살했다는, 바로 그곳이구나.

"어떤 실험을 하나요?"

"알려줄 수 없어요."

"그렇겠죠."

왼쪽 포장길을 걸어가 소각로에 도착했다. 잘라낸 돌을 쌓아올린 듯한 건물이었다. 유적 같기도 하고, 요새 같기도 했다. 언뜻 보면 단순한 네모 상자지만.

입구는 자동개폐식 셔터 구조였다. 안으로 들어가자 휑한 공간이 펼쳐졌다. 사방이 편평한 벽이었다. 겨울철에는 분명 얼음장이겠지. 지금이 따뜻한 계절이라 다행이다. 검댕은 보이지 않았고 매캐한 냄새도 나지 않았다. 소각로라기보다 교회 같았다. 규모는 다르지만 단게 겐조일본의 전통적 감성과 서구의 모더니즘을 조화롭게 결합해 현대 일본 건축의 기초를 확립한 건축가로 1987년 프리츠커상을 수상했다가 만든 '도쿄 커시드럴 성 마리아 대성당'을 연상케 하는 엄숙한 공간이었다.

안쪽 벽에 주철로 만든 묵직한 소각로 문이 있었다. 나스카와가 앞쪽에 붙어 있는 가동식 선반에 손을 얹었다.

"여기로 운반되는 상자를 이 자리에 놓고 제어판을 조작하세요. 문이 열리면 상자를 소각로에 밀어넣는 거예요."

제어판은 소각로 문 옆에 설치되어 있었다. 책상 위에 조작 설명서가 놓여 있다. 나스카와에게 조작법을 배우면서 소각로를 작동시켜보았다. 불이 붙자 벽 안쪽에서 기계가 돌아가면서 묵직한 진동이 느껴졌다. 소각로 안을 확인할 수 있는 구멍은 눈에 띄지 않았다. 열은 소각로 문과 벽이 대부분 차단해주어 문이 살짝 따끈해지는 정도로 그쳤다.

"상자를 태우면 되는 거지요?"

"그래요. 상자에는 실험 폐기물이 들어 있습니다."

"위험한 약품 같은 건가요?"

"아니에요, 안심하세요. 태워도 유해한 가스는 나오지 않아요."

나스카와가 소각로 문을 바라보았다.

어째서일까, 그녀의 눈은 두려움에 젖어 있었다.

2

기묘한 업무였다. 작업량에 비해 보수가 너무 많았다. 내가 미안할 만큼의 금액이 계좌에 들어왔다.

소각로 건물 내부 구조는 휑해서 나무 의자와 작은 책상이 전부였다. 셔터를 열면 푸르른 바깥 풍경이 가로로 긴 직사각형 모양의 입구를 가득 채웠다. 하루에 한 번, 그곳으로 상자가 들어온다.

상자는 플라스틱 직육면체로 색은 회색. 여행용 트렁크 같은 디자인으로 크기도 꼭 그만했다. 플라스틱이지만 튼튼한 구조였다. 덮개는 개봉하지 못하도록 접착제 같은 걸로 고정되어 있었다. 내용물을 꺼내지 않고 상자째로 소각 처분하라고 했다.

상자를 선반에 올려놓고 제어판을 조작했다. 주철로 된 소각로 문이 묵직한 소리를 내며 위쪽으로 밀려 올라가면 소각로 내부 공간이 눈앞에서 쩍 입을 벌린다. 별로 크지는 않다. 관이 하나 들어갈 만한 폭과 높이, 깊이였다. 바닥에는 불길이 나오는 구멍이 쭉 뚫려 있고, 찌꺼기를 받는 홈이 파여 있다. 불이 들어가기 전의 소각로 내부는 서늘하다. 당연하지만.

상자를 밀어넣으면 나머지는 기계가 알아서 해주었다. 소각이 끝날 때까지 기다리면서 책을 읽어도 되고, 책상에 앉아 소설을 써도 된다. 열기는 차단되어 있고 연기도 굴뚝으로 나가기 때문에 소각로 앞의 엄숙한 공간은 의외로 쾌적했다. 다만 화장실 설비가 없어서 벽돌 포장길을 빠져나가 본관까지 가야 했다. 본관 식당에서 점심을 먹을 때도 있었지만 맛이 끔찍했다. 밥은 질고 된장국은 싱거웠다. 연구소에서는 식사에 관한 연구는 하지 않았던 모양이다.

상자는 늘 오전 11시쯤 들어왔다. 그때부터 오후 3시까지 약 네 시간 동안 소각로가 꼼꼼하게 상자를 태운다. 종료 표시를 확인하면 내 업무는 끝난다. 소각로 안에 남은 찌꺼기나 재는 자동으로 청소된다. 완벽한 자동 시스템이다. 수동으로도 조작이 가능한 듯해서 만일을 위해 설명서를 꼼꼼히 읽어두었다.

저녁이 되면 소각로 셔터를 내리고 사무실 선배에게 열쇠를 반납하고 버스 정류장으로 간다. 늘 의아했다. 이 정도 일이라면 굳이 사람을 쓸 것 없이 연구원 아무나 맡아도 될 텐데.

소각로 옆에 있는 오래된 연구동에는 다가가지 않았다. 그곳에 출입하는 연구원은 언제나 신경이 곤두서 있어, 연구동 근처에서 나와 마주치면 언제나 깜짝 놀란 표정을 지었다. 상자는 그들의 연구동에서 나오고 있었다. 야나기하라 소지 역시 거기서 일하는 일원이었다.

야나기하라 소지는 표정이 거의 없었다. 눈은 움푹 들어갔고, 얼굴은 피곤해 보였다. 나와 비슷한 또래였는데 실험 폐기물을 소각로까지 운반하는 것은 언제나 그의 역할이었다. 그는 수레에 실은 상자를 가져와서는 패기 없는 목소리로 말했다.

"잘 부탁합니다."

"예, 인수하겠습니다."

"고맙습니다."

호리호리하고 키가 커서 흰 가운이 잘 어울렸다. 다가가면 약품 냄새가 났다. 고등학교 시절 화학 준비실에서 나던 냄새와 똑같았다. 그는 항상 상자를 들어 선반에 얹는 작업을 도와주었다.

어느 날, 소각이 끝날 때까지 기다리면서 산책을 하는데 포장길이 둘로 갈라지는 곳에서 흰 가운을 입은 야나기하라 소지를 발견했다. 그는 소각로 굴뚝을 올려다보고 있었다. 굴뚝에서 연기가 솟아 창공으로 사라져갔다. 다가가서 말을 걸려다가 그의 흰 가운에 묻은 불그스름한 얼룩을 발견했다. 얼룩은 점점이 묻어 있었다.

"그거 혹시 피 아닌가요?"

나를 돌아보는 야나기하라의 표정은 딱딱했다. 죄를 고발당한 자가 지을 법한 표정이었다. 마음에 걸렸지만 나는 질문을 되풀이했다.

"어디 다친 것 아니에요?"

"제 피가 아닙니다, 오노데라 씨."

"그럼 무슨 피인데요?"

"방금 전까지 실험을 했어요. 그때 묻었겠지요."

야나기하라 소지는 연구동을 돌아보았다. 조경 관리를 하지 않아 잡초가 무성했다. 바닥의 석판도 군데군데 깨져 있었다. 하지만 경비에는 돈을 들이는 듯했다. 모든 창문에 감시 카메라가 설치되어 있고 정면 현관은 망막인식개폐시스템을 갖추고 있었다.

"동물 실험이라도 하는 건가요?"

흰 가운에 묻은 피는 실험동물의 몸에서 흘러나온 게 아닐까 짐작했다.

"그렇다고 하면 저희를 경멸할 건가요?"

"실험 내용에 따라서요."

"동물을 상처 입히는 짓은 하지 않습니다."

"아아, 그럼 마음이 놓이네요."

"연구동에 있는 건 사람뿐이에요."

"어떤 연구를 하는데요?"

고민하는 시간이 흘렀다. 그는 주위를 둘러보더니 아무도 없는지 확인하고서야 말했다.

"3D 프린터입니다."

"네?"

"3D 프린터 실험을 하고 있어요."

예상치 못한 대답이었다. 3D 프린터라는 기기의 존재를 모르는 건 아니다. 컴퓨터로 작성한 컴퓨터 그래픽을 기반으로 입체물을 만들기 위한 도구다. 전에 텔레비전에서 소개한 3D 프린터는 수지를 열로 녹여 몇 겹으로 쌓아가는 과정을 통해 입체물을 만들었다. 선배에게 듣기론 이 연구소에서는 바이오 기술을 연구한다고 했는데, 그 이미지와 3D 프린터라는 단어가 잘 연결되지 않았다.

"특수한 3D 프린터를 개발하고 있어요."

"아하, 그렇군요."

대화는 거기서 끝났고 우리는 각자 제자리로 돌아갔지만 결국 흰 가운에 묻은 피의 출처는 오리무중이었다. 누가 3D 프린터를 조작 하다가 손이라도 끼여 피가 난 걸까?

집으로 돌아와 인터넷으로 3D 프린터를 조사해보았다. 3D 프린 터는 다양한 곳에서 사용되는 듯했다. 기업이 신제품을 디자인할 때 는 샘플을 3D 프린터로 출력해 형태를 검토한다고 한다. 의료 분야 에서는 환자에게 맞춘 인공뼈를 출력해 이식하는 시술도 하고 있었 다. 그 뿐만 아니라 인공 혈관이나 간까지 프린트할 수 있다고 한다. 확실히 바이오 기술과 연관이 있을 것 같았다.

몇만 엔짜리도 있지만 저렴한 제품은 인쇄에 실패할 확률이 높다 고 한다. 원래 실 형태의 수지를 끝부터 조금씩 녹여 컴퓨터 그래픽 으로 만든 오브젝트 형태로 쌓아올리는데, 그 공정에서 가끔 실패하 는 것이다. 수지가 녹지 않아 실 상태 그대로 출력되면 비참한 물체 가 완성된다. 인터넷에는 실패 사례 사진이 잔뜩 올라와 있었다. 사람 의 형태를 띤 오브젝트 출력의 실패 사례로 목 위가 풀려서 실 뭉치 처럼 엉킨 것도 있었다. 그것은 어쩐지 그로테스크한 예술품 같았다.

야나기하라 소지에게는 약품 냄새가 배어 있었다. 나란히 앉아 있 으면 그 냄새가 풍겨왔다. 매일 얼굴을 마주하다 보니 그럭저럭 친 근하게 느껴졌다. 서로 기다렸다가 귀가하게 되었고, 저녁을 함께 먹고, 각자 사는 곳으로 돌아갔다. 그는 표정 변화가 거의 없었지만 함께 지내다 보면 마음이 편안했다. 지금까지 읽었던 책이나 타르코 프스키 영화 이야기를 했다. 소설을 쓴다는 말에도 그는 내 꿈을 비웃지 않았다. 그리고 마침내 술을 마실 때 그가 "연인이 있느냐"는 질문을 건네왔다.

"지금은 없어요. 몇 년 전에 헤어졌어요."

"어째서요?"

"점점 서먹해지더니 상대가 멀어졌어요. 제가 임신하지 못하는 몸이라는 걸 알고."

스무 살 때 심한 병을 앓아 자궁을 적출했다. 원래 자궁이 있어야 할 자리는 텅 비어 있다. 그 사실을 알리자 순조로웠던 연인과의 관계도 끝났다. 결혼을 염두에 둔 교제였는데 그의 부모가 불같이 반대했던 것이다.

내 배 속에서 생명이 자라고, 내 뜻과는 상관없이 움직이고, 좁은 길을 빠져나와 이 세상으로 나온다. 완성된 한 사람의 인간을 이 사회에 내보내는 감각을 내가 체험할 일은 없다. 유모차를 미는 젊은 어머니를 보아도 질투하지 않으려고 애썼다. 사촌이 아이를 낳았다는 말을 들어도, 동급생이 둘째를 낳았다는 말을 들어도 태연하려 애썼다. 그래도 아이를 학대하는 어머니에 대한 뉴스가 나오면 분한 마음을 억누를 수가 없었다. 불공평한 신을 원망하고 싶어졌다.

이런 이야기를 들은 야나기하라는 어떤 반응을 보일까? 어쨌거나 나는 숨기지 않고 털어놓았다. 이 문제로 거리를 둔다면 그래도 상관없다. 하지만 그는 담담하게 이렇게 말했다.

"임신을 못하는 것과 소설을 쓰는 일 사이에 무슨 관계가 있습니까?"

"네?"

"오노데라 씨는 소설 창작을 통해 유전자를 남기려고 하는 건지도 모르겠네요."

"그럴지도 모르지만. 하지만 그게 다예요? 전 아이를 못 낳는다니까요."

"곧 낳을 수 있게 될 겁니다."

"어떻게?"

"의학의 진보로."

자궁을 적출했다는 말을 듣고도 그는 태연했다. 그 사실이 기뻤다. 문득문득 치솟는 아이를 가진 여성에 대한 어두운 감정도 그와 함께 있으면 안 느끼지 않을까. 그런 생각이 들었다.

나는 야나기하라 소지와 사귀기 시작했다. 퇴근길에 서로 기다렸다가 같은 집으로 돌아간다. 나는 그에게 파스타를 만들어주었다. 뜨거운 토마토소스 파스타였다.

"요즘 프린터에 종이가 걸려서 자주 멈춰."

그러던 어느 날, 소설을 인쇄할 때 쓰는 레이저프린터의 상태가 이상했다. 당장 야나기하라에게 의논하니 요리조리 조물거리다가 고개를 가로저었다.

"안 되겠어, 모르겠네."

3D 프린터는 잘 알지만 일반 프린터는 전문 분야가 아니었던 모

양이다.

"전자서적 시대에도 소설 퇴고는 종이로 하는구나."

나는 고개를 끄덕이며 말했다.

"그편이 머리에 잘 들어오거든. 텍스트 데이터로만 된 소설이라니 육체가 없는 인간하고 비슷하지 않아? 그건 작가의 영혼에서 나온 유전 정보일 뿐이야. 인간에게 육체가 필요한 것처럼, 종이책도 사라질 일은 없지 않을까? 재고 관리나 서점 책꽂이가 부족하다는 문제는 남겠지만."

"그럼 책도 3D 프린터로 만들면 될 텐데."

그의 제안을 풀어 말하면 이러하다. 자택에 제본용 3D 프린터와 책의 재료를 보관해두고 읽고 싶은 책의 데이터를 다운로드한다. 전자책처럼 텍스트만 담긴 데이터가 아니라 장정이나 재질 등 단행본을 구성하는 모든 정보가 담긴 데이터다. 그것을 3D 프린터로 출력한다. 펄프 입자나 그와 비슷한 재료를 차곡차곡 겹쳐 활자가 인쇄된 종이로 묶은 책을 집 안에서 손쉽게 만든다는 뜻이다. 그 방법이라면 공장 생산으로는 실현할 수 없었던 복잡한 장정도 가능해진다. 전자서적과는 달리 묵직한 책으로 수중에 남을 것이다.

"그런 것도 가능해?"

"인간이 상상한 건 전부 실현할 수 있어."

야나기하라 소지는 소위 말하는 3D 프린터 맹신자였다. 모든 제품을 3D 프린터와 연결해 미래를 상상한다. 그와 이야기하다 보면 인쇄라는 단어가 폭주해서 개념이 변형된다. 그 무렵, 나는 행복했다. 하지만 그 교제는 오래가지 않았다.

석 달쯤 지난 어느 날이었다. 아침부터 비가 내렸다. 오전 10시 반, 셔터를 열고 안으로 들어가 소각로 돌릴 준비를 했다. 빗소리를 들으며 책을 읽는데 우산을 쓴 야나기하라가 찾아왔다. 평소처럼 상자를 실은 수레를 밀고 있었다.

"안녕."

"응."

평소 같으면 상자를 선반에 얹는 작업을 도와준다. 하지만 그날은 휴대전화가 울려서 급히 연구동으로 돌아가야 했다. 나는 혼자서 상자를 들었다. 내용물은 여전히 정체불명이었지만 점성이 있는 액체나 그 비슷한 것이 담겨 있는 듯했다. 기울인 쪽으로 무게가 천천히 쏠렸기 때문이다.

영차 하고 들어올려 선반에 얹으려 했다. 상자 표면이 비에 젖어 있어서 그런지 손가락이 미끄러지고 말았다. 직육면체 용기가 발밑에 쿵 떨어졌다. 아차. 어디 부서지지는 않았는지 확인했다. 괜찮은 것 같았다. 다행이다. 그 순간, 기묘한 소리가 들렸다. 축축한 물체가 꿈틀거리며 몸을 뒤트는 듯한 소리였다.

활짝 열어둔 셔터 입구를 돌아보았다. 빗방울이 숲의 나무 위로 주룩주룩 쏟아지고 있었다. 밖에서 들리는 소리인가 싶었다. 하지만 아니었다. 소리는 내 바로 옆에 있는 상자 속에서 나왔다. 다시 어떤 물체가 질질 움직이는 소리가 났다.

뒤로 멀찍이 물러났다. 상자 속에서 뭔가가 꿈틀거리고 있다. 동요했다. 한 번도 상상해본 적이 없었다. 생물이 들어 있을 가능성 같은 건.

진정하자. 상자 속 내용물이 어떤 생물이라 치자, 그게 뭐 어때서? 질척한 소리로 유추하건대 어차피 오징어나 문어 종류겠지. 소리만 듣자니 연체동물이 떠올랐다. 조금 마음이 놓였다. 그동안 소각 처분했던 게, 오징어나 문어였다면 마음의 가책은 크지 않다. 오징어도 문어도 맛있지. 구워 먹으면 최고다.

애초에 아까 그 소리가 정말 생물이 낸 소리였을까? 점성이 있는 물체가 상자 속에서 한쪽으로 쏠렸다가 중력 때문에 다시 편평해지면서 난 소리가 아니었을까? 확인하려고 상자 옆에 엎드려 표면에 귀를 갖다 댔다. 그때 아무 소리도 나지 않았다면 나는 그 이후에도 평온한 정신 상태로 살 수 있었으리라.

비가 한층 거세지면서 잿빛 구름 너머에서 땅울림 같은 소리가 났다. 천둥이다. 바람도 불기 시작했다. 상자 표면은 젖어 있었고, 흘러내린 물방울 때문에 차가운 소각로 건물 바닥에 얼룩이 퍼져나갔다.

상자 속에서 힘없고 가녀린 숨소리가 들렸다.

흐애……흐애앵…….

그것은 갓난아기의 목소리였다. 내 머릿속에 떠오른 것은 어머니의 육체에서 떨어져나온 직후의, 양수에 젖은 갓난아기의 모습이었다. 내가 그동안 상자에 담긴 갓난아기를 소각했을지도 모른다는 사실을, 그제야 겨우 깨달았던 것이다.

야나기하라 소지는 나를 얼마나 좋아했을까? 울창한 숲 속에 흰 가운을 입고 서 있는 그의 모습이 인상에 남아 있다. 휴일에 그는 종종 스케치를 했다. 어릴 때 꿈이 화가였다고 한다. 그 말을 듣고 보니 그는 어딘가 화가 빈센트 반 고흐를 닮았다. 자기 귀를 면도칼로 잘라내 창부에게 선물한 남자의 자화상을.

"언젠가 함께 독일에 여행 가자."

어느 날, 그가 말했다.

"응, 좋겠다. 유럽으로 취재 여행 가는 게 꿈이야. 그런데 왜 독일 이야?"

"독일 미술관에 고흐의 귀가 전시되어 있대."

"귀? 진짜는 아니겠지?"

"어떤 의미로는 진짜 귀야. 고흐의 친족이 생체 세포를 제공했다나봐. 세포를 배양해서 3D 프린터로 귀를 만들어냈대."

고흐의 귀는 유리 케이스 속 배양액에 담긴 상태로 전시되어 있다고 한다. 그 앞에는 마이크가 있어 방문객은 고흐의 귀에 말을 걸 수도 있다. 컴퓨터가 실시간으로 목소리를 신경 자극으로 변환해 배양액에 담긴 귀에 전달한다는 것이다.•

• 미국을 거점으로 활동하는 독일 여성 예술가 디무트 슈트레베 씨가 고흐의 타액과 연골 샘플을 제공받아 3D 프린터를 이용해 약 삼 년에 걸쳐 완성했다. 프로젝트명은 슈거베이브 sugababe. 고흐의 샘플은 고흐의 남동생 테오도르(1857–1891년)의 고손자 리베 반 고흐 씨가 보존해두었던 것을 제공받았다.

약간 오싹하면서도 낭만적이었다. 고독한 화가가 광기 끝에 잘라낸 귀는 비애의 상징이다. 그것을 복원해 말을 걸어주면, 그의 고독도 치유될지 모른다.

죽음의 고독.

영혼의 고독.

그는 그런 생각을 얼마나 했던 걸까.

어쩌면 생각하지 않으려 애썼을지도 모른다.

이제 와서는 알 길이 없다.

나는 몇 번이나 야나기하라 소지에게 전화를 걸었다. 소각로의 차가운 벽면. 활짝 열린 셔터 입구. 젖은 나무들의 음울한 빛깔. 한참 지나서야 연락이 닿았다. 우산을 쓰고 나타난 그는 바닥에 방치된 상자에 시선을 던지고, 주저앉아 있는 내 곁으로 다가왔다. 내가 일어나 뒷걸음질을 치자 그는 의아한 표정을 지었다.

"말해줘, 상자 속에 뭐가 들어 있는 거야? 난 지금까지 뭘 태웠던 거야?"

"오노데라 씨, 왜 그래?"

"목소리가 들렸어. 상자 속에서. 갓난아기 같은."

"목소리?"

그는 상자 옆에 쭈그리고 앉아 귀를 댔지만 곧 고개를 가로저었다.

"안 들리는데."

"아까는 들렸어. 아마 질식해서, 이미……."

상자에는 공기구멍이 보이지 않았다. 시간이 지나 죽어버린 게 아닐까? 나는 무의식중에 아랫배를 어루만지고 있었다. 과거에 자궁이 있었던 자리를. 야나기하라는 염려하는 눈빛으로 나를 바라보았다.

"피곤해서 그래. 오늘은 그만 돌아가서 푹 쉬는 게 좋겠어. 달콤한 디저트 사서 나중에 집에 들를게."

그는 그렇게 말하며 상자를 들어 선반에 얹었다. 제어판을 조작하자 소각로 문이 위로 밀려 올라갔다. 내가 피곤하다? 그럴지도 모른다. 그가 소각로 안에 상자를 밀어넣자 땅울림처럼 요란한 소리를 내며 문이 닫혔다. 묵직한 진동과 함께 소각 처분이 시작되었다.

야나기하라의 부축을 받아 본관으로 돌아갔다. 로비에서 그와 헤어졌다. 혼자 사무실로 들어가 선배에게 인사했다. 조퇴 허가를 받았다. 선배는 걱정스러운 표정으로 물었다.

"왜 그래? 무슨 일 있었어?"

나는 고개를 가로저으며 괜찮다는 뜻을 담아 미소를 지었다. 제대로 웃었는지는 모르겠다.

일단 밖으로 나왔다. 본관 현관 앞에서 우산을 펼치고 비구름을 올려다보았다. 갓난아이의 목소리가 귓가에서 지워지지 않았다. 소각로가 있는 울창한 숲의 광경이 머릿속에서 사라지지 않았다. 마치 《헨젤과 그레텔》에 등장하는 숲 같았다. 나는 저도 모르는 사이에 아이를 버리는 장소로 유인당한 게 아닐까? 빗방울이 바닥을 때리고 있다. 격렬하게, 세상을 질책하듯이.

전에 선배가 했던 이야기가 떠올랐다. 저 연구동에서 일하는 사람이 여럿 자살했다는 이야기, 소각로에서 일하던 사람이 갑자기 그만 두었다는 이야기. 나는 우산을 접고 선배가 있는 곳으로 돌아갔다. 사무실로 돌아가 선배에게 목례를 하고 작은 목소리로 물었다.

"부탁이 있어요. 여기를 그만두었다는 사람에 대해 알아봐주실 수 있나요?"

사무실 컴퓨터로는 정보에 접속할 수 있지 않을까? 이 부탁이 월권이라는 건 알고 있다. 하지만 선배는 고개를 끄덕이더니 눈앞에서 바로 찾아봐주었다. 어쩌면 내 얼굴이 흠딱 젖어 구조를 기다리는 개처럼 보였는지도 모른다.

그날 바로 행동으로 옮겼다. 연구소에서 역으로 가서 전철을 갈아 탔다. 야나기하라는 피곤하니까 그런 목소리를 들은 거라고 했다. 어떤 의혹도 품지 않고 그렇게 생각할 수 있었다면 편했을 텐데. 차 창 밖 경치가 점점 빽빽해졌다. 전철은 도시로 깊숙이 파고들었다.

개찰구 밖으로 나와 우산을 펼쳤다. 하늘은 이미 어두웠다. 물웅 덩이에 색색의 네온 빛이 반사되고 있었다. 환락가를 빠져나가자 낡 은 맨션이 늘어서 있었다. 그중 한 건물로 들어가 엘리베이터를 타 고 원하는 층으로 올라갔다.

선배에게 들은 주소와 호수를 몇 번이나 확인하고 초인종을 눌렀 다. 대답과 함께 중년 남자가 현관 앞으로 나왔다. 마르고 안색이 나 쁜 사람이었다. Y 씨 맞으시지요? 잠깐 이야기 좀 할 수 없을까요, 나 는 그렇게 물었다. 전에 어느 연구소 소각로에서 일하셨지요, 하고.

그의 얼굴이 얼어붙었다. 사정을 재빨리 설명했다. 그는 연구소라는 명사를 듣고 긴장했지만 내가 소각로 담당 후임이라는 사실을 알자 태도를 누그러뜨렸다. 소각로 담당자는 자기와 같은 입장이라고 인식할 것이다.

십 분 뒤에 외부 카페에서 만나기로 약속했다. 그가 지정한 카페는 금방 찾을 수 있었다. 테이블이 끈적거리는 비위생적인 가게였다. 비에 젖은 골목이 보이는 자리에서 Y와 마주 앉았다. 커피가 나왔지만 우리는 입을 대지 않았다.

그는 먼저 내게 상자 속을 보았는지 물었다. 고개를 가로젓자 그는 조금 아쉬운 표정을 지었다. 실망한 건 나 역시 마찬가지였다. 그도 상자 속 내용물이 뭔지 모르는 것이다. 그의 이야기에 따르면 집안 사정으로 그만두게 되었다는 건 연구소 측의 거짓말이라고 했다. 그는 보아서는 안 될 것을 보았기 때문에 해고당한 거라고 주장했다.

Y가 소각로에서 상자 처분을 담당했던 것은 약 반년 동안이었다. 나와 마찬가지로 지인의 소개로 일자리를 얻었다고 했다. 그는 운반된 상자를 매일 소각 처분했다. 내용물이 궁금하긴 했지만 정체를 물어볼 만큼 친한 연구원도 없어 묵묵히 일을 했다고 한다.

연구동에서 어떤 실험을 하는지, 차츰 Y는 호기심이 커져갔다. 그러던 어느 날이었다. 그는 벽돌 포장길이 둘로 갈라지는 부근에서 연구원이 떨어뜨린 카드키를 주웠다. 연구동에 들어갈 때 쓰는 카드키였다. 지금은 망막 인증으로 들어가는 시스템으로 바뀌었지만 당시에는 카드 인증시스템이었던 모양이다. Y는 주운 카드를 써서 연구동에 침입하기로 했다.

연구동에서는 밤새 실험이 진행되고 있었다. 하지만 밤에는 건물 안에 한두 명밖에 남지 않는다. Y는 소각로 셔터를 닫은 후에 수풀 속에 숨어 밤이 되기를 기다려 연구동으로 향했다. 카드키를 대자 정면 입구 잠금장치가 해제되어 내부로 들어갈 수 있었다고 한다.

창문 개수만 봤을 때는 3층짜리 건물인 줄 알았는데, 내부는 바닥이 깊게 파여 있고 중앙은 위쪽까지 뻥 뚫린 로비 구조였다. 무수한 케이블이 바닥에 뻗어 있고 기둥 사이에 컴퓨터가 몇 대나 늘어서 있었다. 하얀 가운 차림의 연구원이 로비 중앙 부근에서 돌아다니고 있었다. 약품 냄새가 자욱했다. 코를 찌르는 자극적인 냄새, 달착지근한 냄새, 동시에 시큼한 냄새까지, 다양한 약품 냄새가 혼연일체로 뒤섞여 있었다. Y는 들키지 않도록 조심하면서 짐 사이를 이동해 건물 중앙을 훔쳐보았다.

사각형 유리 수조가 있었다. 사람이 서서 헤엄칠 수 있을 만큼 거대한 수조가 받침대 위에서 조명을 받고 있었는데, 주위를 에워싼 금속제 기계 팔이 마치 왕좌를 지키는 호위병처럼 보였다고 한다.

물이 뚝뚝 떨어지는 소리가 들렸다. 기계 팔이 수조 속에 끝부분을 담그고 있었다. 흘러넘친 물이 수조를 타고 바닥 배수구로 흘러들어갔다. 물은 옅은 주황색이었다. 공기가 뜨뜻했다.

첨벙, 첨벙……

Y는 수조에 떠있는 것을 목격했다. 그리고 침입 사실을 들켰다. 그가 지른 비명 때문이었다. 목소리를 억누를 수가 없었다고 한다.

물속에 둥둥 떠다니는 것이, 너무나도 끔찍했기 때문이다.

카페에서 마주 보고 앉은 Y의 얼굴은 딱딱하게 굳어 있었다. 그는 말했다. 수조에서 끔찍한 것이 고통에 몸부림치고 있었다고. 그것은 살아있었고, 크기는 꼭 갓난아기만 했다.

Y를 발견한 연구원들은 그를 밖으로 끌고 나가 진정제 주사를 놓았다. 정신을 차리고 보니 병원 침대에 누워 있었다. 업무상 스트레스와 업무 시간에 짬짬이 몰래 섭취한 알코올 때문에 환각을 보았다는 진단을 받았다. 그는 소각이 끝나기를 기다리면서 술을 마셨던 것이다. Y는 일을 그만두었지만 통장에는 넉넉한 보수가 입금되었다고 한다. 그는 그 일을 지금까지 누구에게도 말하지 않았다. 잠자코 있는 편이 나은 사안이라고 생각했기 때문이다.

커피 값은 내가 냈다. Y와 헤어진 나는 망연자실했다. 비는 그칠 줄을 몰랐다. 역으로 향하는 길에 생각났는데, 그러고 보니 상자에서 들려온 목소리에 대해 이야기한다는 것을 깜빡했다. Y가 연구동에서 본, 수조에 떠 있던 '그것'이란 대체 무엇일까. 혹은 그가 본 것은 정말로 환각이고, 내가 들은 목소리도 환청이었던 건 아닐까? 그 소각로에는 악몽을 보여주는 성분이 가득해서 그곳에 오래 있으면 꿈인지 생시인지 혼미해지는 게 아닐까? 그래서 연구원들에게는 소각로 일을 시키지 않고 일부러 외부에서 상관없는 사람을 고용하는 게 아닐까? 정신없이 계속 그런 생각을 했다.

전철을 타고 자택이 있는 동네로 향할 때, 야나기하라 소지가 보낸 문자를 받았다. 지금 어디 있는지 묻는 내용이었다. 그는 내가 자택에서 쉬고 있다고 믿었던 모양이다. 예비 열쇠를 주었는데 디저트를 사서 집을 찾아갔더니 사람이 없어 깜짝 놀란 듯했다.

창밖은 어둠으로 가득했다. 빗방울에 젖은 유리 너머로 이따금 집집에서 흘러나오는 불빛이 스쳐 지나갔다. 나는 답장을 보냈다. 곧 귀가한다는 말, 전에 소각로에서 일했던 Y라는 남자를 만났다는 말을 썼다. 나에게 그것은 결의 표명과도 같았다. 상자 속 내용물이 뭔지 조사하고 있다, 흐지부지하게 내버려두지는 않겠다는 뜻을 담았다. 비록 그 때문에 우리 사이가 무너진다 해도.

"얘기 좀 하자."

야나기하라로부터 짤막한 문자가 도착했다.

4

집 근처 역에 도착했을 때는 이미 밤이 깊었다. 비도 이윽고 그쳤다. 작은 역이라 역 앞에 보이는 것은 어두운 골목, 무단으로 세워놓은 자전거, 자판기가 전부였다. 아니, 하나 더 있었다. 낯익은 얼굴이 이쪽을 바라보고 있었다.

"오노데라 씨."

야나기하라가 서 있었다. 한 손에 양과자점 종이봉투를 들고 있다. 저기서 쭉 기다렸던 걸까? 아니면 어디서 시간을 죽이다가 내가 도착할 때에 맞춰 나온 걸까?

"상자 속 내용물이 뭔지 알려줄 거야?"

"이렇게 된 이상 어쩔 수 없으니까."

역 옆에 강이 흐르고 있었다. 녹슨 철망 너머로 수면을 굽어보았다. 가로등 불빛이 일렁이고 있었다. 비가 갠 후라 생선 썩은 듯한 비린내가 바람에 섞여 있었다. 야나기하라 소지가 말했다.

"그 연구동에서는 3D 프린터 실험을 하고 있어. 다능성 세포를 이용한 3D 프린터야."

"다능성 세포?"

"쉽게 말해 만능 세포야. 우리는 그곳에서 인간을 인쇄하고 있어."

넝쿨이 에워싸고 있는 오래된 연구동 내부에는 양수 풀pool이 있다고 한다. Y가 수조라고 표현했던 그것일까? 풀 주변에는 여러 개의 금속제 팔이 있고, 다능성 세포나 인공뼈의 재료를 사출하는 긴 바늘이 양수 속에 담겨 있다고 한다. 3D 프린터로 특정 장기를 만들려는 시도는 예전에도 있었다. 야나기하라가 속한 연구팀는 거기서 더욱 나아갔다. 그들의 목적은 모든 장기가 연결된 상태의 육체를 양수 속에 형성하는 것이었다. 그것은 곧 생명체의 인쇄였다.

3D 프린터의 바늘이 다능성 세포에 새긴 유전자 표식을 추적해 양수 속에서 바느질을 하듯 세포를 포개간다. 다능성 세포는 특정 자극을 받으면 지정된 세포로 고속 분화하도록 사전에 프로그램되어 하룻밤이면 완성된 생명체를 양수 풀에 인쇄할 수 있다고 했다.

"실험 주기를 단축하려고 인쇄할 육체는 가급적 작은 사이즈로 설정했어. 그래, 갓난아기야. 하지만 진짜 인간은 아니야. 인체와 완전히 똑같은 형태를 컴퓨터 안에서 재현해 그걸 출력하는 거야. 프린트한 심장은 실제로 움직이고, 척수는 피를 만들고, 신경에는 전기신호가 오가지. 그게 살아서 연결된 상태의 인체를 출력하는 실험이야. 하지만 아직 성공은 못 했어. 대부분의 경우 양수 속에서 뿔뿔이 흩어져. 제대로 연결이 돼도 어딘가 이상해."

눈이 있어야 할 자리에 손가락이 잔뜩 돋아나거나, 머리가 늑골 안쪽에 있을 때도 있다. 그것들은 인쇄 미스로 폐기 처분해야만 한다. 그들은 실험이 끝나면 불완전한 생명체를 양수 풀에서 떠내고 그러모아 상자에 담았다. 언젠가 그의 흰 가운에 피가 묻어 있었다. 그건 출력에 실패한 인체에서 튄 것이리라.

"어젯밤 실험에서는 심폐가 제대로 출력됐어. 우리는 오늘 아침에 그게 죽기를 기다려 상자에 담았는데, 아마도 가사 상태였나봐. 상자 속에서 숨을 되찾은 게 분명해. 넌 그 소리를 들은 거야."

상자에서 들려온, 가녀린 숨소리를 떠올렸다.

그것이 실험으로 출력한 갓난아기의 숨소리였다니.

예전에는 연구팀 사람이 소각로 일도 맡았다. 하지만 야나기하라 말이 다들 차츰 이상해졌다고 했다. 상자 속 내용물이 뭔지 알면 문제가 생긴다. 그래서 팀이 느끼는 마음의 부담을 덜기 위해 아무것도 모르는 사람을 고용해 소각 처분을 맡겼다는 것이다.

나는 야나기하라 소지에게 다가가 따귀를 때렸다. 키가 큰 야나기하라는 인형처럼 멍하니 나를 굽어보고 있었다. 한 손에는 양과자점 종이봉투를 들고 있었다. 깜깜한 밤의 나락에서 고요히 흐르는 강물 소리가 들렸다.

나는 물었다. 인쇄된 갓난아기에게 생명이 깃들어 있느냐고.

"대부분은 인쇄 도중에 죽지만 제대로 될 때는 한동안 살아있어."

영혼은 있느냐고.

"정의하기 나름이야. 아직 그 누구도 정의를 못 내렸지만."

하지만 그는 이렇게 생각한다고 했다. 양수 풀에 떠다니는 것은 다능성 세포와 인공뼈가 뭉친 덩어리일 뿐, 그 이상은 아니라고. 그런 식으로 생각하지 않으면 밤에 잠들 때나 잠에서 깨 양치질을 할 때, 그들이 하고 있는 일에 대한 죄책감을 견딜 수가 없다고.

"이 연구가 성공하면 오노데라 씨도 엄마가 될 수 있어. 장차 자기 DNA를 가진 갓난아기를 출력할 수 있으니까. 만약 임신과 출산에 중점을 둔다면 자궁을 3D 프린터로 출력해서 체내에 이식하면 돼. 이 실험에는 그런 측면도 있어. 오노데라 씨의 육체를 복제 인쇄해서 자궁을 적출해 그걸 이식하는 거지. 자기 장기니까 거부반응도 없어. 아니, 이식수술조차 필요 없어. 나아가서는 직접 체내에 특정 장기를 인쇄할 수도 있을 거야."

나는 몇 번이나 그를 때렸다. 가슴팍을 떠밀자 양과자점 봉투가 어디로 날아갔다. 나는 분해서 입술을 깨물었다. 아이를 원했다. 아이를 원해도 갖지 못하는 사람들의 마음을 이해할 수 있었다. 그래서 나는 그들의 죄에 가담했다.

소각로에 불을 붙이자 열기가 느껴졌다. 묵직한 문 너머로 소각로 내부에서 훨훨 타오르는 불꽃과 모든 것을 지우고 재로 만드는 열의 존재가 느껴져 땀이 솟아났다. 이상한 일이다. 소각로 안의 열은 차단되어 있는데.

이것은 죄악이고, 악랄한 행위다. 하지만 나는 그 후로도 일주일쯤 실험 폐기물을 계속 처분했다. 상자 속 내용물에 대해서는 깊이 생각하지 않으려 했다. 그러자 이번에는 정말 환청이 들리기 시작했다. 소각로에 불을 붙이기 직전, 상자 속에서 목소리가 들려온다. 갓난아기처럼 가녀린 목소리다. 혹시 상자 속에서 숨을 되찾은 건 아닐까, 산 채로 불에 타고 있는 건 아닐까. 소각 처분을 담당했던 연구팀 사람들이 이상해진 까닭은 다들 그런 목소리를 들었기 때문이리라.

굴뚝에서 솟아오르는 연기도 다르게 보였다. 푸른 하늘로 올라가는 연기는 마치 제자리로 돌아가는 영혼 같았다. 전에 야나기하라 소지도 멍하니 굴뚝 연기를 올려다보았던 적이 있다. 그의 눈에도 그렇게 비쳤을까? 나는 나름대로 야나기하라 소지를 이해하려 애썼다. 하지만 불가능했다.

일을 그만두기로 했다. 연구소에 내 뜻을 전달하자 바로 받아들여졌다.

마지막 날, 나는 짐을 안고 버스에 올라탔다. 구름이 하늘을 뒤덮고 바람이 나뭇가지를 흔들고 있었다. 연구소 정문을 빠져나가 일단 본관 사무실로 향했다. 선배에게 인사를 하고 일을 소개해줘서 고마웠다고 말했다.

벽돌 포장길을 지나 게이트를 빠져나가 숲 속으로 들어갔다. 포장길의 폭이 좁아지면서 식물이 머리 위를 뒤덮어 마치 산도産道처럼 갑갑한 인상을 받았다. 나는 둘로 갈라진 포장길 끝에서 소각로 쪽으로 향했다.

교회처럼 엄숙한 공간에서 소각 준비를 마쳤다. 상자가 오기를 기다리며 개인 물품을 정리했다. 책상 서랍에 넣어두었던 문고본 몇 권과 필기구를 챙겼다. 후임은 정해졌을까? 갑자기 그만두기로 했으니 아마 아직 못 구했겠지. 당분간 연구팀에서 누군가 소각 처분을 담당할 게 분명했다.

짐수레를 덜덜 미는 소리가 났다. 야나기하라 소지가 활짝 열린 셔터 앞에 도착했다. 흰 가운을 두른 키 큰 청년은 여전히 귀를 자른 유명한 화가와 생김새가 비슷했다.

"오노데라 씨, 이거 잘 부탁해."

"응, 알았어."

그는 짐수레를 소각로 앞으로 끌고 가 선반 위에 상자를 얹어주었다. 인계가 끝났다. 우리는 서로의 얼굴을 바라보았다. 그가 말했다.

"돌아갈 때 말해줄래?"

"모르겠어. 그대로 돌아갈지도 몰라."

"그럼 어쩌면 이게 마지막인가."

"그러네."

야나기하라 소지의 얼굴은 눈이 움푹 꺼져 피곤해 보였다.

"왜 그래? 밤새 실험했어?"

"응, 조금. 나스카와 씨가 목을 매달았어."

"나스카와 씨가?"

내가 이 일을 시작했을 때, 소각로로 안내해주었던 여성 연구원이다.

"그래, 안타깝네."

"유감이야."

그게 그와 나눈 마지막 대화였다.

야나기하라 소지가 짐수레를 밀며 연구동 쪽으로 돌아갔다. 그의 뒷모습이 음울한 나무들 사이로 사라지자 나는 작업을 시작했다. 평소 같으면 제어판을 조작해 소각로 문을 열지만, 마지막 날인 오늘은 달랐다. 먼저 상자를 선반 위에서 내렸다. 그리고 가방에 숨겨두었던 공구를 꺼냈다. 접이식 톱. 망치와 끌. 그 공구로 상자를 여는 작업에 들어갔다.

플라스틱 상자는 덮개가 접착제로 고정되어 있었다. 본체와 덮개가 맞물린 틈새로 끌의 날을 밀어넣어 망치로 두드렸다. 마지막 한 사람만큼은 소각 처분이 아니라 데리고 돌아가 내 손으로 무덤을 만들어주고 싶었다. 여기가 아니라 연구소를 벗어난 곳에서 그 죽음을 기리고, 애도해주고 싶었다.

상자에서 덮개를 벗겨내는 작업은 예상보다 어려웠다. 끌을 써도 상자와 본체 틈새가 벌어지지 않았다. 딱딱하게 굳은 접착제는 조금도 벗겨지지 않았다. 톱으로 절단하려 해도 날이 박히질 않았다. 점점 지쳐서 땀이 흘렀다. 평소 공구를 써본 적이 없다 보니 톱날이 미끄러져 손가락을 다치고 말았다. 피가 뚝뚝 떨어져 상자에 얼룩을 만들었다. 나는 배를 어루만졌다. 아이가 깃들지 않는 배를.

상자를 부술 도구가 필요했다. 달리 쓸 만한 게 없을까? 주위를 둘러보았다. 있다. 그리고 내가 한 행동은 일종의 도박이었다.

제어판을 조작해 소각로 문을 열고 상자를 그 속에 집어넣었다. 문을 닫지 않고 점화 조작을 했다. 자동으로 닫히려는 문에 의자를 끼워 넣었다. 목제 의자는 주철로 된 소각로 문에 반으로 짓눌리면서도 버텨주었다. 액정 화면에 에러 표시가 떴다. 불이 붙지 않았기 때문에 수동 조작 모드로 넘어갔다. 소각로를 이용해 상자를 파괴하려는 계획이었다.

소각로 문이 열린 상태로 나직한 진동이 소각로 건물 전체를 감싸고, 소각로 안에서 불꽃이 치솟았다. 열과 빛이 흘러넘쳐 소각로 앞에 서 있는 나를 덮쳤다. 땀이 솟구쳤다. 손으로 눈앞을 가려 손가락 사이로 실눈을 뜨고 상자가 불에 타는 순간을 확인했다. 플라스틱 상자의 표면이 열에 녹아 타들어가기 시작했다. 자극적인 냄새가 풍겼다. 상자가 완전히 녹기 전에 기계를 멈췄다.

불을 꺼도 소각로 내부는 여전히 고온이었다. 냉각되기를 기다릴 여유는 없다. 누가 소각로에 찾아와 내 행동을 본다면 당장 중단시킬 것이다. 소각로 앞에는 상자를 잠시 얹어두는 금속 선반이 있다. 일단 그걸 옆으로 치우고 상반신을 소각로 안에 들이밀었다. 가장자리에 아랫배를 걸쳐 몸을 지탱했다. 소각로 안쪽 벽에 몸이 닿지 않도록 조심했다. 뜨거운 열이 살갗을 찔렀다. 손을 뻗으면 상자 끝에

겨우 닿을 거리였다. 상자 전체에서 연기와 플라스틱이 타는 냄새가
풍겨왔다.

자세가 흐트러져 손으로 소각로 안쪽을 짚고 말았다. 손바닥이
지지직 타들어갔다. 비명을 집어삼켰다. 고통을 견뎠다. 화상을 입
어가며 상자 끝을 붙잡아 끌어당기다가 그 기세를 못 이기고 뒤로
굴렀다. 상자도 함께 소각로 입구 밖으로 끌려나와 수직으로 떨어
졌다.

바닥에 부딪친 순간, 상자가 깨졌다. 과일이 터지듯 안쪽에 있던
액체가 사방으로 튀었다. 붉은색과 노란색이 뒤섞인 물웅덩이가 바
닥에 고였다. 약품 냄새가 코를 찔렀다. 동시에 피와 땀, 소변을 뒤섞
어놓은 듯한 냄새도 풍겼다. 질척한 살덩어리가 튀어나왔다. 나는
알 수 있었다. 그것이 갓난아기라는 사실을. 내장이 그대로 드러나
있고, 장과 간, 폐로 보이는 장기들이 한 덩어리로 들러붙어 있었다.
뼈는 배배 꼬여서 가시덩굴 같았다. 얼굴은 일그러졌고 눈과 코는
찾아볼 수 없었다. 노출된 뇌에는 손가락과 잇몸, 혀가 돋아 있었다.
팔다리는 중간이 끈처럼 풀려 덜렁거리고 있었다. 그래도 나는 그
아이가 사랑스러웠다.

아이를 그러모아 가방에 넣었다. 방수 처리가 된 가방이니 액체가
흘러나올 일은 없으리라. 뒷정리를 하고 연구소를 뒤로했다. 집으로
돌아가지 않고 그대로 고향으로 향했다.

:

"그 연구는 중단되었고 팀은 해산했습니다. 연구동 건물도 소각로도 철거한 모양입니다."

우리는 파도 소리가 들리는 도서관 로비에 서서 이야기를 나누었다. 도서관 바로 옆에 감귤 나무가 있어 창문을 열면 과일 향기가 풍겨온다.

"지금도 소설을 쓰십니까?"

남자가 물었다.

"그걸 어떻게 알았죠?"

"당신 이야기는 야나기하라에게 들었으니까요."

"한동안 안 썼어요. 지금은 여기서 책을 정리하는 게 즐거워요. 하지만 언젠가 다시."

남자는 내게 목례를 하고 등을 돌렸다. 도서관을 나가려는 그에게 물었다.

"어째서 굳이 여길 찾아왔죠?"

"야나기하라가 당신을 염려했기 때문에. 잘 지내는 것 같아 다행입니다."

"그는 정말 죽은 건가요?"

한 가지 의혹이 있었다. 그 연구에 관여해 지금까지 자살한 사람들은 사실 어디 다른 장소에서 멀쩡히 살아있는 것 아닐까? 연구도 이어지고 있는 것 아닐까? 남자는 연구에 관한 정보가 주위에 새어나가지 않았는지 확인하려고 나를 찾아온 게 아닐까? 하지만 남자는 말없이 도서관을 떠났다. 남자가 탄 차가 멀어지고 도서관 로비에는 나만 홀로 남았다.

나는 일자리로 돌아갔다. 책을 쌓은 수레를 밀며 책장 사이를 돌았다.

고향 집에서 살겠다고 하자 어머니는 기뻐했다. 선 자리도 몇 개 가져왔지만 고민하고 있다. 활짝 열린 창문 앞에 멈춰 서서 바다를 바라보았다. 이 마을에서 가장 전망이 좋은 곳이다. 그곳에 무덤이 있었다.

묘비 대신 씨앗을 심었다. 귀를 자른 화가가 즐겨 그렸던 해바라기가 언젠가 꽃을 피우리라. 나는 울었다. 갈매기가 날고 있다.

에바 마리 크로스

에치젠 마타로

에치젠 마타로는 소설 '마계탐정 명왕성O'
시리즈의 작가이다. 마이조 오타로 작품을
원작으로 한 영화 〈네크NECK〉에도 중요한
역할로 등장하므로 아는 분도 많을 것이다.
'명왕성O' 시리즈에 등장한 '인체 악기'가 이
단편소설에도 다시 등장한다. 같은 세계관
을 공유하는지는 의문이지만, 자매편으로
즐겨도 될지 모른다. 참고로 '인체 악기'라
는 아이디어는 클라이브 바커의 단편소설
에서 유래했다고 한다. 악마가 인간을 해부
해 악기로 만드는 묘사가 있는데, 그것을
참고로 했다고 한다.

미발표작

1

에바 마리 크로스와의 만남은 오 년 전으로 거슬러 올라간다. 우리는 살풍경한 교외에서 만났다. 그날, 나는 배달 때문에 차를 몰고 있었는데, 갑자기 보닛에서 검은 연기가 치솟기 시작해 갓길에 차를 세우고 엔진을 확인하고 있었다. 원인은 불명. 이를 어쩐다, 나는 주위를 둘러보았다. 아무것도 없는 외진 곳이라 도움을 청하고 싶어도 가까운 민가까지 몇 킬로미터는 걸어가야 했다. 그때 우연히 지나가던 승용차 한 대가 내 옆에서 멈췄다. 운전자는 대학생쯤 되어 보이는 여성이었다.

"안녕, 뭐 문제라도 있어?"

여성은 운전석 창문을 열고 물었다. 차 안에는 음악이 흘러나오고 있었다. 한물간 록 음악이다. 나는 그녀에게 말했다.

"보다시피. 난감해."

"전화기가 있는 곳까지 태워줄까?"

"그럼 고맙지."

나는 그녀의 차에 올라탔다.

"오랜만에 듣는 곡이네."

"그러게, 진짜. 어렸을 때 텔레비전에 자주 나왔는데."

아버지의 카세트테이프에 녹음된 곡을 하염없이 들었던 적이 있다. 둘이서 그런 이야기를 나누었다. 길가 카페에서 전화를 빌려 가게에 연락했다. 그리고 우리는 커피 한 잔만큼의 시간을 함께 보내고 파란만장한 만남에 감사했다. 몇 번의 식사를 거쳐 그녀와 연인이 되었고, 딱히 심각하게 싸워본 적도 없이 현재에 이른다. 조만간 결혼해서 아이라도 갖지 않을까, 그런 어렴풋한 상상을 하게 되었다. 하지만 그녀 앞에서는 언감생심 결혼이라는 말은 차마 입 밖에 낼 수 없었다. 내 박봉으로 과연 그녀의 인생을 책임질 수 있을까 걱정스러웠다.

그보다 에바의 겁 없는 성격이 걱정이다. 처음 보는 나 같은 남자를 뒷자리에 태우다니 아무리 봐도 제정신이 아니다. 만약 내가 갑자기 권총을 꺼내 운전중인 그녀의 관자놀이에 들이대면 어쩔 셈이었을까? 바지 벨트를 풀어 그녀의 목에 휘감고 "시키는 대로 해"라고 협박하면 어쩌려고 그랬을까? 더 가까워진 후에 나는 그녀에게 충고했다. 너는 조금 더 위기의식을 가져야 하고, 위험한 일에는 끼어들지 말고 그냥 지나쳐야 한다고. 하지만 그녀는 천사 같은 얼굴로 이렇게 말할 뿐이었다.

"내가 그런 성격이었으면 당신하고 만나지도 못했을 거야. 나는 성선설을 믿어. 이 세상에 꼭 악인만 있는 건 아니야."

그런 부분에 이끌렸던 것은 부정할 수 없다. 나는 남들에게 배신당하는 삶을 살아왔다. 부모, 친구, 옛 연인, 모두 나를 착취하고 자취를 감추었다. 다들 그런 법이라고 포기하고 어른이 된 탓에 무구한 소망과도 닮은 에바의 세계관은 가치가 있는 것처럼 느껴졌다. 그 누구도 짓밟게 해서는 안 되며, 언제까지나 순백 그대로 지켜주고 싶었다.

지인의 소개로 삼류 출판사 잡지 기자로 일하게 된 내 수입은 더욱 줄어들었다. 그래도 전직을 결심한 것은 출판이라는 세계를 동경했기 때문이리라. 상사의 명령으로 억지로 쓴 내 기사는 쓰레기 같았고, 쓰레기 같은 잡지에 실렸지만 에바는 활자로 된 내 문장을 소중히 잘라내 스크랩했다. 우리는 서로의 아파트를 오가며 생활했는데, 그러던 어느 날 번스타인 가 노부부의 죽음에 대한 묘한 소문을 들었다.

이 도시에서 제임스 번스타인이라는 노인을 모르는 사람은 없을 것이다. 고아원에서 자란 그는 부모 얼굴도 모른 채 아코디언 연주자로 십대 시절을 보냈고, 유랑 서커스 악단에 들어가 여기저기를 돌아다녔다. 어느 날, 아버지라는 남자가 나타나 그를 가난의 늪에서 끌어내고 막대한 자산을 물려주었다. 그는 유서 깊은 번스타인 가의 혼외자였던 것이다. 아름다운 부인과 결혼한 그는 아이는 없었지만 마을 주민들에게 사랑받으며 저택에서 조용히 살았다. 음악과 담배를 좋아해, 사람들은 그가 니코틴 때문에 폐암에 걸렸을 거라고 숙덕거렸다.

제임스 번스타인이 병사한 것이 일 년 전이다. 그 반년 후, 부인이 권총으로 자살했다. 다들 남편을 따라 자살했다는 결론을 내렸고, 그 이상 상세한 기사를 쓴 신문은 없었다.

그런데 에바는 번스타인 가와 소소한 인연이 있었다. 대학생 때부터 그녀가 몸담았던 고아 지원 자선단체에 번스타인 부부가 거액을 기부한 것이다. 그녀가 대학생 때, 시설 아이들과 함께 번스타인 가가 소유한 식물원에도 자주 놀러갔다고 한다. 교외에 고즈넉하게 펼쳐진 그곳은 평소에는 공개하지 않지만 시설 아이들과 인솔하는 어른들은 식물원 안에 들어가 마음껏 산책할 수 있었다고 한다. 저택에 초대받아 파티 자리에서 부부와 인사를 나눈 적도 있다고 했다.

"멋진 분들이었어. 자선단체를 지원해주다니 훌륭한 분이야."

"세금 대책이야. 그런 곳에 기부하면 세금을 감면해주니까. 선량한 시늉도 할 수 있고."

"그럴지도 모르지만 우리는 정말 고마웠어. 종이 냅킨 수입만으로는 꾸려갈 수 없으니까."

그녀가 돕는 자선단체에서는 고아들과 함께 오리지널 종이 냅킨을 만들어 근근이 팔고 있었다. 운영비에 별 보탬은 되지 않았지만 팔고 남은 것을 나도 종종 썼다. 그리고 이 역시 흔한 이야기지만 부부가 사망한 뒤에 번스타인 가의 재산은 어느 친척이 관리하게 되었고 지원은 끊겼다고 한다. 에바 마리 크로스는 친구와 함께 번스타인 가를 찾아가 예전처럼 계속 지원해줄 수 없는지 부탁도 해보았다고 한다. 그녀의 행동력에는 감복할 따름이다. 하지만 결과는 좋지 않았다. 그녀와 친구는 저택 문턱도 못 넘어보고 쫓겨났다.

어쨌거나 이제부터 본론이다. 작은 우연으로 에바 마리 크로스는 번스타인 부부의 죽음에 관한 기묘한 소문을 들었다. 그녀가 일하는 카페에 낯익은 남성이 손님으로 찾아온 것이 계기였다. 키가 큰 노인이었는데 그다지 좋지 않은 옷을 걸치고 있었다. 에바는 그의 얼굴을 알아보았다.

"식물원 관리인 아저씨 아니세요?"

그녀는 물어보았다. 그는 번스타인 가가 소유한 식물원의 관리인으로, 빌이라는 이름의 남자였다. 그도 고아를 인솔해 산책하러 왔던 대학생을 기억하고 있었다.

"여, 오랜만이군. 그래, 아가씨 이름이 에바 마리 세인트였지?"

"그건 옛날 영화 여배우잖아요. 저는 에바 마리 크로스예요."

"에바, 그렇군. 몇 년 만이지?"

카페는 한산했고 점장은 낮부터 술을 마시러 나간 터라 에바는 빌과 실컷 잡담을 나눌 수 있었다. 식물원이 어떻게 되었는지 묻고, 봉사 활동에 대해서 이야기하다가 화제는 자연히 번스타인 부인의 권총 자살에 관한 자극적인 사정으로 옮겨갔다. 빌이 이런 말을 꺼냈던 것이다.

"세상에서는 남편의 죽음을 비탄해 뒤를 따라 자살한 것처럼 보도하지만, 꼭 그런 건 아니야. 그 사람은 절망해서 자기 머리를 쏜 거나 다름없어."

"무슨 말씀이세요?"

"유품을 정리하다가 발견해버린 거야. 거기에 비하면 외도 증거는 어린애 장난이지."

"뭘 발견했다는 거예요?"

"인체 악기."

"네? 그게 뭔데요?"

에바는 되물었지만 빌은 입을 다물어버렸다. 직후에 손님이 와서 에바는 손님을 상대해야 했다. 빌은 테이크아웃 커피를 받아 들고 그녀에게 손을 흔들고는 카페를 떠났다.

에바 마리 크로스의 이야기를 듣고 나는 그날 밤 잠을 이룰 수가 없었다. 부인이 유품을 정리하다가 발견했다는 인체 악기란 대체 무엇일까? 혹시 무슨 암호일까? 제임스 번스타인은 선량한 시민이었다. 쓰레기 처리장에서 체육관까지 그의 이름이 붙은 시설은 수도 없이 많다. 만약 그 정체가 총으로 머리를 쏴야 할 정도로 절망스러운 것이라면 제임스 번스타인의 이미지는 완전히 뒤집힐 것이다. 진상을 조사해 기사로 쓸 수 있다면, 세간의 주목을 모을 게 틀림없다. 라이벌 기자 동료들을 제칠 수도 있고, 쓰레기 같은 출판사의 쓰레기 잡지가 아니라 권위 있는 출판사에서 의뢰가 들어올지도 모른다. 내 안의 야심이 움직이라고 말하고 있다. 눈앞에 먹잇감이 매달려 있잖아. 자, 달려들어, 꽉 물고 놓지 마. 죽은 이의 추악한 비밀을 폭로해 기사로 쓰는 것은 저질스러운 짓이다. 하지만 무슨 상관이랴. 에바와 결혼해 아이를 키워 가난과는 인연 없는 생활을 얻으려면, 조금 더 멀쩡한 출판사에서 일해야 한다. 나는 번스타인 부부의 죽음을 조사하기 시작했다.

일 년 전 사망한 제임스 번스타인의 사인은 폐암이라고들 하는데 정말 그럴까? 일단 그 점을 확인하기 위해 담당의에게 물어보기로 했다. 담당의를 찾아내 그 작자가 애인과 밀회를 즐기는 바에 숨어 들어 사진을 찍었다. 그 사진을 들이밀며 창백하게 질린 담당의에게 이것저것 질문하자 숨김없이 말해주었다. 제임스 번스타인은 폐암이 분명했고, 타살이나 자살 가능성은 없었다고 한다. 그가 죽었을 때 번스타인 부인은 깊이 상심해 슬퍼했다고 한다. 그녀가 나중에 권총으로 자살했다는 소식을 들었을 때도 담당의는 바로 수긍했다고 한다. 유품에 관한 어두운 소문은 금시초문인 듯했다.

"인체 악기란 말을 들어본 적은?"

일단 물어는 보았지만 전혀 모르는 눈치였다. 어쩌면 식물원 관리인 빌이 에바에게 허풍을 친 것일지도 모른다는 생각이 들었다. 무슨 목적으로? 에바의 관심을 끌기 위해서? 그러고 보니 대부호의 유품에서 수상한 물건이 나와 조사를 하는 옛날 영화가 있었던 것 같다. 유품에서 소녀의 포르노 사진이나 스너프 필름이 나와 부호의 숨은 변태성이 폭로된다는 줄거리는 이 세상에 얼마든지 있을 법하다. 에바에게 그 수상한 이야기를 한 빌이라는 남자가 영화와 현실을 구분할 줄 모르는 녀석일 가능성도 있다. 그래도 조금만 더 조사해보자.

다음으로 번스타인 부인의 죽음을 조사해보았다. 경찰이 발표한 기록에 의하면 그녀는 남편이 죽고 반년 후, 권총을 관자놀이에 대고 방아쇠를 당겼다. 장소는 저택 침실. 애용하는 잠옷으로 갈아입고 침대에 올라가 머리에 탕, 한 발을 쏘았다. 권총에서는 그녀의 지문만 나왔다. 유서는 없었지만 번스타인 부인의 상태가 이상했다는 것을 몇몇 고용인들은 알고 있었다.

"사모님께서는 돌아가시기 며칠 전부터 사람들을 차례로 해고하셨습니다. 오랫동안 저택에서 일한 정원사도, 운전기사도. 마치 사람들을 내쫓는 것처럼 몰아세우듯 저택에서 쫓아냈어요."

그렇게 말해준 것은 번스타인 가에서 주방 일을 담당했던 여성이었다. 나는 방송국 명함으로 남의 이름을 사칭해 제임스 번스타인의 찬란한 공적을 뉴스로 다루고 싶다는 명목으로 그녀를 인터뷰했다.

"사모님은 공포에 질려 떨고 계셨어요."

"공포?"

"제 눈엔 그렇게 보였어요. 이유를 여쭤봐도 고개만 가로저으셨죠."

부인이 권총으로 자살하기 전날에는 대부분의 고용인들이 해고당한 상태였다. 마지막까지 남은 것은 수발을 들었던 남자 집사 한 명뿐이었다고 한다. 그 남자의 이야기를 들어보고 싶었지만 그는 번스타인 가의 자산이 친척들 손에 넘어간 것을 보고 바로 행방을 감추어 지금은 어디서 무엇을 하는지도 모른다고 했다.

"집사는 어떤 분이었습니까?"

"다들 알렉 씨라고 불렀어요. 굉장히 좋은 분이라 저희에게도 다 정하게 대해주셨죠."

제임스 번스타인의 유품에 이상한 물건이 섞여 있지 않았는지 물어보았지만 성과는 없었다. 인체 악기라는 명칭도 실마리를 찾을 수 없었다. 인터뷰에 감사를 표하고 자리에서 일어섰다. 언제쯤 뉴스에 나오느냐고 묻기에 날짜와 시간을 대충 둘러댔다.

마음에 걸리는 점이 없는 것도 아니다. 남편의 사후, 번스타인 부인이 공포에 질려 벌벌 떨었던 이유가 뭘까? 비탄에 젖어 있었다면 이해가 가는데. 비탄과 공포는 사정이 다르지 않은가?

나는 경찰 자료를 다시 확인했다. 집사의 이름이 자료에 기재되어 있었다. 정식 이름은 알렉산드르 케인으로, 번스타인 부인의 시신을 가장 먼저 발견한 사람이었다. 그러면 유품에 관해서도 상세히 알지 않을까? 나는 당장 그의 행방을 찾아보기로 했다. 하지만 그 발자취는 찾을 수가 없었다. 편집장의 독촉으로 일도 해야만 했다. 낮에는 쓰레기 잡지의 쓰레기 기사를 대충 처리하고, 밤에는 위스키를 마시며 번스타인 가의 자료를 바라보는 날들이 이어졌다.

"집사 알렉 씨라면 나도 몇 번 만나본 적 있어."

어느 날, 에바 마리 크로스가 저녁식사 자리에서 말했다. 그녀가 삶은 파스타는 살짝 꼬들꼬들하고 양이 많다. 다 먹으면 살이 찔 게 분명하다. 하지만 그녀는 "당신은 살 좀 찌는 게 나아"라며 접시에 잔뜩 담아준다.

"집사를? 어디서?"

"식물원에서 어쩌다 봤어."

"저택의 집사가 어째서 그런 곳에?"

"관리인인 빌 케인하고 가까웠으니까. 표정이 왜 그래?"

"풀네임 좀 다시 말해봐."

"빌 케인이야. 집사 알렉산드르 케인하고는 이복형제고. 아버지가 다르대. 어라, 어머니가 다르댔나? 빌에게 식물원 일을 맡긴 것도 알렉 씨였다고 들었어."

그렇게 된 일인가. 이해가 갔다. 식물원 관리인이 번스타인 가의 유품에 얽힌 이야기를 어찌 아나 궁금했는데, 아마도 형 알렉산드르가 동생을 믿고 털어놓았으리라. 이튿날, 나는 식물원으로 향했다.

2

카스테레오로 음악을 들으며 교외 북쪽으로 차를 몰았다. 중간에 카페에서 잠깐 쉬고 산기슭에 펼쳐진 숲으로 들어가니 바로 식물원 부지였다. 검은 철책이 광대한 토지를 에워싸고 있었다. 일반 공개는 하지 않기 때문에 간판도 매표소도 보이지 않았다.

식물원의 문은 열려 있었다. 주차장에 차를 세우고 걸어서 들어갔다. 식물원 안의 공기는 습기를 머금고 있었는데 꽃과 초목의 향기로 숨이 막힐 것만 같았다. 에바가 인솔하는 고아들이 웃으며 식물이 우거진 오솔길을 달려가는 광경이 머릿속에 떠올랐다. 자갈이 깔린 포장길이 복잡하게 뻗어 있고 곳곳에 조각상이 있었다. 남녀 조각상의 얼굴은 이끼로 뒤덮여 있었는데 개중에는 팔다리가 부러져 초목에 파묻힌 것도 있었다.

에바의 말에 따르면 식물원 안에는 시냇물이 흐르고 넝쿨 터널과 유리 돔, 장미로 벽을 세운 미로가 있다고 했다. 전부 제임스 번스타인의 개인적 취향에 맞춰 만든 것이라 하니 놀라운 일이다.

입구 부근에 관리동으로 보이는 콘크리트 건물과 창고가 있었다. 찾아가보았지만 사람은 없었다. 빌 케인에게 편지라도 남기고 돌아가야 할까 싶었지만 모처럼 왔으니 식물원 안을 탐색하기로 했다.

연못에 수련이 떠 있었다. 울창하게 우거진 식물이 어두운 그늘을 드리워 수면에 검은색과 초록색 얼룩무늬를 그리고 있었다. 반구 모양의 건축물이 나무들 너머로 보였다. 거대한 유리 온실이었다. 거기로 향하는 길에 음악이 들려와 귀를 기울였다. 현악기의 음색이었다.

온실 입구에는 유리문이 달려 있었다. 문을 열고 들어가보니 음악도 한층 선명하게 들렸다. 짙은 녹색 식물을 헤치자 광장이 있었다. 장신의 은발 남성이 나무로 만든 팔걸이의자에 앉아 있었다. 발밑에 레코드플레이어가 있고 검은 원반이 돌아가고 있었다. 남자는 내 기척을 느끼고 돌아보더니 입에 물고 있던 파이프를 재떨이에 내려놓았다.

"누군가?"

입으로 토해낸 연기가 현악기의 음색과 함께 식물들 사이로 퍼져갔다.

"이곳 관리인 빌 케인이라는 남자를 찾고 있소."

"빌 케인은 난데, 자넨 뭐 하는 작자지?"

"수상한 사람은 아니야. 경찰도 아니니 안심하시오."

"그거 다행이군."

빌 케인은 어깨를 으쓱했다. 그가 파이프를 내려놓은 재떨이 옆에는 말라붙은 식물이 흩어져 있었다. 남자가 피우는 건 대마초다. 이 부지 어딘가 사람들의 눈길이 닿지 않는 곳에서 재배한다는 데 돈을 걸어도 좋다.

"멋진 시간을 즐기고 있는데 방해해서 미안하군."

"상관없네, 자네도 하겠나?"

나는 파이프를 받아 들고 연기를 폐에 집어넣었다. 몇 초 후, 몸의 윤곽이 흐릿해지면서 가볍게 퍼져가는 감각에 감싸였다. 대마초는 변함없이 포근하고 부드럽다. 레코드플레이어에서 흘러나오는 음악이 한층 커져 마치 피부로 흡수되는 것만 같았다.

"이거 좋군. 시의 세계에서 사는 기분이야. 그런데 빌 케인, 당신한테 질문이 있어."

"뭔가?"

"제임스 번스타인의 유품에 관한 거야. 이상한 게 섞여 있었다던데."

"자네는 에바 마리 크로스와 아는 사이인가?"

"인체 악기란 게 뭐지?"

그는 침묵했다. 우리는 한 대의 파이프를 번갈아 입에 물고 연기를 빨아들였다. 그런 행동을 통해 우리 사이에 묘한 친근감이 생겼다. 빌 케인은 우습다는 듯이 웃더니 온실의 식물 쪽으로 시선을 돌렸다. 유리로 된 천장에서 쏟아지는 빛이 아름답다.

"예전에 에바가 그러더군. 연인이 잡지 기자라고. 왜, 그걸 기사로 쓰려고?"

"그렇다면 어쩌려고?"

"에바는 정말 참한 아가씨지, 심성도 곱고."

빌 케인이 눈을 지그시 떴다. 성스러운 것을 보듯이.

"자네가 에바의 연인이라면 가르쳐줄 수도 있네."

이 영감이 에바에게 호감을 품고 있는 모양인데, 그래서 나를 우대해주는 걸까? 온실 광장에 분수가 있었다. 지금은 물이 나오지 않는다. 나는 분수 턱에 걸터앉아 빌 케인의 이야기를 들었다.

"자네도 이미 알겠지만 내겐 번스타인 가의 집사로 오래 일한 알렉산드르라는 형님이 있다네. 과묵하고 침착한 남자지. 그런 형님이 창백한 얼굴로 어느 날, 식물원에 찾아왔어. 형님의 그런 모습은 처음 봤어……. 형님은 번스타인 가의 고급차 뒷좌석에서 한 아름은 됨직한 나무 상자를 꺼내 창고로 옮겼네. 당분간 그걸 보관해달라는 말을 남기고 바로 저택으로 돌아갔지."

"그게 언제였나?"

"제임스 번스타인 님이 돌아가시고 반년 뒤, 사모님이 권총 자살하기 사흘 전 밤이었네."

창고에 놓고 간 나무 상자는 웅크린 아이만 한 크기였다고 한다. 덮개는 못으로 단단히 박혀 있었다. 안에 뭐가 들었는지 물었지만 알렉산드르 케인은 말해주지 않았다. 그리고 이번에는 번스타인 부인의 권총 자살 소식이 날아들었다.

　"당시 경찰이 타살 가능성은 없는지 저택에 출입하며 조사를 했지. 형님도 온갖 이야기를 들었던 모양이야. 나는 이것 때문에 한소리 들을까봐 조마조마했어."

　빌 케인은 파이프를 흘깃 쳐다보았다. 경찰이 식물원에도 들이닥쳐 대마 재배를 들킬까봐 걱정했으리라. 어이없지만 이 주에서는 대마가 위법이다.

　"그러던 중에 형님이 전화로 창고 안 나무 상자는 그대로 있는지 묻더군. 확인 전화였지. 이상 없다고 대답하자 형님은 안도하는 눈치였어. 하지만 나는 갑자기 나무 상자에 뭐가 들었는지 궁금해졌지. 경찰이 저택을 들락거리는 와중에 굳이 그런 전화를 한 걸로 보아 경찰에 들키면 곤란한 물건이 들어 있을 게 분명했거든. 솔직히 형님을 그렇게 휘두르는 게 뭔지 궁금해 미칠 것 같았어. 나는 두 시간쯤 고민한 끝에 나무 상자를 열어봤다네. 장도리로 못을 하나씩 빼고 덮개를 열어봤지."

　"본 건가?"

　"그래, 봤어."

　빌 케인은 파이프를 재떨이에 내려놓았다. 팔걸이의자에 앉은 채로 장신의 몸을 숙이더니 생각에 잠겼다. 영원히 풀리지 않는 문제에 매달리는 수학자와도 같은 주름이 얼굴에 새겨졌다.

"나는 당장 전화기를 붙들고 경찰을 부르려 했네. 그 순간, 대마초는 아무래도 상관없었어. 내 안의 이성이 그걸 신고해야 한다고 호소했지."

하지만 경찰에 신고하려던 행동은 그의 형에게 저지당했다. 알렉산드르 케인은 동생과 통화한 후에 식물원으로 쏜살같이 차를 몰았던 것이다. 신고 직전 아슬아슬하게 도착해 동생이 쥐고 있는 수화기를 낚아챘다고 한다.

"형님은 번스타인 가의 추문을 퍼뜨릴 생각이 없었어. 그걸 일시적으로 식물원 창고에 보관했다가 번잡한 일들이 정리되면 불태워 재로 만들 예정이었지. 권총으로 자살한 사모님이 훨씬 더 인간적이었다고 생각하네. 그걸 보고 나서도 가문의 명예를 지키려했던 형님은 집사의 귀감이야. 원래 동생인 내게도 말할 생각은 없었던 모양이지만 내가 멋대로 상자를 열어버린 탓에 털어놓을 수밖에 없었을 게야."

"이제 그만 본론으로 들어가지. 뭐가 들어 있었던 거야?"

"아코디언이었네."

"아코디언?"

"그게 유품의 정체였어. 그밖에도 흉측한 사진이나 레코드, 서커스 전단지 따위가 있었지만 어쨌거나 중요한 건 악기야."

그는 형 알렉산드르와 번스타인 부인이 그걸 발견한 경위를 말해주었다. 남편이 폐암으로 사망한 후, 번스타인 부인은 언제까지고 비탄에 빠져 있을 수만은 없었다. 그녀는 막대한 유품을 정리하기 시작했고 얼마 지나지 않아 그것을 발견했다. 제임스 번스타인의 서재 벽장이 이중 구조로 되어 있고 뒷면의 판자를 떼어낼 수 있다는 사실을 알게 된 것이다. 그곳에는 제법 버젓한 창고 크기의 공간이 펼쳐져 있었고 취미로 모은 수집품들이 보관되어 있었다. 가령 이 세상의 추악함을 응축한 듯한 사진. 그것만으로도 제임스 번스타인의 변태적인 측면을 알 수 있는 물건들. 기묘한 아코디언은 그 수집품들 한복판에 장식되어 있었다. 인간의 뼈와 목제 부품이 얽혀 있고 풀무 부분에는 인간의 피부로 짐작되는 가죽이 붙어 있었다. 전체적으로 고급 앤틱 목제 가구 같은 분위기가 풍겼지만 자세히 보면 장식 부분에 인간의 치아가 박혀 있었다고 한다. 알렉산드르 케인은 그 물건들을 나무 상자에 담아 빼돌렸다. 하지만 처분하기 전에 케인 부인은 권총으로 자살하고 동생은 멋대로 덮개를 열어 그것을 목격하고 만 것이다. 나는 고개를 저었다.

"믿을 수 없군, 그런 게 정말 있단 말이야? 환각 아닌가?"

"정말 있었어. 그걸 만져도 보았고, 품에 안아보기도 했네. 묘하게도 은근히 따스하고 마치 피가 통하는 것처럼 보드라웠어. 품에 안고 있으면 웅크린 아이를 안고 있는 것처럼 이상한 기분이 들었네."

"아코디언에 바른 가죽이 인간의 피부라는 걸 어떻게 알았지? 돼지 가죽이었을지도 모르잖나?"

"알 수 있었어. 머리카락이라고밖에 볼 수 없는 터럭도 늘어져 있었거든. 윤기가 흐르는 검은 머리였지. 여러 부위의 피부를 기워서 아코디언의 일부를 만든 게야. 그뿐인 줄 아나? 나는 시험 삼아 그걸 연주해봤어. 뼈를 깎아 만든 건반을 누르고, 풀무를 접었다 펴서 공기를 보내보았지."

인체 부위를 그러모아 만들었다는 아코디언은 인간의 목소리와 흡사한 소리를 냈다고 한다. 마치 소년의 목소리 같았다고 했다. 풀무에 사용된 피부의 이음매에 공기가 새어나가는 작은 구멍이 있었다. 그는 그 구멍으로 내부를 들여다보았는데, 안에는 마치 인간의 몸속처럼 촉촉한 살이 벽을 이루고 있었다고 한다. 아마 아코디언 내부에도 인체 부위를 사용했고, 잘린 후두나 성대를 이어 붙여 부품으로 썼을 것이다. 공기가 그곳을 통과하면서 소년의 목소리와 흡사한 소리를 낸 것이다.

"오랫동안 보관했다면 말라붙어서 미라처럼 변했을 텐데?"

"맞아. 하지만 어찌 된 영문인지 그 아코디언은 살아있는 것만 같았어. 악기로 만들어진 후에도 여전히 가까스로 살아있는 인간 그 자체처럼 말이네. 내부를 들여다보았을 때는 마치 생물의 배 속을 들여다보는 듯한 기분이었어."

나는 이야기를 들으며 기다렸다. 눈앞의 남자가 어깨를 움츠리며 "농담일세"라고 말하는 순간을. 하지만 빌 케인은 깊은 주름을 얼굴에 새긴 채로 잠시 침묵했다. 재떨이에 내려놓은 파이프에서 연기가 피어올랐다. 온실의 식물들이 레코드에서 흘러나오는 클래식 음악을 듣고 있었다.

"그러지 말고 어디서부터 어디까지가 허구인지 똑바로 좀 알려줄 수 없나?"

식물원 관리인은 집게손가락을 세워 내 말을 막았다.

"쉿. 음악이야. 들어보게."

회전하는 레코드판을 둘이서 바라보았다. 스피커에서 흘러나오는 현악기 음색에 갑자기 사람 신음 소리 같은 소리가 묻어나왔다.

"이 레코드는 뭔가?"

"어르신의 유품 하나를 빼돌렸지. 인체 악기 연주회 콘서트를 수록한 거라나. 이건 내 상상이지만 이 소리를 내는 악기에도 인체 부위가 사용되지 않았을까? 완전히 죽은 게 아니라 죽지 못해 살아있는 신세일 테지. 그걸 연주할 때 악기들이 드물게 목소리를 내는 거야. 지금 저것도 악기가 어쩌다 깨어나 자기네 처지를 깨닫고 공포와 쾌락에 몸을 뒤트는 소리인 거라네."

그는 대마초 연기를 빨아들였다. 표정이 헤벌쭉 누그러지면서 입가에 침이 흘러내렸다.

"아코디언은 그 후로 어찌 됐지?"

"형님이 처분했지. 가솔린을 끼얹고 태워버렸어. 사람이 타는 냄새가 풍겼지. 뜨거운 공기가 악기 안쪽을 빠져나가니 비명 같은 소리가 나더군. 잿더미 속에는 사람 뼈가 있었는데 형님은 그걸 주워 모아 어디론가 사라졌어. 바다에 내다 버린 것 아닐까? 형님은 이제 이 도시에는 돌아오지 않겠지. 그런 예감이 들어."

"불에 태운 건 아코디언뿐이었나?"

"번스타인 가에 명예롭지 못한 것들 전부. 하지만 남아 있는 것도 있어. 나무 상자나 깨진 레코드판 같은 건 아직 창고에 있을 게야."

"좀 봐도 될까?"

"마음대로. 하지만 충고 하나 함세. 너무 깊이 파고들지 않는 게 좋아."

"조심하도록 하지."

빌 케인을 남겨두고 유리로 된 반구형 온실 밖으로 나왔다. 식물 사이로 난 오솔길을 지나 장미 미로로 들어갔다. 겨우 출구로 나가 관리동에 붙어 있는 창고에 들어가보았다. 스위치를 탁 켜니 백열등 이 켜지면서 어둠을 몰아냈다. 농기구와 비료가 쌓여 있었다.

구석에 나무 상자가 있었다. 알렉산드르 케인이 유품을 빼낼 때 사용한 게 저것일까? 크기로는 딱 그래 보였다. 자동차 뒷좌석에 실 을 수 있고, 남자가 혼자 들고 옮길 수 있는 크기다.

안을 들여다보니 톱밥이 잔뜩 들어 있었다. 손을 집어넣어 뭐 남 은 거라도 없는지 조사해보았다. 바닥에서 깨진 레코드 파편을 발견 했다. 손가락에 뭐가 걸려 자세히 보니 검은색 모발이었다. 아코디 언에 붙어 있던 피부의 일부에 검은 머리카락이 늘어져 있었다는 이 야기가 떠올랐다. 어쩐지 오싹해서 얽혀 있는 모발을 잡아 뜯었다.

나무 상자를 발로 차서 쓰러뜨렸다. 바닥에 흩어진 톱밥 속에 백 열등 불빛을 반사하는 무언가가 있었다. 얇은 사각형 액자였는데 유 리 부분이 빛나고 있었다. 액자에 들어 있는 것은 보잘 것 없는 서커 스 전단지였다. 평범한 디자인과 내용. 그 덕분에 소각 처분을 면했 던 걸까? 챙겨 가야겠다. 액자를 열어 전단지를 빼내려 했다. 그때 뒷면 판자가 이중이라는 사실을 깨달았다. 발밑에 봉투가 떨어졌다. 이중 구조로 된 액자 뒷면에 껴 있었던 모양이다. 제임스 번스타인은 서커스 전단지를 장식했던 게 아니다. 이 편지를 숨기기 위해 이런 액자를 준비했던 것이다.

봉투는 마치 중세시대처럼 녹인 밀랍으로 봉함되어 있었다. 소위 봉랍이라고 부르는 방법인데 피처럼 새빨간 색이었다. 봉투에서 편지지를 꺼내 글자를 바라보았다. '친애하는 제임스 번스타인 님께.' 유려한 필기체였다.

그것은 음악 콘서트 초대장이었다. 개최 장소까지 가는 지도는 있었지만 날짜는 보이지 않았다. 편지지는 누렇고 낡아 보였다. 콘서트는 이미 끝났으리라. 나는 그 편지를 웃옷 안주머니에 넣고 식물원을 뒤로했다.

3

빌 케인과 식물원에서 이야기를 나눈 뒤로 악몽을 꾸기 시작했다. 내장 덩어리가 하늘을 가득 메우고 피가 비처럼 쏟아지는 꿈이다. 나는 그런 거리에서 거대한 상실감을 끌어안고 좌절한 상태로 한 걸음도 움직이지 못한다. 침대에서 일어나도 여전히 악몽 속에 있는 기분이었다. 서둘러 커튼을 열고 하늘을 올려다보고 나서야 한숨을 토해낸다.

집에 찾아온 에바 마리 크로스는 내 안색이 좋지 않은 것을 알고 이래저래 걱정했다. 하필 그때 집주인이 찾아와 집세를 채근했다. 지금은 가진 돈이 없다고 쫓아내려는데 에바가 자기 지갑에서 지폐를 몇 장 꺼냈다.

"이거면 될까요?"

집주인이 돈을 챙겨 돌아가는 길에 나를 힐끗 쳐다보았다. 집주인의 눈이 집세 하나 못 내서 연인에게 손을 벌리는 한심한 남자라고 말하고 있었다. 나는 혀를 차고 이런 집에서는 당장 나가주겠다고 속으로 욕지거리를 퍼부었다. 하지만 내게는 이사할 돈도 없다.

에바와 공원을 산책하다가 벤치에 앉았다. 개와 장난치는 아이를 바라보며 입을 열었다.

"빌 케인하고 식물원에서 얘기를 나누고 왔어. 재미있는 남자더군."

"어떤 얘길 해줬어?"

"꿈인지 현실인지 분간이 안 가는 이야기였어. 번스타인 부부에 대한 것도 그가 지어낸 얘기일지 몰라."

"그럼 취재는 끝난 거네. 이번 휴일에는 유원지에 가자."

"좋네. 하지만 그 전에 조금만 더 조사해보고 싶은 게 있어."

그녀가 돌아가고 집에 혼자 남은 나는 식물원 창고에서 입수한 편지를 꺼내 바라보았다. '친애하는 제임스 번스타인 님께.' 이 편지를 보낸 사람은 누굴까? 음악 콘서트 초대장인 듯하지만 취미의 방에 숨겨놓았던 것으로 보아 평범한 콘서트일 리 없다. 아무래도 빌 케인이 말한 인체 악기에 관한 증언을 연상하게 된다. 설마 그럴 리가 없다고 반신반의하면서 고개를 가로저었다.

봉투에 들러붙은 붉은색 봉랍을 돋보기로 관찰해보았다. 고맙게도 봉랍은 깨지지 않아 봉함인의 문장을 확인할 수 있었다. 봉함인에는 발신인의 가문을 나타내는 문장을 사용하는 경우가 많다. 나는 그것을 베껴두기로 했다. 문득 봉랍 문장이 눈에 익다는 생각이 들었다. 하지만 어디서 보았는지 전혀 기억나지 않았다. 비슷한 로고마크를 쓰는 기업이 있어 무의식중에 그 간판을 보았는지도 모른다고 결론을 내렸다.

그나저나 이제 어쩐다. 번스타인 부부가 살던 저택에 들어가 취미의 수집품이 숨겨져 있던 장소를 구경하고 싶었지만 아마도 나 같은 정체 모를 인간에게는 보여주지 않을 것이다. 문전박대를 당할 게 틀림없다. 그래서 나는 초대장에 적혀 있는 콘서트 개최 장소에 가보기로 했다. 근처 주민들에게 물어물어 옛날에 거기서 어떤 콘서트가 열렸는지 묻다 보면 뭔가 정보가 나올지도 모른다. 그것이 어떤 장소이고 어떤 지역인지 보는 것만으로도 편지를 보낸 사람의 인물상을 그려내는 데 도움이 될 것이다. 어쩌면 봉함인의 문장을 가문으로 쓰는 집을 발견할지도 모른다.

음악 콘서트가 열렸던 동네를 지도로 찾았다. 자동차로 사흘쯤 걸리는 거리였다. 에바 마리 크로스에게 한동안 집을 비울 거라고 전하고, 나는 면식이 있는 쓰레기 출판사의 쓰레기 잡지 편집부로 향했다. 편집장을 붙들고 제임스 번스타인에 관한 스캔들 기사를 쓰고 싶으니 취재비를 달라고 부탁했다. 대답은 '노'였다.

"자네처럼 이름 없는 말단 기자에게 줄 돈이 있을 줄 알아? 어차피 또 시시한 가짜 정보나 물어온 거겠지."

"자세히 말할 순 없지만 굉장한 정보야. 됐어, 당신이 돈을 안 주겠다면 더 멀쩡한 다른 편집부에 가져가면 그만이야. 이만 가보지, 앞으로는 얼굴 볼 일 없을 거야."

편집장은 혀를 차더니 주머니에서 꾸깃꾸깃한 지폐를 몇 장 꺼내 내게 던졌다.

"이래놓고 결과를 못 내놓으면 두 번 다시 자네 기사는 쓰지 못할 줄 알아. 자네 악평을 퍼뜨려서 업계에 발도 못 붙이게 할 테니 그런 줄 알아!"

"당신 낯짝을 안 봐도 된다니, 상을 주겠다는 소리네."

지폐를 그러모아 가운뎃손가락을 세우고 있는 편집장을 뒤로했다. 자, 이제 물러날 길은 없다. 출판사 지하 주차장에서 차에 올라타 액셀을 밟았다. 타이어가 돌아가면서 마찰 때문에 연기가 일었다. 도시를 빠져나가 북쪽을 향해 살풍경한 외길을 달렸다.

날이 저물 때까지 운전했다. 도로변의 싸구려 숙소에 묵으며 근처 레스토랑에서 샌드위치를 먹었다. 다음 날도 종일 운전했다. 이따금 차를 세우고 지도를 보았다. 제임스 번스타인 앞으로 온 편지에 적힌 주소는 호반의 마을이었다. 거기에 이르는 길을 손끝으로 더듬으며 내가 그곳에 얼마나 접근했는지 확인했다.

사흘 째 되는 날, 차는 산길로 접어들었다. 침엽수림이 길 양옆에 늘어서 있다. 햇빛이 차단되어 어둑어둑했다. 고개를 넘어 내리막에 접어들었을 무렵, 차창 밖 풍경에 안개가 끼기 시작했다. 하얀 안개 속에서 차를 몰아 호반 마을에 도착했다. 편지에 적힌 주소는 이 부근이었다.

호숫가에 보트를 대여해주는 가게나 캠핑장이 늘어서 있었다. 지도를 확인해가며 과거에 음악 콘서트가 열렸다는 장소를 찾았다. 분명 연주회가 열릴 만한 시설이었을 거라고 멋대로 짐작했다. 라이브하우스나 오페라하우스, 혹은 신인 밴드가 연주할 만한 레스토랑, 그런 곳들 말이다. 하지만 그런 곳은 어디에도 보이지 않았다. 안개가 자욱한 호수와 침엽수밖에 없는 적적한 시골 동네이지 않은가? 어쩌면 제임스 번스타인에게 초대장을 보낸 당시에는 그런 건물이 있었을지도 모르지만 지금은 허물어버려서 흔적마저 사라졌을 가능성도 있다.

호숫가에 레스토랑 간판이 보여 차를 주차장에 세웠다. 가게 옆 커다란 나무에 그네가 달려 있고 그 옆에서 열 살도 채 안 되는 소녀가 인형으로 소꿉장난을 하며 놀고 있었다. 가게 안에는 노인들이 있었다. 남자고 여자고 담배를 피우며 잡담을 나누고 있었다. 나는 카운터 석에 걸터앉아 시체처럼 안색이 나쁜 여종업원에게 샌드위치를 주문했다.

"뭐 좀 묻고 싶은데. 이 주변에서 예전에 음악 콘서트가 열렸다는 이야기를 들어본 적 없나? 할아버지가 생전에 이 동네 이야기를 했거든. 그게 문득 생각나서."

가급적 자연스러운 분위기로 종업원에게 물었다. 노인들에게도 비슷한 질문을 했다. 하지만 유익한 정보는 얻을 수 없었다. 초대장에 적힌 주소를 말해보았지만 그곳에는 침엽수림이 펼쳐져 있을 뿐, 아무것도 없다고 했다. 종업원과 노인들은 당신 할아버지가 어디 다른 동네와 착각했을 거라고 했다.

베이컨과 계란 샌드위치를 먹어치우고 가게에서 나왔다. 주차장 가장자리에서 담배를 피우면서 안개가 자욱이 내려선 호수를 바라보고 있으려니 한 소녀가 말을 걸어왔다. 아까 인형으로 소꿉장난을 하던 소녀였다. 눈과 머리카락은 검고, 뺨에 주근깨가 군데군데 보였다. 그 소녀는 인형을 끌어안고 나를 올려다보며 말했다.

"아저씨가 가게에서 말하는 걸 들었어. 거기엔 가면 안 돼."

"무슨 소리니?"

나는 담배를 버리고 구둣발로 짓이겼다.

"아저씨, 음악 콘서트 얘길 했잖아? 그곳에는 무서운 사람들이 나오니까 다가가면 안 돼. 우리 증조할머니가 그랬는걸."

"네 증조할머니가 또 무슨 말씀을 하셨니? 혹시 기억나?"

"밤이 되면 숲 속 깊은 곳에서 연주회를 한댔어."

"누가?"

"'그들'이. 인간처럼 보이지만 아마 아닐 거랬어."

"우주인 같은 건가?"

"잘 모르겠지만 아마 아닐 거야."

아이들이 멋대로 침엽수림에 들어가 길을 잃지 않도록 어른이 지어낸 이야기일지도 모른다. 우리가 이야기를 나누고 있자 시체 같은 안색의 여종업원이 밖으로 나와 가게 입구에 우뚝 섰다. 팔짱을 끼고 나를 쳐다보았다. 소녀는 이야기를 끊고 그녀의 곁으로 달려갔다. 나는 새 담배에 불을 붙였다.

마을 변두리의 모텔에 들어가 공중전화로 에바 마리 크로스와 통화했다. 그녀는 오늘도 카페에서 일하고, 단골손님과 인사를 나누었다고 했다.

"당신은? 오늘 하루는 어땠어?"

"맛있는 샌드위치를 먹었어. 그러고 보니 요전에 망할 편집장하고 싸웠어. 성과 없이 돌아가면 나는 이제 출판계에 발도 못 붙일 거야."

"그렇게 되면 시골로 이사 가자. 작은 농장이라도 사서 느긋하게 사는 거야."

오늘 묵을 모텔의 이름과 전화번호를 그녀에게 알리고 내게 무슨 일이 있으면 여기로 연락하라고 전했다. 모텔 설비는 낡아서 샤워를 하려고 뜨거운 물을 트니 붉은 녹물이 나왔다. 선잠을 자다 깨어나니 이미 밤이었다. 창밖에서 모텔 간판의 네온이 어둠 속에서 빛을 뿜어내고 있었다. 웃옷을 걸쳐 입고 차에 올라탔다.

가면 안 돼. 이름조차 모르는 소녀가 내게 충고해주었다. 하지만 나는 초대장에 적힌 주소를 찾아 차를 몰았다. 낮보다 안개가 짙었다. 헤드라이트에 의지해 호숫가 길을 달렸다. 며칠씩 묵을 만큼 숙박비가 넉넉하지 않았다. 탐색할 수 있는 시간은 한정되어 있다. 밤에도 이 동네를 차분히 살펴보자. 게다가 그 소녀가 증조할머니에게 들은 이야기에 따르면 숲 속 연주회는 밤에 열렸다지 않은가. 밤에만 불을 켜는 가게나 뭔가를 찾을 수 있을지도 모른다.

짙은 안개가 차체를 휘감았다. 마치 두터운 우윳빛 담요에 싸인 갓난아기라도 된 기분이다. 지도를 보며 신중하게 나아가자 낮에는 몰랐던 샛길을 발견했다. 침엽수림 안쪽으로 들어가는 갈림길이었다. 초대장의 주소는 아무래도 이 길 너머를 가리키는 듯했다. 길은 포장도 되어 있고 폭도 어느 정도 되어 안심하고 핸들을 꺾었다. 침엽수림 안으로 깊숙이 들어갔다.

눈앞을 가로지르는 강이 나와 다리를 건너자 노면 상태가 바뀌었다. 아스팔트가 아니라 낡은 자갈길이 나왔다. 길가에 가로등이 늘어서 있었다. 이런 침엽수림 깊은 곳에 가로등이라니 이상한 일이다. 게다가 전기 조명이 아니라 예스러운 가스등이었다. 불꽃이 짙은 안개 속으로 점점이 이어졌다.

앞쪽에 직선적인 실루엣이 떠올랐다. 벽돌담이었다. 나는 시험 삼아 차를 세우고 지붕 위에 올라가 담 위에서 부지 안을 들여다볼 수 없는지 시험해보았다. 담 위에는 주철로 만든 창 같은 구조물이 설치되어 있었다. 뛰어넘으려고 하면 대번에 몸에 구멍이 날 것이다. 하지만 높이는 대수롭지 않았다. 자동차 지붕에서 팔짝 뛰어오르니 찰나였지만 담 안쪽이 보였다. 부잣집 같았다. 제임스 번스타인의 저택에 비견할 만한 저택이 안개 속에서 그 실루엣을 드러내고 있었다. 셀 수 없을 만큼 수많은 창문의 불빛이 가로세로로 쭉 늘어서 있었다. 저택 안에서 사람들이 오가는 기척이 느껴졌다.

자동차 지붕 위에서 계속 팔짝거리고 있는데 말 울음소리와 바퀴 소리가 다가왔다. 짙은 안개 속에서 거대한 마차가 나타났다 싶더니 담 옆에 세워둔 내 차 옆을 지나갔다. 농가에서 쓰는 짐마차가 아니었다. 중세 귀족이 즐겨 타는 그런 마차다. 이런 시간, 이런 장소에서 마차를 보게 될 줄은 상상도 하지 못했다. 애초에 저런 마차는 관광지에서나 볼 수 있는 것 아닌가?

차에 올라타 마차가 지나간 방향을 따라가 보았다. 안개가 다소 개어서 운전하기 편해졌다. 담 중간쯤에 문이 있었는데 아까 그 마차가 바로 앞에 멈춰 있었다. 나는 조금 떨어진 곳에 차를 세우고 관찰했다.

문 양옆에 기묘한 은색 가면을 쓴 남자가 서 있었다. 마차에서 드레스를 입은 여인이 내렸다. 살이 터져나갈 듯한 여성이었는데 파티 용품 같은 나비 안경으로 얼굴을 가리고 있었다. 여인은 봉투 같은 것을 꺼내 가면 쓴 남자들에게 보여주었다. 남자들은 문을 열어 여인의 마차를 부지 안으로 들여보냈다. 거리가 있어 확신할 수는 없었지만 여자가 내민 봉투는 제임스 번스타인이 보관하고 있던 음악 콘서트 초대장과 흡사했다.

이제 어쩐다? 나는 운전석에서 스스로에게 물었다. 여기서 발걸음을 돌려 모텔 방에서 쉴 것인가? 아니면 시험 삼아 문 가까이 다가가 가면 쓴 남자들에게 몇 가지 질문을 해봐야 할까? 이곳이 어떤 장소인지, 어떤 사람들이 출입하는지, 대체 무슨 일이 벌어지고 있는지. 물론 해야 할 일은 뻔했다. 나는 차에서 내려 문으로 다가갔다. 가면을 쓴 두 남자는 나를 보았는지 보지 못했는지 꼿꼿이 선 채로 꼼짝도 하지 않았다. 그들의 눈앞에 서서 은색 가면을 관찰했다. 까마귀 얼굴을 본뜬 디자인이었다. 나는 한 손을 들어올리며 그들에게 말을 걸었다.

"그 가면 어디서 샀어? 제법 멋진데."

두 사람은 아무 반응도 보이지 않았다.

"농담이야. 좀 궁금한 게 있는데, 여긴 대체 뭐 하는 곳이야? 오늘 밤, 여기서 뭘 하고 있지? 음악 콘서트인가?"

나는 문 앞쪽을 들여다보았다. 부지 안에는 마차가 몇 대나 서 있었다. 오래된 클래식카도 있었다. 좀 더 자세히 보려다가 그만 문에 바짝 다가서고 만 모양이다. 갑자기 남자 중 한 명이 움직여 내 팔을 비틀었다. 극심한 고통에 숨이 턱 막혔다. "졌어! 항복!" 그렇게 외쳤지만 남자는 못 알아들은 것처럼 힘을 빼지 않았다. 팔 근육이 끊어지겠다 싶은 순간, 웃옷 주머니에서 봉투가 떨어졌다. 제임스 번스타인의 유품, 초대장이었다. 다른 가면의 남자가 그것을 주워들어 편지지를 펼쳤다.

"그만해, 제발! 부러지겠어! 경찰에 신고할 테다!"

별안간 팔이 풀렸다. 두 사람은 가슴에 손을 얹고 있었다. 내게 사죄의 뜻을 나타내는 것 같았다. 내게 봉투를 돌려주고 기꺼이 지나가라는 듯한 동작을 취했다. 두 사람은 아무래도 착각하는 듯했다. 나를 초대장의 주인, 대부호 제임스 번스타인으로 믿고 있는 것이다.

4

제임스 번스타인이 초대장을 받은 건 언제였을까? 누런 편지지 색으로 보아 한참 전이라고 생각했는데 지금도 이 초대장으로 문턱을 넘을 수 있다니, 그에게는 영원히 몇 번이고 반복적으로 초대받을 권리가 있었다는 뜻일까?

가까이서 저택을 올려다보니 귀족의 성이라 표현해도 과언이 아니었다. 현관에도 가면을 쓴 남자가 서 있었지만 제임스 번스타인의 초대장을 보여주자 육중한 문이 열렸다. 불빛이 새어나와 현관 밖에 빛의 띠를 드리웠다. 입구에서 검은색 외투와 가면을 받았다. 가면은 은색이었는데 디자인이 우는 표정이었다. 이 장소에서는 이게 정장인 듯했다. 내게는 잘된 일이었다. 얼굴과 복장을 완전히 감추면 제임스 번스타인을 사칭해도 들킬 리 없고 쫓겨날 염려도 없다. 나는 외투를 몸에 두르고 가면으로 얼굴을 덮었다. 실내로 들어가자 향냄새가 넘실거렸다.

교회처럼 생긴 높은 천장 부근에 닿을 만큼 연기가 자욱하게 껴 있었다. 후각이 완전히 마비되어 바로 옆에 부패한 시체가 있다 해도 냄새로 알아차리지는 못할 것 같았다. 벽에 촛대가 늘어서 있어 양초의 불빛이 모여 있는 사람들을 환상적으로 비추었다. 손님들은 다들 가면에 검은색 외투 차림이었다. 가면 디자인은 저마다 달랐다. 웃는 표정도 있고, 화난 표정도 있었다. 코끼리 머리를 본뜬 것도 있는가 하면 사자 머리를 흉내 낸 것도 있었다. 미치광이 예술가가

만들었다고밖에 생각할 수 없는 그로테스크한 형상의 가면도 있는
가 하면 색색의 나비를 핀으로 꽂아둔 듯한 가면도 있었다.

속닥속닥 이야기하는 손님들의 대화에 귀를 기울여보았지만 내가
모르는 언어였다. 붉고 짙은 와인이 나왔다. 손님들은 글라스 가장자
리에 입술을 대는 순간에만 가면을 살짝 들어올려 턱 언저리를 드러
냈다. 입술에 청보라색을 바른 사람이 있는가 하면 새하얗게 처바른
사람도 있다. 귀부인 무리도 보였다. 가면 대신 검은 천으로 얼굴을
가렸는데 천에는 금은 자수로 새긴 무수히 많은 눈동자가 있었다.

이들은 대체 정체가 뭘까? 제임스 번스타인도 이 비밀 클럽의 일
원이었을까? 손님들을 관찰하면서 나는 저택 안으로 향했다. 나중
에 글로 쓰려면 제대로 보고 들어둬야 한다. 나는 이곳에서 제임스
번스타인의 스캔들이 어떤 것인지 알아내고 그 증거를 파악해야만
한다. 대부호가 부인에게도 말하지 않았던 인생의 측면이 이 저택에
숨어 있을 터였다.

궁전처럼 호사스러운 방이 줄지어 있었다. 걸려 있는 그림의 액자
나 설치된 소파는 고딕풍의 장식을 두르고 있었다. 그것들에 정신을
빼앗기며 돌아다니다가 염소 가면을 쓴 남자에게 부딪치고 말았다.

"미안하네."

"괜찮습니다, 조심하세요."

대답은 귀에 익은 영어였다. 국영방송 아나운서처럼 차분한 목소
리였다. 나이는 제법 있어 보였다. 목소리가 주는 느낌으로 그렇게
판단했다. 검은색 외투에 감싸인 몸은 말랐지만 키는 나보다 컸다.

시험 삼아 말을 걸어보았다.

"멋진 밤이군."

"예, 참으로."

영어로 의사소통이 가능한 손님을 발견한 행운에 감사했다. 이것저것 물어서 이 비밀 클럽의 정체를 확인하고 싶었지만 부주의한 질문을 하면 내가 침입자라는 사실을 들키고 말 테니 조심해야 한다.

"여기 오다가 길을 헤맸지 뭐야."

"늦지 않아 다행이군요. 연주가 시작되면 회장 출입을 제한하니까요."

나는 염소 가면을 쓴 남자를 관찰했다. 이자의 정체를 알아낼 만한 단서가 없을까? 내 얼굴에 붙어 있는 울상 가면 덕분에 눈을 굴리거나 뚫어져라 쳐다봐도 들킬 염려는 없을 것이다. 목덜미의 피부를 보고 남자가 백인이라는 것을 알았다. 깔끔하게 빗질한 은발, 귀 뒤쪽에 반점이 있었다.

"자, 이제 곧 시작합니다. 회장으로 가시죠."

염소 가면을 쓴 남자가 벽 쪽의 거대한 추시계를 보고 말했다. 다른 손님들도 저택 안쪽으로 걸어가고 있었다. 그들의 흐름에 섞여 이동하자 극장 로비처럼 생긴 공간이 나왔다. 여러 출입구 중 가까운 문으로 들어갔다. 음악 연주회장에는 이미 사람들이 바글바글했다. 앞쪽은 무대였는데 막이 쳐져 있었다. 좌석은 없다. 모두 입석인 듯했다. 2층 좌석에도 다양한 가면이 나란히 무대를 굽어보고 있었다.

천장에 바퀴 모양의 샹들리에가 달려 있었다. 거기에 늘어선 양초의 불빛에 반사되어 사람들의 가면이 어둠 속에 떠올랐다. 출입구문이 닫히자 이야기를 나누던 목소리가 잦아들며 기이한 정적에 감싸였다.

막이 걷히기 시작했다. 그 저편에는 이미 악단이 대기하고 있었다. 기묘한 악단이다. 그들이 손에 들고 있는 것이 악기라는 사실을 알아채는 데 시간이 걸렸다. 뚫어져라 쳐다보고 나서야 겨우 그것이 악기라는 기능을 가진 존재라는 것을 이해했다.

나는 동요한 모습을 들키지 않으려고 가면 속에서 애써 목소리를 삼켰다. 주위를 둘러보았지만 놀라는 사람은 아무도 없었다. 사람들은 꼼짝도 않고 무대를 바라보고 있었다.

달콤한 냄새를 머금은 향의 연기는 무르익어 썩어버린 과일을 상상하게 했다. 연기 속에서 지휘봉을 든 남자가 나타나 고개를 숙였다. 금색 가면으로 얼굴을 가리고 있었다. 그가 지휘봉을 휘두르자 음악이 시작되었다.

먼저 베이스 드럼이 울려 퍼졌다. 하늘에 먹구름이 퍼지는 것처럼 불온한 저음이었다. 베이스 드럼은 양쪽에 가죽을 바른 커다란 북이다. 베이스 드럼을 얹은 받침대는 하얀색이었는데 모양이 울퉁불퉁했다. 유심히 보니 두 사람 몫의 뼈였다. 어린애만 한 크기였는데 살아 있었을 때와 똑같은 모습으로 엉켜서, 베이스 드럼이 쓰러지지 않도록 양쪽에서 받치는 형태로 고정되어 있었다. 그런 취향의 디자인인 것이다. 하지만 저것은 가짜가 아니라 진짜 뼈가 틀림없다. 북에 바른 가죽이 멀리서도 인간의 피부처럼 보였기 때문이다. 인체에서 벗겨내 팽팽하게 편 가죽이 베이스 드럼의 거대한 원통에 붙어 있었다. 인체였을 무렵의 흔적이 표면에는 요철로 남아 있었다. 가슴이나 배, 배꼽으로 추정되는 흔적이 희미하게 베이스 드럼 가운데 쪽에 무늬처럼 떠올라 있다. 바느질한 자리도 없는데, 인간의 피부가 저토록 깔끔하게 벗겨지는 것일까? 그것은 베이스 드럼을 받치고 있는 두 사람의 피부가 분명했다. 양쪽에 각자의 피부를 바른 베이스 드럼을 직접 받치고 있는 것이다. 연주자는 베이스 드럼에 발린 피부의 중심을 향해 채를 휘둘렀다. 몇 번이고, 몇 번이고. 마치 고통을 주려는 듯이.

관악기의 음색이 베이스 드럼의 저음 너머에서 피어올랐다. 장엄한 빛이 먹구름을 가르고 지상에 쏟아지는 것처럼. 관악기는 크고 작은 악기가 여러 종류나 되었다. 사람 뼈를 조립해서 만든 것도 있는가 하면, 피부와 내장을 이어 붙이고 금속을 덧발라 굳힌 것도 있었다. 얼굴을 위쪽 절반만 가면으로 가린 연주자들이 그 악기들에 입술을 대고 숨을 불어넣었다. 악기 안쪽에서 공기가 메아리쳐 음색을 이루었다. 개중에서도 눈길을 끈 관악기는 잘라낸 머리에 구멍을 여러 개 뚫어 오카리나로 만든 것이었다. 보아 하니 머리를 덮은 피부는 건드리지 않고 속만 빼낸 것 같았다. 공기가 멋대로 빠져나가지 않도록 눈과 입은 바느질로 막아버렸다. 그것이 여자의 머리임을 안 것은 긴 머리카락이 늘어져 있었기 때문이다. 연주자는 목 위쪽만 남은 머리를 사랑스럽다는 듯이 품에 끌어안고 머리카락을 가르며 머리 구멍에 숨을 불어넣었다. 그러자 과거에 뇌가 차지하고 있던 공간에서 공기가 메아리치며 소리가 태어났다. 그 음색은 때로는 깜찍하고, 때로는 고혹적이었다. 머리가 오카리나로 변한 그 여인이 자기를 연주해주는 연주자에게 말을 걸고 있는 것만 같았다.

현악기의 음색이 음악을 운명적으로 채색했다. 개중에서도 바이올린 음색을 자아내는 악기에 강하게 끌렸다. 다른 악기와 마찬가지로 인체를 재료로 썼다. 하지만 어떻게 처리한 건지, 피부는 마치 살아있는 것처럼 탐스러웠다. 바이올린으로 가공한 것은 아름다운 소녀였다. 목구멍부터 아랫배까지 세로로 죽 찢겨 있었는데 내장은 통째로 덜어낸 것 같았다. 몸에 여러 개의 쐐기를 박아 현을 걸어놓았다. 연주자는 소녀를 품에 안고 애무하듯 활을 그었다. 현의 진동은 몸속에서 메아리쳐 음색으로 변하여 사람들의 가슴을 때렸다. 하지만 그게 다가 아니었다. 어떤 의학적 처리를 한 건지, 소녀는 완전히 죽은 상태가 아니었다. 반쯤 뜬 눈꺼풀 사이로 푸른 눈동자가 보였다. 그 눈은 멍했고 꽃봉오리 같은 입술이 명료한 언어를 자아내는 일은 없지만 소녀의 것으로 짐작되는 희미한 신음 소리가 바이올린 음색에 섞여 있었다. 그 목소리는 현의 진동이 쐐기에서 허리뼈를 타고 소리를 자아낼 때마다 입술 사이로 흘러나왔다. 저 상태로 생명 활동이 지속되는 사람이 과연 있을까? 혹시 끄집어낸 내장을 대신하는 기계가 뒤에 있어 튜브 같은 걸로 연결되어 있는 걸까? 하지만 그런 기계는 보이지 않았다. 바이올린 소녀가 자아내는 소리는 듣는 이의 가슴을 뒤흔들어 미칠 듯한 기분으로 만들었다. 나는 이 음색을 들은 적이 있다. 식물원 온실에서 빌 케인이 대마초를 피우면서 들었던 레코드다.

기묘한 악단의 연주가 얼마나 오랜 시간 계속되었는지 정확히 파악하지는 못했다. 꿈속의 인생과 마찬가지다. 영원 같기도 하고 찰나 같기도 했다. 정신을 차리고 보니 나는 악몽 같은 연주회에 흠뻑 빠져 있었다. 공포심은 마비되었고 음악이 종반에 이르자 아쉬운 마음까지 들었다. 마지막 소리가 회장에서 사라지자 정적 끝에 가면의 관객들이 박수를 쳤다. 내 옆에 있던 염소 가면을 쓴 남자가 내 귓가에 가면을 들이대며 말을 걸었다.

"훌륭한 연주였어요."

"아아, 정말이야."

막이 내려오기 시작하자 흉측한 인체 악기들은 연주자와 함께 장막 저편의 어둠 속으로 사라졌다. 박수는 그칠 줄을 몰랐다. 북새통 속에서 염소 가면을 쓴 남자가 말했다.

"그럼 가시죠. 당신에게는 특별한 방을 준비해두었습니다. 제임스 번스타인 님."

나는 박수를 멈췄다. 남자가 들으란 듯이 다시 말했다.

"아니, 당신은 아니지. 남의 초대장으로 몰래 들어온 자는 벌을 받아야지요."

"무슨 소리야?"

내가 침입자라는 사실을 들킬 만한 실수를 했던가? 남자가 와락 손을 뻗어 내 울상 가면을 벗겨냈다. 주위에 있던 관객들이 맨얼굴이 드러난 나를 돌아보았다.

이 자리에 머무는 건 위험하다. 나는 달아났다. 외투를 걸친 사람들을 헤치며 회장 밖으로 나갔다. 호화로운 방을 빠져나가 출구를 찾았다. 누군지 모를 사람들과 몇 번이나 부딪쳤다. 그때마다 가면 쓴 얼굴이 나를 쳐다보았다. 염소 가면을 쓴 남자가 쫓아오는 기적은 없었다. 하지만 침입자가 있다는 소식이 퍼졌는지, 간신히 다다른 현관 앞에서 나는 가면 쓴 남자들에게 붙들렸다.

실내가 어떻게 생겼는지는 모른다. 머리에 검은 천을 쓰고 있었기 때문이다. 의자에 묶여 움직일 수가 없었다. 내게 정체를 물으며 거래를 제안한 것은 염소 가면을 쓴 남자였다. 모습은 볼 수 없었지만 목소리로 알 수 있었다. 나는 숨을 헐떡거렸다. 그때마다 뒤집어쓴 천이 부풀어올랐다.

"이 저택의 주인님은 너그러운 분이십니다. 조건부로 당신을 풀어주겠노라 약속하셨지요. 만약 당신이 그 조건을 거부하면 상상도 못 할 고통을 받게 될 것입니다. 죽지도 못하는 영원한 고통이지요."

그 조건의 내용이 뭔지 물었다. 목소리가 떨려 말이 제대로 나오지 않았다. 위액이 울컥 올라와 토하고 말았다. 토사물은 천 안쪽을 엉망으로 더럽히고 목을 타고 가슴에서 배로 흘러내렸다. 하지만 염소 가면을 쓴 남자는 개의치 않았다.

"사랑을 바치는 겁니다. 나쁜 거래는 아닙니다. 조건을 받아들이고 평안을 찾도록 해요."

무슨 뜻이지? 사랑을 바치라니? 어쨌거나 나는 공포에서 달아나기 위해 그 조건을 받아들였다. 남자가 계약서 같은 무언가를 낭독하더니 천을 뒤집어쓰고 있는 내 집게손가락을 베어 흘러나온 피로 사인을 받아냈다. 계약 성립. 거기서 의식이 끊기고 말았다. 기절한 건지, 어떤 힘으로 강제로 잠에 빠진 건지는 모르겠다.

눈을 떠보니 자동차 운전석에 있었다. 핸들에 기대어 잠들어 있었던 모양이다. 침엽수림에 쏟아지는 청량한 아침 햇살이 앞유리를 지나 내 얼굴을 비추었다. 끔찍한 꿈이었다. 자동차 주위로 보이는 건 나무들뿐, 저택의 담도 자갈길도 존재하지 않았다. 그게 꿈이었다는 사실에 안도하며 기지개를 펴다가 콜록거렸다. 차 안에 불쾌한 냄새가 가득했다. 아무래도 위액의 냄새 같았다. 유심히 보니 옷 가슴께부터 배까지 토사물에 뒤덮여 있었다.

나는 시동을 켜고 차를 몰았다. 어젯밤 기억에 따르면 침엽수림에 흐르는 강을 가로지르는 다리를 건넜다. 하지만 다리가 어디에도 보이지 않아, 건너편으로 건너가지 않고 호반으로 이어지는 도로로 탈출했다. 어젯밤의 세계와 맞닿아 있는 것 같아 찜찜했지만 어쨌거나 모텔까지 돌아오는 데 성공했다. 모텔 주인은 어제와 똑같은 태도로 맞아주었다. 방에 두었던 짐을 찾아 차로 돌아와 마을을 뒤로했다. 한 시라도 빨리 그 마을에서 달아나고 싶었다.

꼬부랑 산길을 운전하며 자문자답했다. 그것은 현실이었을까? 거대한 저택, 거기에 모여 있던 사람들이나, 연주되고 있던 인체 악기는 내가 잠결에 꾼 꿈이 아니었을까? 그렇지 않다면 나는 왜 풀려난 걸까?

산길이 끝나는 곳에 있던 시골 마을의 공중전화로 에바 마리 크로스에게 연락을 시도했다. 하지만 그녀는 전화를 받지 않았다. 나는 내가 사는 도시를 향해 밤새도록 운전했다. 휴식을 위해 드라이브인에 들를 때마다 전화를 해보았지만 에바의 목소리를 들을 수는 없었다. 일이 바빠서 집에 돌아오지 못한 걸지도 모른다. 다른 남자와 바람 피울 가능성은 생각하지 않아도 될 것이다. 이상하게도 나는 그녀를 전폭적으로 믿을 수 있었다.

그녀의 목소리를 듣고 깊은 안도감을 느끼고 싶었던 건지도 모른다. 운전을 너무 오래해서 의식이 몽롱해지기 시작했다. 시간대를 바꿔가며 전화해보았지만 연락이 닿지 않아, 그녀가 일하는 카페에 전화해보았다. 거기서 일하는 에바 마리 크로스의 친구인데 통화 좀 할 수 있습니까? 나는 드라이브인의 공중전화 수화기를 붙잡고 간절하게 부탁했다. 하지만 그녀는 카페에 없었다. 전화를 받은 점원의 말에 따르면 그런 직원은 없다는 것이었다. 갑자기 그만둔 것도 아닌 듯했다. 과거에 에바 마리 크로스라는 인물을 고용한 기록조차 없다고 했다. 그럴 리 없다고 따졌지만 전화는 끊겼고 두 번 다시 연결되지 않았다.

5

에바 마리 크로스를 찾는 사이 몇 년이 흘렀다. 나는 그녀의 행방에 대한 정보를 얻으려고 동분서주했다. 하지만 그런 정보는 어디에도 없었다. 유괴당한 것도 아니고, 그녀가 가출해서 종적을 감춘 것도 아니다. 존재가 뿌리째 지워졌다고밖에 볼 수 없는 상태였다. 그녀를 만났던 모든 사람들의 머리에서 그녀에 대한 기억이 사라졌다. 그녀가 살던 집에도 가보았지만 빈집이었다. 우리 집에 방치되어 있던 그녀의 옷가지도 보이지 않았다. 에바 마리 크로스의 고향 집도 찾아가보았다. 그녀의 부모님은 전에 몇 번이나 만났는데 두 사람다 나를 처음 본다고 했다. 딸에 대해 물어보았지만 그녀의 모친은 아이를 낳은 적이 없다고 주장했다. 부친도 마찬가지라 그녀가 어렸을 때 썼던 방은 창고로 변해 있었다. 두 사람이 막는 것도 무시하고 그녀가 거기서 어린 시절을 보냈다는 증거를 찾아 가구란 가구는 모조리 뒤집어엎었지만 결국 경찰에 신고당해 연행되었다.

빌어먹을 편집장이 악평을 퍼뜨려 출판계에서 버티기 힘들었다. 생활비를 벌기 위해 지저분한 일에도 손을 댔다. 일하는 짬짬이 에바 마리 크로스의 흔적을 찾아 거리를 헤맸다. 뒷모습이 비슷한 여자를 보면 쫓아가서 불러 세웠다. 그러나 그녀는 어디에도 없었다.

그녀가 일했던 카페에도 자주 갔다. 창가 자리에 앉아 커피를 한 잔 주문하고 그녀가 늘 있었던 장소를 바라본다. 어느 날, 카페에 있을 때 눈에 익은 여성이 가게에 들어왔다. 에바의 대학교 친구로 고아 지원 봉사 활동을 하던 사람이다. 나는 그녀에게 말을 걸어보았다. 의심쩍은 표정으로 나를 보는 눈에서 그녀가 나를 처음 보는 사람으로 인식한다고 생각했다. 실제로는 에바와 함께 몇 번 점심을 먹은 적도 있건만.

"봉사 활동을 하는 분 아니십니까? 거리에서 전단지를 나눠준 적이 있죠? 맞아요, 분명 고아 지원 활동이었던 것 같은데."

그렇게 말하자 그녀의 표정이 밝아졌다. 그녀가 몸담은 자선 단체의 활동 내용이나 과제를 에바에게 자주 들었던 터라 그 화제를 이용해 경계심을 풀었다. 우리는 커피를 마시며 이야기를 나누었다. 번스타인 가의 지원 중단에 대해 불평하자 그녀는 동조하며 나를 같은 편으로 인식했다.

"에바 마리 크로스라는 여성을 모르십니까? 자선 단체를 도왔는데……."

적당한 때를 봐서 그렇게 물어보았지만 역시 그녀도 그런 사람은 아는 바가 없다고 했다. 그리 낙담하지 않았던 것은 예상한 대답이었기 때문이다. 나는 고개를 끄덕이고 커피를 마시려 했지만 손이 미끄러져 그만 쏟고 말았다. 손수건이 없어 난처해하자 그녀가 가방에서 종이 냅킨을 꺼내 내밀었다.

"이걸 써요. 우리 자선 단체 오리지널 제품이에요. 모두 함께 만들었답니다. 수입은 운영비에 쓰려고 했지만 영 팔리질 않아서."

그리움이 북받쳤다. 에바가 똑같은 냅킨을 가져와 한동안 애용했기 때문이다. 그걸로 커피를 닦는데 종이 냅킨에 인쇄된 마크가 눈에 들어왔다.

"이건?"

마크를 가리키며 물어보았다.

"저희 자선 단체 마크예요. 그게 왜요?"

"이걸 제안한 건 제임스 번스타인입니까?"

"아마 그랬을 거예요."

그것과 똑같은 마크를 나는 다른 장소에서 보았다. 제임스 번스타인의 유품 중 하나, 음악 콘서트 초대장이다. 봉함을 위한 핏빛 밀랍에 그 문양이 찍혀 있었다. 어디서 본 듯한 기분이 들었던 것은 자선 단체의 마크였기 때문이다.

이 사실에 어떤 의미가 있을까? 기묘한 악단의 음악 콘서트 초대장과 고아 지원 자선 단체 사이에 어떤 연관이 있단 말인가?

나는 고아 지원 자선 단체를 조사했다. 그 결과, 자선 단체의 소개로 입양 간 아이들의 몇 할이 행방불명되었다는 사실을 알아냈다. 자료를 손에 들고 아이들이 사는 장소로 찾아가 보았지만 거기에는 따스한 가정은 존재하지 않고, 집조차 보이지 않았다. 관청을 찾아가도 이미 전출했다는 자료만 남아 있었고, 이사한 곳에 가보면 또 똑같이 전출로 나왔다. 결국 관청을 몇 군데나 돌고 돌았지만 영원히 아이들이 있는 곳에는 다다를 수 없었다.

나는 더 나아가 하나의 사진을 발견했다. 고아원을 시찰 방문한 제임스 번스타인의 신문 기사였다. 함께 실린 사진에는 아이들에게 꽃다발을 받는 그의 모습이 있었다. 하지만 문제는 그의 뒤에 함께 있는 노신사였다. 보건대 집사 알렉산드르 케인이라는 인물이 분명했다. 이목구비의 느낌이 식물원 관리인 빌 케인과 흡사했지만 이쪽이 훨씬 스마트하고 지적인 인상이었다. 흑백사진이라 색감까지는 잘 모르겠지만 아마도 은발이리라. 나는 돋보기로 그 사진을 상세히 살펴보았다. 귀 뒤쪽에 잉크 얼룩 같은 반점이 있었다. 아니, 이건 반점이 아니야. 말 그대로 진짜 잉크 얼룩일 뿐이다. 틀림없이 그럴 것이다. 하지만 나는 꺼름칙한 공포에 휩싸여 거기서 조사를 멈췄다.

인체 악기 연주회에서 만난 염소 가면의 남자가 알렉산드르 케인이었을 가능성은 얼마나 될까? 사라진 고아들이 실제로는 그 악기의 재료로 쓰였을 가능성은? 대부호가 '친애하는 제임스 번스타인 님께'라고 적힌 초대장을 받은 이유는 악기 제작에 필요한 재료를 제공했기 때문이 아닐까? 빌어먹을 제임스 번스타인. 에바 마리 크로스와 친구들은 아이들의 행복을 바라며 그 자선 단체에서 활동했건만! 입양 간 아이들의 기대와 불안과 환희에 가득한 표정을 모른단 말인가? 그녀는 항상 아이들의 영원한 행복을 기도했단 말이다, 빌어먹을!

알렉산드르 케인은 제임스 번스타인의 유품을 처분한 뒤로 행방이 묘연했던 게 아니었나? 아니면 동생 빌 케인도 어느 정도 사정을 알면서 내게 거짓말을 했던 걸까? 만약 그렇다면 내가 유품에서 초대장을 몰래 가져간 것도 알고 있었을지 모른다. 내가 음악 콘서트에 잠입한다는 사실을 사전에 형에게 알렸을 가능성도 있다. 염소 가면의 남자는 나라는 침입자의 존재를 처음부터 알고 있었던 것이다. 내가 그 장소를 찾아간다는 보고를 받고 기다리고 있었던 것이다. 혹시 지나친 생각일까? 은발의 집사가 찍힌 다른 신문을 찾아보면 귀 뒤쪽에 반점 같은 건 없고, 역시 잉크 얼룩이었다는 결론이 나올지도 모른다. 하지만 나는 그러지 않았다. 됐다. 그만하자…….

밤이면 밤마다 술을 마셨다. 사고가 미로에 빠지면 그 이상 깊이 들어가지 않도록 대마초를 피우며 음악을 들었다. 대마초라고 하니 말인데 빌 케인을 만나러 적이 있다. 사실을 따지려고. 하지만 그는 없었다. 식물원은 엉망이었고 반구형 온실도 군데군데 유리가 깨져 있었다. 번스타인 가의 자산을 관리하는 사람들이 폐쇄하기로 결정한 모양이었다. 곧 토지도 매각하겠지. 관리자가 사라진 무인 식물원은 나뭇가지와 잎사귀만 무성했다. 잠시 걸어다니다가 우연히 대마 군생지를 발견했다. 빌 케인이 재배하던 대마가 야생한 것이다. 나는 거기서 대마를 꺾어 피우기 시작했다.

식물원 온실로 레코드와 플레이어, 팔걸이의자를 옮겼다. 과거에 빌 케인이 그랬던 것처럼 음악을 들으며 연기를 들이마셨다. 온실을 뚫고 가지를 뻗은 나무들 사이로 연기와 음악이 넘실거렸다. 햇살이 가지 사이로 쏟아져 바닥에 얼룩무늬를 그렸다. 바람은 마치 식물들의 숨결 같았다. 모든 것이 녹아들어 하나로 어우러지는 포근한 느낌에 눈물이 치밀었다.

어느 추운 겨울날이었다. 대마초를 피우려고 온실을 찾았는데 팔걸이의자 위에 꾸러미가 하나 놓여 있었다. 누가 두고 갔는지는 모르겠다. 방치된 식물원에 나 말고 다른 사람이 출입한다는 것도 몰랐다. 꾸러미의 크기와 두께는 꼭 레코드판만 했다. 종이로 꼼꼼히 싸서 붉은 핏빛 밀랍으로 봉인해놓았다. 밀랍에 찍힌 마크가 눈에 익었다. 신중하게 꾸러미를 풀어보니 레코드판이 나왔다. 라벨이 없어 뭐가 녹음되어 있는지 알 수 없었다. 편지가 함께 들어 있었다. 그 음악 콘서트의 초대장이었다. '친애하는……' 내 이름이 적혀 있다. 레코드를 틀어보았다. 레코드판 표면에 살며시 내려서는 바늘은 마치 발레리나 같았다. 레코드에 녹음되어 있던 것은 현악기의 음색이었다. 가슴을 뭉클하게 만드는 아름다운 선율이다. 현악기의 음색에 섞여 여자 목소리가 들려왔다. 신음 소리 같기도, 쾌락에 몸을 비트는 목소리 같기도 했다. 나는 알 수 있었다. 그것이 에바 마리 크로스의 목소리임을.

옮긴이의 말

어렸을 때 이따금 여러 과자가 들어 있는 종합선물세트를 받으면 무엇을 먼저 먹을까 고민하면서, 무엇을 골라도 각기 다른 맛에 놀라며 기뻐했던 기억이 있습니다.

이 책은 바로 그런 종합선물세트 같은 작품입니다. 이 작품을 만난 건 비채 사무실에서 미나토 가나에 선생님의 《리버스》를 마감한 날이었습니다. 일도 끝났겠다 기분 전환 겸 이런 책이 있는데 한 번 읽어보겠냐는 편집장님의 말씀에 오쓰이치가 여러 명의로 스타일을 바꿔 쓴 단편집이라는 점이 흥미로워 가벼운 마음으로 들고 와서 얼마 후 읽기 시작했는데 이게 웬걸, 어찌나 재미있는지!

일부에서 오쓰이치는 잔혹하거나 어두운 스타일의 이야기를 풀어내는 블랙 오쓰이치, 감동적인 이야기를 풀어내는 화이트 오쓰이치로 나누기도 하지만, 그 활동 영역을 살펴보면 두 종류만으로는 담아낼 수 없는 다양한 스타일의 보여줍니다. 특히 이 《메리 수를 죽이고》의 경우 작품 스타일에 따라 필명을 바꾸는 그의 방식에 더하여 각 작품에 본인이 직접 해설을 붙여, 오쓰이치 팬에게는 정말 좋아하는 제조원의 제품으로만 이루어진 종합선물세트가 아니라 할수 없습니다.

창작을 하는 본질적인 이유를 탐구한 〈사랑스러운 원숭이의 일기〉와 〈메리 수를 죽이고〉, 미스터리 요소를 버무린 알싸한 테이스트의 〈소년 무나카타와 만년필 사건〉, 오싹한 기운이 스멀스멀 퍼지는 〈어느 인쇄물의 행방〉 〈에바 마리 크로스〉, 동일본대지진이라는 부조리하리만치 폭력적인 자연의 위력 앞에서 무력함을 느끼며 작가로서 펜을 들지 않을 수 없었을 거라 추측되는 〈트랜스시버〉 등 각 작품은 전부 다른 사람이 썼다고 해도 믿을 만큼 서로 섞이지 않는 매력을 가지고 있습니다.

각 작품이 다 매력적이지만 그중에서도 특히 기억에 남는 것은 〈염소자리 친구〉입니다. 도를 넘어선 학내 폭력에 기인한 살인, 그리고 차원의 문 같은 집의 독특한 입지 때문에 그 사건을 미리 알고 있던 주인공 소년이 마치 속죄라도 하듯 용의자인 동급생과 친구가 되기로 결심하면서 일어나는 일들을 능숙한 구성으로 표현하고 있습니다. 특히 학교라는 폐쇄적인 공간에서 일어나는 부조리한 폭력에 대한 작가의 시선이 드러난 작품입니다. 저는 원래 청춘소설을 좋아해서 이런 소재의 작품에 약한데, 특히나 마지막 부분 우유팩 묘사에는 숨이 턱 막혔습니다. 세상을 떠난 친구의 마지막 숨결을 붙잡아두고 있는 우유 팩. 그 안에 소녀의 숨결이 들어 있다는 것을 아는 사람은 이 세상에 단 한 사람, 자기의 행동이 소녀에게 죽음을 선택하게 만들었을지도 모른다는 죄책감을 느끼는 소년 한 사람뿐입니다.

마침 친구와 함께 간 카페에서 그 부분을 읽은 저는 무심코 눈물을 흘리는 바람에 친구의 호기심을 자극해, 그 후로 한국어판은 언제쯤 질문을 정기적으로 받고 있었는데 드디어 자신 있게 출간 소식을 전할 수 있게 되었습니다. 제가 그랬듯 여러분도 이 책을 통해 '읽는 즐거움'을 체험하셨기를 바라며, 이 멋진 작품을 여러분께 소개할 수 있어 정말 기쁘게 생각합니다.

2018년 11월

김선영

메리 수를 죽이고 블랙&화이트 080

1판 1쇄 인쇄 2018년 11월 20일 **1판 1쇄 발행** 2018년 11월 30일

지은이 오쓰이치 **옮긴이** 김선영
펴낸이 고세규
편집 장선정 **디자인** 이은혜

발행처 김영사
주소 경기도 파주시 문발로 197(문발동) 우편번호 10881
등록 1979년 5월 17일(제406-2003-036호)
주문 및 문의 전화 031)955-3200 **팩스** 031)955-3111
편집부 전화 02)3668-3295 **팩스** 02)745-4827 **전자우편** literature@gimmyoung.com
비채 카페 http://cafe.naver.com/vichebooks
트위터 @vichebook **페이스북** www.facebook.com/vichebook

ISBN 978-89-349-8202-9 03830 책값은 뒤표지에 있습니다.

비채는 김영사의 문학 브랜드입니다.
이 도서의 국립중앙도서관 출판예정도서목록(CIP)은 서지정보유통지원시스템 홈페이지(http://seoji.
nl.go.kr)와 국가자료공동목록시스템(http://www.nl.go.kr/kolisnet)에서 이용하실 수 있습니다.
(CIP제어번호: CIP2018036091)